ALLES VON MIR

EINE BDSM-ROMANZE - DAS GEHEIME BEGEHREN DES MILLIARDÄRS BUCH 3

JESSICA F.

INHALT

Veröffentlicht in Deutschland

Von: Jessica F.

©Copyright 2020

ISBN: 978-1-64808-104-0

❀ Erstellt mit Vellum

MELDE DICH AN, UM KOSTENLOSE BÜCHER ZU ERHALTEN

Möchtest Du gern Eifersucht und andere Liebesromane kostenlos lesen?
Tragen Sie sich für den Jessica F. Newsletter ein und erhalten Sie ein KOSTENLOSES Buch exklusiv für Abonnenten indem Du diesen Link in deinem Browser eingibst:

https://www.steamyromance.info/kostenlose-bücher-und-hörbücher

Eifersucht: Ein Milliardär Bad Boy Liebesroman

Neue Liebe entsteht, aber auch eine Eifersucht, die sie zu zerstören droht. Ich habe meine winzige Heimatstadt und ihre Einschränkungen hinter mir gelassen. Dann erschien ein bekanntes Gesicht in der Bar, in der ich arbeite, und brachte mich wieder dorthin zurück, wo ich angefangen hatte ...

https://www.steamyromance.info/kostenlose-bücher-und-hörbücher

Du erhältst ebenso KOSTENLOSE Romanzen-Hörbücher, wenn Du Dich anmeldest

KLAPPENTEXT

(Tiger)

Alles, was ich wollte, war irgendwo von vorne anzufangen, an einem ruhigen Ort, an dem ich nicht ich selbst sein musste. Tiger Rose, Hollywood-Filmstar. Sie ist jemand, den ich nicht einmal mehr als mich erkenne. Und jetzt habe ich meinen Zufluchtsort gefunden ... Und *ihn* gefunden ... Lazlo. Er ist der letzte Mensch, in den ich mich verlieben sollte. Er ist auch aus der Entertainment-Welt ... Aber dieses Gesicht, dieser Körper ... und sein so überaus gutes Herz. Ich kann ihm nicht widerstehen ... Aber kann ich meinen neugefundenen Frieden für ihn riskieren? Mein Körper sagt *ja ... ja ...* *Ja ...* Aber ich habe Angst, wieder zu lieben, zu vertrauen ... Kann Lazlo die Mauer niederreißen, die ich um mein Herz errichtet habe?

* * *

(Lazlo)

Sie war der letzte Mensch, den hier zu sehen ich erwartet habe.

Tiger Rose. Warum zur Hölle versteckt sie sich auf dieser
einsamen Insel?

~~Und warum zur Hölle musste ich sie jetzt treffen?~~

Nach den paar Jahren, die ich hatte, so viel Schmerz, so viel
Verlust, musste ich mich entspannen, wegkommen.

Heilen.

Aber verdammt, jetzt ist es sie, die ich brauche.

In meinen Armen, meinem Bett, meinem Leben.

Ich kann nicht aufhören, an ihre zarte Haut zu denken, ihre
violetten Augen und die Art, wie sie stöhnt, wenn sie kommt

…

Sie ist alles, woran ich in jedem Moment denke, und jetzt will
sie mir jemand wegnehmen.

Das werde ich nie geschehen, werde sie nie gehen lassen …

Tiger Rose ist jetzt mein Leben …

Sie ist meine Welt.

* * *

*Hollywood-Superstar und preisgekrönte Schauspielerin Tiger Rose
ist auf dem Höhepunkt ihrer Karriere, als sie das Opfer eines
grundlosen und entsetzlichen Angriffes eines Boulevardjournalisten
wird.*

„Lass es einfach, Pol. Ich bin glücklich damit, single zu sein."

„Und das finde ich auch gut ... aber ich glaube nicht, dass es nur darum geht, dass du deine eigene Gesellschaft magst. Da ist eine Blockade, und ich kann ums Verrecken nicht herausfinden, was es ist."

„Ernsthaft, warum fragst du mich das jetzt? Ich dachte, wir wären hier, um gemeinsam einen Urlaub zu genießen ..."

„Ich habe jemanden kennengelernt."

Tigers Augenbrauen schossen nach oben, und sie sah, dass zwei pinkfarbene Flecken auf den Wangen ihres Bruders waren. „Ja? Das ist wundervoll."

Apollo nickte und konnte das Lächeln nicht aufhalten, das sich auf seinem Gesicht breitmachte. „Sie ist wundervoll, Nell. Sie ist Postgraduierte auf dem College."

„Süß?"

„Wunderschön. Dunkle Haare und dunkle Augen und die längsten Beine, die du je sehen wirst."

Tiger lächelte über die Liebe in der Stimme ihres Bruders. „Wie lange trefft ihr euch schon?"

„Sechs Monate."

Tiger war schockiert. „Sechs Monate? Warum hast du sie zuvor noch nicht erwähnt?"

Apollo war für einen Moment still, während er sich auf das Fahren konzentrierte. „Tig ... Sie ist schwanger. Im dritten Monat."

*T*iger starrte ihn staunend an. „Was?"

Apollo nickte. „Und, glaub es oder nicht … es war geplant. Tigs … Nell und ich … wir heiraten. Bald."

Tiger war bestürzt. „Warum hast du all das vor mir verheimlicht? Dachtest du, ich würde dich nicht unterstützen?"

„Ich weiß, dass du das hättest, ich weiß. Nur … manchmal hältst du mich immer noch für einen Vierzehnjährigen, und nur manchmal kannst du ein wenig …"

„Was?" Tiger fühlte sich verletzt, sehr sogar. Sie waren einander immer so nah gewesen, und jetzt was? Apollo brauchte sie nicht mehr?

„Erstickend. Nein, das ist nicht richtig. Überfürsorglich. Besonders mit meinen Freundinnen."

„Wenn du von Liz sprichst, dann nur, weil sie ein böser Dämon aus der Hölle war."

Daraufhin grinste Apollo. „In diesem Fall liegst du richtig, aber manchmal, Tiger Rose, kann es für sie einschüchternd sein, wenn du einfach bist, wie du bist. Nicht, dass Nell das sein wird, aber ich wusste das am Anfang nicht. Also habe ich es vor dir verheimlicht." Er bog plötzlich auf einen Parkplatz ab und schaltete den Motor aus. Er drehte sich zu ihr um. „Versteh mich nicht falsch, Tigs. Ich mag dich, ich liebe dich, und du bist die Beste auf der Welt. Aber du hast für alles bezahlt, du hast mir alles gegeben, und jetzt muss ich ... Gott, ich weiß nicht. Das muss meins sein, verstehst du?"

„Ich verstehe." Aber das tat sie nicht. Sie wandte den Blick ab, sah aus dem Fenster und blinzelte Tränen zurück. Apollo fühlte sich von ihr überschattet? Gott verdammt. Sie hatte versucht, das nicht zuzulassen, und außerdem ... „Hör zu, du bist nicht wegen mir nach Harvard gekommen, Pol, du hast das alleine geschafft."

Er lächelte sie herzlich an. „Mit deinem Geld, Tigs. Ich bin sicher, die Tatsache, dass ich die Finanzierung sicher hatte, hat unermesslich geholfen."

In Ordnung, da hatte er sie. Aber Tiger seufzte. „Darf ich sie wenigstens kennenlernen?"

„Nach unserem Urlaub. Wenn wir zurück nach Seattle kommen. Sie verbringt die Woche mit ihrer Familie in New Orleans, während wir weg sind. Sie wollte unseren Urlaub nicht stören."

„Das ist rücksichtsvoll." Tiger schüttelte den Kopf. „Schwanger?"

Apollo nickte, und sie konnte die Freude in seinen Augen sehen. „Ehrlich, Tigs, ich wusste nie, dass ich Kinder wollte, bis ich Nell getroffen habe. Sie ist die Eine, weißt du?"

Aber Tiger wusste es nicht, und ihr Herz riss vor Einsamkeit auf. Sie hatte natürlich gewusst, dass dieser Tag kommen würde, wenn jemand in ihre kleine Familieneinheit eindrang ...

Eindringen. Was zur Hölle ist los mit dir, Mensch? Eindringen. Tiger riss sich zusammen und lächelte ihren Bruder an. „Ich freue mich für dich, Pol. Wirklich."

Er warf ihr einen Seitenblick zu und grinste. „Netter Versuch, Schwesterherz."

„Ich meine es."

Er tätschelte ihre Hand. „Danke. Jetzt lass uns über Urlaub reden."

Sie verbrachten die Nacht in der Stadt. Am Morgen kam Tiger in die Küche, um zu sehen, wie Apollo aufmerksam die Nachrichten verfolgte. Er drehte sich mit beunruhigtem Blick zu ihr um. „Hast du es gehört?" Er nickte zum Bildschirm. „India Blue ist im Krankenhaus."

Tigers Augenbrauen gingen in die Höhe. „Oh nein..."

Massimo Verdi, einer von Tigers Freunden in der Branche, traf sich seit einer Weile mit India Blue, und Tiger war vor ein paar Monaten mit ihnen auf einem Doppeldate gewesen. Sie mochte India sehr. „Was ist passiert?"

„Sie wurde entführt. Die haben sie heute Morgen mit ernsten Stichwunden gefunden."

„Meine Güte."

Tiger setzte sich und sah mit Apollo zu, während der Bericht einen sehr verzweifelten Massimo zeigte, der gemeinsam mit einem sehr großen, attraktiven Mann am Krankenhaus ankam, der sehr gestresst aussah und dunkle Ringe unter seinen marineblauen Augen hatte.

„Wer ist das?"

„Ich denke, das muss Lazlo Schuler sein, Indias Irgendwie-Bruder. Es ist kompliziert." Tiger hatte Indias Familie nie kennengelernt, aber sie hatte von Lazlo gehört. Er war Indias Manager, und dazu auch noch ein brillanter. Aber jetzt sah er am Boden zerstört aus, und Tigers Gedanken gingen zu ihm. „Die Armen. Ich muss Massimo Blumen schicken, bevor wir gehen."

Im Auto auf dem Weg zu den Olympic Mountains konnte Tiger nicht aufhören, an Massimo und India zu denken. Sie wusste, dass ein Teil ihres Problems, niemandem je zu erlauben, sie zu lieben, genau das war: die Angst vor dem Schmerz des Verlustes. Als ihre Eltern gestorben waren, war es ein so überwältigender, allumfassender Schock gewesen. Ein gewöhnlicher Samstag. Ihre Mutter und ihr Vater waren losgefahren, um die wöchentlichen Lebensmittel einzukaufen. Ein Langholzlaster mit einem erschöpften Fahrer, der auf die Straße fuhr und ihren kleinen Volvo nicht sah, der auf derselben Strecke fuhr. Es war alles innerhalb einer Sekunde vorüber gewesen, hatte die Polizei ihnen gesagt, ihre Eltern hatten kaum realisiert, was geschah.

Der Schmerz war unvorstellbar, und als die damals achtzehn-jährige Tiger die Überreste hatte identifizieren müssen — denn ‚Überreste' war alles, was von ihren Eltern noch übrig war — brannte sich diese Erfahrung in ihre Psyche ein. Nein. Sie hatte Apollo, und das war alles, was sie brauchte.

Eine Person, um die ich mir dauernd Sorgen machen musste. Eine Person, die zu verlieren ich Angst hatte. Eine, bei der ich überfürsorglich war. Verdammt. Man musste sich doch nur Massimo und India ansehen. Er war nah daran, India auf die schlimmstmögliche Weise zu verlieren, und trotzdem tauchte er auf, er war da, er liebte sie trotzdem.

Ihr Bruder hatte recht. Es war nicht gesund, es war nicht zukunftsfähig, und jetzt hatte er es bewiesen. Es würde ein neues Leben geben, ihren Neffen, um das sie sich Sorgen machen würde.

Und die Frau, die ihr Bruder liebte. Tiger vertraute Apollo genug, um zu wissen, dass wenn er diese Bindung eingegangen war, Nell die Eine war. Ein guter Mensch. Ein toller Mensch.

„Du hast recht, Pol", meinte sie leise, während sie fuhr und er sich zu ihr drehte.

„Was?"

Sie lächelte ihn an. „Es ist Zeit."

„Für?"

Tigers Grinsen wurde breiter, und sie nickte. „Es ist Zeit, dass ich darauf vertraue, zu lieben."

„Endlich."

Und sie lachten beide.

KAPITEL DREI – SMITHEREENS

Einen Monat später ...

DIE PRESSETOUR FÜR IHREN NEUESTEN FILM WAR LANG UND anstrengend gewesen, neigte sich aber endlich dem Ende zu. Ihre letzten Interviews waren in New York in einem Hotel in Manhattan, und Tiger fand die Interviews in einem kleinen Hotelzimmer unangenehm und ermüdend, besonders wenn ihr immer und immer wieder die gleichen Fragen gestellt wurden.

Glücklicherweise würde sie die letzten mit ihm Co-Star Teddy Hood machen. Teddy machte gerade eine schmerzvolle Scheidung durch, aber er war trotzdem professionell und fröhlich geblieben, tat seinen Job und erfüllte trotz seiner Leiden seinen Vertrag. Er vertraute sich Tiger nach jedem Tag an, dass sich sein Lächeln falsch anfühlte, dass er das Gefühl hatte, als spiele er eine Rolle, aber hey, sagte er: „Dafür werde ich bezahlt."

„Du kannst immer mit mir reden", meinte Tiger herzlich zu ihm. „Jederzeit."

Was sie selbst anging, freute sich Tiger darauf, nach Hause nach Seattle zu kommen, um endlich Nell kennenzulernen. Sie hatten es zeitlich nicht geschafft, bevor Tiger arbeiten musste, aber dieses Wochenende war es endlich so weit. Sie war nervös, aber dank Apollos Machenschaften hatten sie und Nell wenigstens ein paar Mal über Facetime gesprochen, obgleich zwanglos.

Tiger entschied, Apollo jetzt anzurufen, zwischen den Interviews. Sie war gerade mit einem Widerling einer britischen Boulevardzeitung fertig geworden, Grant Waller, den sie noch nie gemocht hatte. Die Art, wie seine Augen über ihren Körper wanderten, wie er immer, immer nach ihrer Unterwäsche fragte, um Gottes Willen. Der Film war ein auf Comics basierender Superheldenfilm gewesen, und Tiger spielte eine der Hauptheldinnen, gekleidet in einen engen Lederanzug. Sie hatte die Rolle jetzt schon ein paar Mal gespielt, und jedes Mal hatte Waller sie gefragt, was sie unter dem Anzug trug. Tiger war zu Beginn gnädig und humorvoll geblieben, aber diesmal hatte sie zurückgeschlagen.

„Wie wäre es, wenn wir über Ihre Unterwäsche sprechen, Mr. Waller? Sie scheinen immerhin eine Fixierung darauf haben."

Grant Waller hatte ein, wie er es offensichtlich empfand, charmantes Lächeln gelächelt, aber für Tiger sah es wie das Grinsen einer Schlange aus. „Ich bin nicht derjenige, der sich öffentlich so zeigt."

„Öffentlich so zeigt? Lustig, ich dachte, ich wäre die ganze Zeit voll bekleidet. Sagen Sie mir, Mr. Waller, haben Sie eine Mutter? Eine Schwester?"

Sein Lächeln ließ ein wenig nach. „Ja, warum?"

„Wie würden Sie sich fühlen, wenn jemand dauerhaft nach deren Unterwäsche fragte?" Sie fixierte ihn mit einem eiskalten Blick und fühlte sich als Gewinnerin, als er zurückwich und eine andere Frage stellte. Das Interview kroch noch ein paar Minuten weiter, bevor der Studiovertreter das Ende verkündete. Sie hatte sich nicht bemüht, danach Wallers Hand zu schütteln. Arschloch.

Tiger sprach ein paar Minuten mit dem Vertreter, dann entschuldigte sie sich und ging in den Hotelflur, um einen Anruf zu tätigen.

„Hey, Schwesterherz."

„Hey, Loser. Wie läuft's?"

Apollo lachte. „Seit du vor ungefähr zwei Stunden zum letzten Mal gefragt hast? Es geht uns gut. Wir haben alles bereit für unseren Besuch … oder sollte ich sagen, Nell hat alles fünfundfünfzig Billionen Mal aufgeräumt, weil sie Angst hat."

Tiger lachte, als sie Nell im Hintergrund hörte, die protestierte, dass Apollo sie verriet. „Hey, sag Nell, sie soll sich keine Sorgen machen. Wenn wir alle zusammen sind, dann helfe ich ihr, sich an dir zu rächen."

„Das werde ich ihr nicht sagen", lachte Apollo. „Hey, hör zu, ich—"

Tiger erfuhr nie, was Apollo sagen wollte, denn etwas, jemand, griff sie von hinten, und sie ließ ihr Handy fallen. Sie wurde mit voller Kraft an die Wand des Flures geknallt und spürte einen heißen Atem an ihrem Ohr. „Verdammtes, arrogantes Miststück", knurrte Grant Waller, dessen Hände unter ihrem Rock wühlten. „Sehen wir doch mal, was für eine Hure du wirklich bist ..."

Tiger kämpfte gegen ihn und schrie auf, bevor er eine Hand über ihren Mund schlug. Nein. Nein, das würde nicht passieren ...

Aber seine Kraft war zu viel für sie, und während der nächsten Minuten konnte Tiger nur weinen, als Waller sich an ihr verging. Erst als er versuchte sie zu küssen bekam sie einen Vorteil und biss fest auf seine Unterlippe. Sie schmeckte Blut, als er schrie und sie wegstieß, wobei er ihr hart genug ins Gesicht schlug, um sie zu Boden zu bringen. Tiger sank zusammen, während Waller wegging und sich den Mund abwischte.

Für eine lange Zeit konnte Tiger nur ihr eigenes, schweres Atmen hören. Sie fühlte sich taub, zu schockiert, um zu verstehen, was ihr soeben widerfahren war. Dann, sich wie ein Roboter bewegend, stand sie zitternd auf und glättete ihr Kleid, ihr Haar und wischte sich den Mund ab.

Sie sah auf ihre Uhr. Ihr letztes Interview lief genau jetzt. Sie ging in den zugewiesenen Raum, kaum die Studiovertreter oder selbst Teddy bemerkend, der ihr einen besorgten Blick zuwarf, als sie sich neben ihn setzte.

„Hey, alles gut?"

Tiger blickte ihn ausdruckslos an, ohne ihn zu sehen. Der Journalist wurde hereingeführt, setzte sich und stellte seine Fragen. Irgendwo in ihrem zerstörten Verstand wusste Tiger, dass sie reden sollte, aber sie konnte die Worte nicht bilden, konnte einfaches Englisch nicht verstehen.

Plötzlich stoppte Teddy das Interview und drehte sich zu ihr um. „Ernsthaft, das ist vertraulich", fügte er für den Journalisten hinzu, der ebenso besorgt aussah. Sie nickte, den Blick auf Tiger gerichtet. Teddy hielt Tigers Hände. „Tiger ... Liebes, dir geht es nicht gut, oder?"

Sie starrte ihn leer an und spürte dann, wie etwas auf ihren Hals tropfte.

„Meine Güte, du blutest ..." Teddy sah einen der Vertreter an, der schnell sein Handy hervorholte, um Hilfe zu rufen.

Teddy zog sein offenes Hemd aus und presste es an Tigers Kopf. „Liebes, was ist passiert? Was ist passiert?"

Endlich brach der Damm in ihr, und sie sprach, nur ein Flüstern, aber für sie klang es wie ein Schreien. „Nein ... nein, es geht mir nicht gut ... es geht mir überhaupt nicht gut ..."

Der Regisseur des Films stand mit einem der Studioanwälte auf dem Podium und hielt die Hand hoch, damit es still wurde. Das Schnattern der versammelten Presse verstummte. Der Regisseur nickte.

„Wie Sie wissen, wurden die für diesen Nachmittag geplanten Presseinterviews wegen eines Vorfalls kurzfristig abgesagt. Wir können jetzt Details dieses Vorfalles bestätigen. Um genau fünfzehn Uhr zehn wurde ein geliebtes Mitglied der Besetzung von einem Mitglied der Boulevardpresse gewaltsam und sexuell angegriffen."

Unter den Journalisten brach ein Aufruhr los, aber der Regisseur war noch nicht fertig. „Das ist inakzeptabel und entsetzlich. Eine Festnahme wurde durchgeführt, und wir werden Anzeige gegen diesen Journalisten erstatten. Der Vorfall, wenn auch nicht von jemandem persönlich gesehen, wurde von den Sicherheitskameras des Hotels aufgenommen und wurde von einem Familienmitglied des Besetzungsmitglieds gehört. Wir möchten Sie aus Respekt darum bitten, nicht zu versuchen, irgendwelche Spekulationen darüber anzustellen, wer das Opfer dieser schrecklichen Tat war und auch nicht in dessen Privatsphäre oder die der Familie einzudringen."

„Können Sie bestätigen, ob das Besetzungsmitglied männlich oder weiblich war?", ertönte eine Frage von hinten.

Der Regisseur funkelte die ganze Gruppe an. „Was habe ich soeben gesagt? Es wird sich um die Person gekümmert, und Sie werden nicht in ihre oder seine Privatsphäre eindringen. Wir werden Sie bei dem Fall auf dem Laufenden halten."

Tiger sah der Pressekonferenz unbewegt von ihrem Krankenhausbett aus zu. An der Unterseite des Bildschirmes liefen die Worte ‚Backslash Studios sagen als Folge eines ernsten ‚Vorfalles' Presseinterviews ab'. Polizei hat Festnahme vorgenommen. Mann wegen schwerwiegenden Sexualdelikts und Körperverletzung angeklagt."

Sie sprachen von ihr. Sie fühlte sich taub, beinahe gelähmt. Apollo war verzweifelt gewesen, als er hörte, wie sie angegriffen wurde, und die Polizei hatte ihr mitgeteilt, dass sie sowohl Apollo als auch Nell zu ihr fliegen ließen.

Tiger schloss die Augen. Im Moment waren so viele Menschen um sie herum, dass sie das Gefühl hatte, als könnte sie nicht atmen. Grant Waller war festgenommen worden, und sie war hierhergebracht worden, wo eine Platzwunde an ihrem Haaransatz behandelt wurde. Überall auf ihrem Körper bildeten sich Blutergüsse, aber sie konnte den dadurch verursachten Schmerz nicht fühlen.

Sie wartete, bis die anderen im Raum abgelenkt waren, bevor sie sich hinausschlich. Sie brauchte nur ein paar Minuten, nur ein paar Minuten des Friedens, um ihre Gedanken zu ordnen, und hier im Krankenhaus fühlte sie sich sicher genug, um allein zu sein.

Sie fand ein Treppenhaus und rollte sich in einer Ecke in der Nähe eines Fensters zusammen. Sie hörte, wie weit unter ihr eine Tür geöffnet wurde, aber niemanden näherkam. Erst als jemand zu reden anfing, erkannte sie, dass sich dort auch jemand versteckte.

„Jess? Jessie …" Ein Mann begann leise zu weinen, und der Herzschmerz in seiner Stimme ließ ihr Tränen in die Augen steigen. „Es ist okay. India ist okay … es ist nur … ich musste mit jemandem reden. Es tut mir leid, wenn ich deine Mailbox vollgemacht habe, ich will nicht stören. Es ist nur … Massi ist so niedergeschmettert hiervon, dass ich nicht das Gefühl habe, ich könne es auch sein. Gabe ist … Gabe. India ist wach und versucht die ganze Zeit Witze zu machen, aber … Ich bin ein Wrack, Jessie." Er lachte leise. „Gott, tu mir einen Gefallen, würdest du das löschen? Ich plappere nur wie ein Idiot, aber du bist die Einzige, mit der ich das teilen kann. Alle brauchen mich, Jessie, und … Gott, es tut mir leid. Ignorier mich. Ich liebe dich. Ich rufe dich nachher an."

Tiger hörte, wie er auflegte, dann würde die Tür geöffnet. „Mr. Schuler?"

„Ja?"

„Ms. Blue fragt nach ihnen."

„Natürlich."

Die Tür quietschte erneut, und dann wusste Tiger, dass sie

alleine im Treppenhaus war. Lazlo Schuler. Er klang so mitgenommen, wie sie sich im Moment fühlte. Tiger fragte sich, ob er, wie sie, einfach nur weglaufen, alles und alle hinter sich lassen und sich vor all dem Schmerz und dem Leid in der Welt schützen wollte.

Denn das war alles, was sie im Moment tun wollte. Das Studio hatte sie von ihren restlichen Presseverpflichtungen befreit, wahrscheinlich aus Sorge darüber, sie könnten dafür verklagt werden, sie nicht beschützt zu haben. Also ging sie nach Hause, zurück nach Washington, aber nicht nach Seattle. Sie wusste genau, wo sie hingehen würde, irgendwo, wo niemand sie so schnell finden würde: das kleine Haus, das sie heimlich vor ein paar Jahren als Schlupfwinkel gekauft hatte. Es wäre jetzt perfekt für sie. Vielleicht würde sie zuvor ein wenig zu Apollo und Nell nach Seattle gehen.

Aber es war Zeit, dass Tiger endlich und wirklich alleine war.

KAPITEL VIER – TOMORROW

rei Jahre später ...
The Island, San Juan Islands, Washington State

LAZLO SCHULER FUHR MIT SEINEM AUTO VON DER FÄHRE AUF die Insel. Die Reise von Seattle hatte länger gedauert als erwartet, und er fragte sich, wie clever es gewesen war, zu fahren, anstatt ein Flugzeug zu nehmen und dann ein Auto zu mieten.

Glücklicherweise war das Haus, das er für den nächsten Monat gemietet hatte, nicht weit vom Fährhafen entfernt, und bald war er darin und wartete darauf, dass der Immobilienmakler ihn allein ließ.

Deshalb war er schließlich hier. Um alleine zu sein.

Lazlo Schuler war müde. Nein, mehr als müde. Er hatte einfach nichts mehr in sich. In den letzten paar Jahren hatte er zum zweiten Mal beinahe seine geliebte Schwester India Blue und ihren lieben koreanischen Freund wegen eines psychopathischen Mörders verloren, fast einen anderen Freund wegen einer rachsüchtigen Ehefrau und schließlich hatte er seine enge Freundin Coco wegen einer unerwarteten Schwangerschaftskomplikation verloren. Er war den Verlust, die Trauer leid.

Und er war die Arbeit leid. Er verwaltete nicht nur die Karriere seiner Schwester, sondern auch die anderer im Unterhaltungsgeschäft, und die meisten von ihnen verlangten mehr Zeit, als er geben konnte.

Aber nicht India. Er würde rund um die Uhr für seine adoptierte Schwester arbeiten, aber sie war es, die sich vor zwei Wochen mit ihm hingesetzt und ihm liebevoll gesagt hatte, dass sie besorgt war.

Er hatte sie ungläubig angestarrt. „Indy … du bist um mich besorgt?"

Sie nickte, ihre dunklen Augen voller Liebe und Sorge. „Schon seit langer Zeit. Du warst unser Fels, für uns alle. Mit dem, was Sun und mir passiert ist, der Verlust von Coco und das, was Jess passiert ist, du warst für uns alle da."

„Das ist mein Job."

„Aber du bittest uns nie, wirklich nie um etwas", gab India zurück, in deren sanfte Stimme eine leichte Frustration drang.

„Ich brauche nichts, Kleines. Jetzt wo du sicher bist und Jess sicher ist, habe ich keine Sorgen."

Aber selbst als er es gesagt hatte, wusste er, dass er India nicht überzeugte, da er wusste, dass es nicht stimmte. Es ging ihm nicht gut, überhaupt nicht. Nachts schlief er nicht, und um sich von den Albträumen abzulenken, die ihn plagten, arbeitete er. Die Klienten, die keine persönlichen Freunde waren, waren natürlich begeistert, aber Lazlo war erschöpft.

Das Fass kam zum Überlaufen, als India ihn austrickste und Lazlo eines Tages nach Hause kam, um seinen besten Freund Alex Rogers zu sehen, der auf ihn wartete.

Alex war für ein paar Jahre verschwunden gewesen, seit Coco Conrad, seine Mitbewohnerin und Mutter seines ungeborenen Kindes, unerwartet gestorben war. Alex hatte unendlich getrauert und war zurück zu seiner Familie nach Kanada verschwunden. Keiner von ihnen dachte, dass sie ihn je wiedersehen würden.

„Aber India hat mich angerufen und angefleht, herzukommen", sagte er Lazlo an diesem Abend. „Weil sie schreckliche Angst um dich hat, Laz. Vergiss nicht, dass Indy die Anzeichen eines Zusammenbruches kennt. Sie hatte das mit Massi, und sie hat ihn durchgebracht. Sie sieht dieselben Anzeichen bei dir, aber sie sagt, du würdest nichts preisgeben."

Alex sprach die nächsten Tage über mit ihm und überzeugte Lazlo davon, eine Pause zu machen. „Hör zu, ich übernehme für dich, während du Urlaub machst. Ich versuche nicht, deine Klienten zu stehlen, aber ich brauche etwas zu tun. Mit meiner Familie Zeit zu verbringen war, was ich brauchte, aber ich will zurück an die Arbeit. Ich tue es sogar umsonst. Es ist nicht so, als könnte ich mir das nicht leisten. Ich werde einfach ein Platzhalter sein."

LAZLO NAHM ALEX BEIM WORT, UND NACH DIESEM ABEND schlief er so gut wie seit Jahren nicht mehr. Er wusste, dass er weg musste, aber er wollte trotzdem nicht das Land verlassen, für den Fall, dass India ihn brauchte. Sie rollte mit den Augen, aber während sie über verschiedene Orte sprachen, war es India, die Washington vorschlug.

„Erinnerst du dich daran, als wir mit Quartet auf diesen Rummel gegangen sind? Wir sind alle in diesem Hotel auf San Juan Island gewesen? Es war ein Segen und sehr abgelegen, aber nicht isoliert. Diese Inseln, Mann, das wäre perfekt."

Lazlo hatte zugestimmt, und jetzt, als er sich in seinem Mietshaus von dem Makler verabschiedete, schloss er die Tür und ging ins Wohnzimmer. Er hatte das Haus möbliert gemietet, da er nicht die Mühe eines leeren Hauses wollte—er war immerhin hier, um zu entspannen.

In der Ecke des Wohnzimmers standen ein paar Kartons, die er hatte liefern lassen: überwiegend Bücher, die er schon seit einer Weile lesen wollte. Er holte seinen Laptop aus der Tasche und schaltete ihn ein, dann machte er sich eine Tasse Kaffee, während er darauf wartete, dass er hochfuhr. Er konnte es nicht lassen, in seine E-Mails zu sehen, lachte aber laut auf, als er zwanzig Mails von India entdeckte, alle mit demselben Inhalt.

Wag es nicht, Schuler. Du bist in nicht verfügbar, und ich habe ÜBERALL Spione.

Lazlo grinste und antwortete auf eine mit:

Du bist angsteinflößend, aber ich liebe dich. Ich verspreche, keine Arbeit, nur Vergnügen. Laz.

Als sich der Abend über die Insel legte, machte Lazlo einen Spaziergang durch die kleine Nachbarschaft. Es gab einen Pfad zum Strand, den er entlangging, um den Sonnenuntergang zu sehen und auf dem Wasser nach Orcas zu suchen.

Er wollte sich gerade umdrehen, als er ein Stück den Strand

hinunter eine Gestalt sah, eine Frau, die einen Hund ausführte. Er sah weg, da er nicht wollte, dass sie sich von einem Mann bedroht fühlte, der sie anstarrte, aber ihr Hund hatte eindeutig andere Ideen. Er rannte zu Lazlo, kläffte fröhlich und sprang an ihm hoch. Lazlo grinste und bückte sich, um den schwarzbraunen Spaniel zu streicheln. „Hey, Junge."

Die Besitzerin eilte gehetzt zu ihnen. „Es tut mir so leid."

„Kein Problem." Er sah die Frau neugierig an. Obwohl die Sonne bereits den Horizont berührte, trug sie eine Sonnenbrille, und ihr langes Haar, das ihr fast bis zur Taille ging, war fast schwarz. Sie kam ihm flüchtig bekannt vor, aber er wollte nicht in ihre Privatsphäre dringen.

Sie machte die Leine am Halsband ihres Hundes fest und nickte Lazlo höflich zu, bevor sie sich umdrehte. Lazlo wandte sich wieder dem Pfad zu, der zu seiner Straße führte, und ging nach Hause. Es nagte an ihm, an wen ihn die Frau erinnerte—sie konnte bestimmt nicht älter als dreißig sein? Was er von ihrem Gesicht gesehen hatte, war reizend: die süße Röte ihrer Wangen, der volle Mund.

Lazlo lachte vor sich hin. Er war nicht hergekommen, um eine Frau zu finden, aber vielleicht war es tatsächlich keine schlechte Idee, wieder ins Spiel einzusteigen. Nichts Starkes, nichts, das eine Verpflichtung nötig machte. Aber Spaß. Ein wenig Spaß.

Das war ein Wort, das er viel zu lange nicht auf sich angewandt hatte.

Tiger ließ Fizz von der Leine und warf ihrem Hund einen

gespielt ernsten Blick zu. „Was habe ich dir über das Hochspringen gesagt, Kumpel?"

Fizz, sein Maul zu einem breiten Hundegrinsen geöffnet, hechelte sie an, die Augen hoffnungsvoll. Tiger rollte mit den Augen und grub ein Leckerli aus ihrer Tasche hervor. „Nicht, dass du es verdienst."

Der zufriedene Fizz trabte zu seinem Körbchen und ließ sich mit einem Seufzen hineinfallen. Er schlief, bevor Tiger überhaupt ihren Mantel fertig ausgezogen hatte. Sie füllte den Teekessel, stellte ihn auf den Herd und suchte sich eine saubere Tasse, bevor sie einen Teebeutel aus der kleinen Packung nahm. Das war ihr kleines Ritual. Mit dem Hund am Strand spazieren gehen, bis die Sonne unterging, eine Tasse Kräutertee, ein Stück dunkle Schokolade und seine halbe Stunde der Stille, während sie auf ihrer Dachterrasse saß, egal wie kalt ihr wurde. Tiger bevorzugte den Herbst, was die momentane Jahreszeit war, wenn es immer noch warme Tage gab, aber eine von ihr geliebte Kühle in die Luft drang, sobald sich die Sonne dem Horizont näherte. Es fühlte sich frisch an, reinigend.

Diese ganze Insel war der beste Balsam für ihre gebrochene Seele gewesen. Die letzten zwei Jahre, in denen sie hier in scheinbarer Anonymität gelebt hatte, waren die Erleichterung gewesen, die sie gebraucht hatte, nachdem der Gerichtsprozess von Grant Waller den Angriff immer und immer wieder in die Presse gebracht hatte. Tiger hatte eine wirkliche Bindung zu Nell bekommen, nachdem die Frau wie ein Engel in ihr Leben gekommen war und sich sowohl um Tiger als auch um ihren schockierten, wütenden Bruder gekümmert und sie ausgeglichen hatte.

Tiger hatte ein paar Monate bei ihnen gewohnt, und als der

Aufruhr abgeebbt war, zog sie in ihr kleines Haus auf den San Juan Islands. Es war weit genug weg, damit sie nicht das Gefühl hatte, ihren Bruder und seine Liebe einzuengen, aber nah genug, um nach Seattle zu reisen, wenn sie gebraucht wurde. Als ihre Nichte geboren wurde, verliebte Tiger sich sofort. Die kleine Daisy war das Licht ihres Lebens, und durch die Zeit mit ihr fragte sie sich mehr als alles andere, ob sie sich wirklich abschotten wollte oder ob es noch mehr gab.

Und sie musste zugeben, dass sie die Einsamkeit in letzter Zeit gespürt hatte. Fizz half. Sie hatte den Hund vor einem Jahr aus einem Tierheim geholt und es keine Sekunde bereut. Fizz war ein Bündel fluffiger Liebe, das nie weniger als überglücklich war, sie zu sehen, und als Gegenleistung um nichts als Liebe—und Essen—bat. Fizz schlief neben ihr im Bett und weckte sie jeden Morgen mit einem leichten Stupsen und einem zögernden Lecken.

Tiger begann ebenfalls, sich zu langweilen. Sie hatte die letzten zwei Jahre fern des Schauspielerns verbracht und all die anderen Dinge gemacht, die sie im Leben tun wollte: Klavierspielen lernen, sich am Schreiben versuchen, Bloggen (natürlich unter einem Pseudonym) und sogar ein paar Abendkurse zu verschiedenen Themen besuchen. Aber während des Tages verließ sie langsam die Notwendigkeit, undercover zu sein. Niemand, soweit sie es wusste, hatte sie erkannt. Ihr Haar war mittlerweile lang und wellig und wieder bei seiner natürlichen Farbe angekommen, nach Jahren des Färbens und Bleichens und Zerstörens durch verschiedene Rollen. Sie trug wenig Make-Up, und da ihre Leinwandpersönlichkeit ein sehr sirenenhafter und alter Filmstar-Stil gewesen war, war ihr natürlicher Look so anders, dass sie begonnen hatte, sich bei anderen Menschen zu entspannen.

Sie hatte einen Coffee-Shop, in dem sie jetzt Stammgast war, und die Besitzerin, eine liebe Frau im ungefähr gleichen Alter, pausierte oft, um mit ihr zu plaudern. Tiger kannte sie nur als Sarah, und sie hatte Sarah gesagt, ihr Name sei Tig. In den Augen der anderen Frau lag kein Anflug von Erkenntnis, und Tiger fühlte sich langsam immer wohler bei der anderen Frau und dachte, dass sie vielleicht eine neue Freundin gefunden hatte. Es war ein netter Gedanke.

AM NÄCHSTEN MORGEN NAHM SIE FIZZ, GING ZUR KLEINEN Hauptstraße und in den Coffee-Shop. Sarah sah hinter dem Tresen auf und lächelte. „Hey, hallo. Ich habe mich schon gefragt, ob ich dich heute sehen würde."

Tiger grinste. „Ich bin ganz präzise. Und außerdem will Fizz seine Tante sehen."

Sarah liebte den kleinen Hund und kam jetzt zu ihm. „Hör zu, ich hatte gehofft, ich würde dich sehen. Kannst du dich für eine Weile hinsetzen und plaudern?"

Tiger war überrascht. „Natürlich."

„Der Tee geht aufs Haus." Sarah ging los, um einen Kunden zu bedienen, dann brachte sie zwei dampfende Becher mit Earl Grey darin zum Tisch. Tiger dankte ihr.

Sarah lächelte. „Ich komme nicht ohne Hintergedanken. Ich werde hier wahrscheinlich ein wenig weit gehen, aber ich muss dich etwas fragen."

Tigers Herz wurde schwer, aber sie nickte trotzdem. Sie mochte Sarah, und sie würde nicht lügen, wenn Sarah sie nach ihrer wahren Identität fragte.

Sarah atmete nervös ein. „Also, nicht dass ich es nicht liebe, dich jeden Tag hier zu sehen, aber ich nehme an, da du hier bist, wenn die meisten anderen Leute arbeiteten, tust du das nicht?"

Tiger grinste erleichtert. „Im Moment nicht. Ich mache momentan Urlaub, der sich irgendwie auf ein paar Jahre ausgedehnt hat. Warum fragst du?"

„Denn, wenn du nicht denkst, dass ich mich damit schlecht benehme, ich habe mich gefragt, ob du einen Teilzeitjob brauchst? Es ist nur, meine Barista Bella geht bald auf die Northwestern Universität, und ich dachte, ich hätte einen Ersatz, aber sie hat gestern Abend angerufen und mir gesagt, sie sei von jemand anderem abgeworben worden." Sarah seufzte und lächelte Tiger schüchtern an. „Du kannst nein sagen, und ich werde dir das überhaupt nicht übelnehmen. Es ist nur, ich mag dich, und ich denke, wir könnten Spaß dabei haben, miteinander zu arbeiten."

„Ich habe keine Erfahrung im Barista…en—ist das das Wort?" Tiger lachte. „Aber ich würde gerne helfen, gerne lernen."

Sarahs Augen wurden groß. „Wirklich?"

„Wirklich. Ich habe schon darüber nachgedacht, was ich als nächstes tun soll, und ich liebe diesen Ort." Sie blickte auf Fizz hinab, der geduldig zu ihren Füßen lag. „Kann ich Fizz mit mir zur Arbeit bringen?"

„Natürlich!" Sarah schien den Tränen nahe zu sein und lächelte breit. „Gott, ich bin so glücklich, Tigs."

Tiger empfand eine Welle der Zuneigung für die andere Frau und deren Benutzung ihres alten Kosenamens. Sie erkannte eindeutig nicht, wer Tiger war. *Wer ich einmal gewesen bin,* dachte Tiger jetzt und nickte vor sich hin. Das war eine Million Meilen entfernt, eine Million Jahre. „Ich bin froh … hey, ich freue mich darauf. Wann soll ich anfangen?"

„Jederzeit in den nächsten zwei Wochen, wenn das möglich ist. So lange habe ich Bella noch, und wir zwei können dich einarbeiten."

Tiger nahm ihren Becher und stieß ihn an Sarahs. „Trinken wir darauf … Boss."

Sarah lächelte. „Ha. Ich sehe es lieber als Partnerschaft. Danke, Tigs."

TIGER LÄCHELTE IMMER NOCH, ALS SIE NACH HAUSE KAM, UND als sie durch die Tür ging, klingelte ihr Handy. Sie sah, dass es Apollo war und lächelte. „Hey, Bruderherz, du rufst genau zum richtigen Zeitpunkt an. Rate mal, wer einen Job bekommen hat?"

Apollo war für eine Sekunde zu lang still, und plötzlich spürte Tiger seine Anspannung. „Was? Was ist? Ist es Daisy? Oder Nell?"

Sie hörte, wie ihr Bruder einen tiefen Atemzug nahm. „Nein, Liebling", erwiderte er sanft. „Nein, es geht uns allen gut, keine Sorge. Tigs … es ist Grant Waller."

„Was ist mit ihm?"

„Oh, Tigs … er ist aus dem Gefängnis raus. Die haben ihn früher rausgelassen."

KAPITEL FÜNF – GLORY BOX

The Island, San Juan Islands, Washington State

TIGER WAR ENTSCHLOSSEN, DASS DIE NEUIGKEITEN ÜBER GRANT Wallers Entlassung das neue Leben nicht beeinflussen würden, das sie hier aufgebaut hatte. Zwei Tage später trat sie zu ihrem ersten Arbeitsvormittag im Coffee-Shop an und war sofort voll im Training. Bella, die Barista, die auf das College ging, war so lieb wie Sarah, aber auch eine harte Lehrerin und so sachkundig in ihrer Rolle, dass sich Tigers Kopf am Ende ihrer ersten Schicht drehte.

Sarah lachte, als sie kam, um Tiger abzulösen und deren fassungslosen Gesichtsausdruck sah. „Ah, du wurdest ge-Bella-t."

„Ich hätte nie gedacht, dass es so viel zu lernen gibt. Oder dass es so viele verschiedene Sorten Bohnen gibt."

Sarah lehnte sich zu ihr und flüsterte hörbar: „Mach dir nicht allzu viele Gedanken darum. Bella ist das, was wir einen Bohnen-Geek nennen."

„Ich kann dich hören", beschwerte Bella sich, die aus dem Hinterzimmer kam, woraufhin Tiger und Sarah lachten. „Eigentlich hat Tigs sich ziemlich gut geschlagen, toll für einen Anfänger."

„Danke, Bells." Tiger hatte es genossen, den Morgen mit dem Teenager zu verbringen, war sogar gerührt gewesen, als Bella ihr ein Namensschild in Form einer winzigen Tafel gegeben hatte, auf dem in Kreide ‚Tigs' stand. Die kleinen Dinge im Leben. *Vor drei Jahren war ich bei den Oscars, und jetzt ... Gott, ich bin so viel lieber hier.* „Hör zu, willst du, dass ich hierbleibe, während du dir Mittagessen holst?"

Bella sah Sarah an, die lächelnd nickte. „Okay, danke. Kann ich euch beiden etwas mitbringen? Ich gehe zu der Sandwich-Bar die Straße runter."

Sie nahm ihre Bestellungen entgegen und verschwand durch die Tür. Sarah stieß Tiger mit der Schulter an. „Also, du kannst ehrlich sein. Denkst du, du schaffst das?"

„Tue ich, wirklich. Und Fizz schmust sich schon an all unsere Kunden an." Sie nickte zu einem Tisch, an dem ein einsamer Mann saß und Fizz streichelte, der die Aufmerksamkeit liebte.

Sarah lachte. „Gut, vielleicht bringt Fizz noch mehr Kunden her."

„Es war ziemlich geschäftig."

„Es ist ein schöner Tag, wir bekommen immer mehr, wenn das Wetter gut ist. Touristen, die aus Seattle kommen. Was mich daran erinnert, ich habe dich nie gefragt ... bist du aus Washington?"

Tiger nickte. „In Seattle geboren und aufgewachsen."

„Was hast du getan, bevor du hergekommen bist?"

„Maskenbildnerin", log Tiger mühelos. Sie hatte sich eine glaubwürdige Verschleierungsgeschichte über ihre Zeit in der Branche ausgedacht — immerhin war sie im Make-Up-Trailer immer aufmerksam und an der Kunst interessiert gewesen. „Manchmal mache ich Gastblogs oder Artikel für Webseiten." Auch keine völlige Lüge, aber nah genug.

Sarah nickte. „Ich dachte, du wärst vielleicht Model gewesen oder so. Du hast eindeutig das Aussehen dafür."

Tiger hoffte, dass ihr Gesicht nicht rot wurde. „Ha, danke. Du auch."

Da log sie nicht. Sarah war umwerfend, hatte weiche Kurven und ebenmäßige Haut sowie lange, dunkelbraune Dreadlocks, die ihr bis weit über die Taille gingen. Sie hatte Tiger erzählt, dass ihr Vater Kreole aus New Orleans und ihre Mutter afroamerikanischer Abstammung war. Sarah war sechsunddreißig und zuvor schon verheiratet gewesen, aber ihr Mann Ben war vor ein paar Jahren dem Krebs erlegen, womit Sarah allein zurückblieb.

Tiger hatte ihren Boss in den letzten Tagen noch besser kennengelernt und Sarah eingeladen, bei ihr zu Abend zu essen, wenn sie Zeit hatte.

Als Bella zurückkehrte, verabschiedete Tiger sich von ihr und Sarah und sammelte Fizz ein. Sie ging nach Hause, wobei sie den Herbstnachmittag genoss. Fizz war damit beschäftigt, an mehreren Laternenpfosten zu schnüffeln, wobei er seine ‚Pipi-Post' einsammelte, wie Tiger es nannte, aber plötzlich hob der Hund den Kopf und zog Tiger mit sich, da er zu jemandem rannte, der auf der anderen Straßenseite lief.

„Na hallo, dieses kleine Hündchen kenne ich doch."

Es war der Mann vom Strand vor ein paar Tagen, und Tiger sah zu, wie er sich bückte, um Fizz erneut zu streicheln. Der Hund wedelte wie wild mit dem Schwanz, und Tiger lächelte entspannt. Fizz war ein guter Menschenkenner. Der Mann richtete sich auf und lächelte sie an, woraufhin Tiger einen Schock des Wiedererkennens erfuhr.

„Hi", sagte er und streckte seine Hand aus. „Lazlo Schuler."

Sie schüttelte stumm seine Hand, auf das unausweichliche Erkennen wartend. Scheiße. Nicht jetzt. Nicht nach allem.

Aber Lazlo Schuler lächelte sie nur an, während sie seine Hand schüttelte und sagte: „Tig."

„Tig?"

„Nur Tig."

„Okay, Nur Tig, und wer ist das?" Er bückte sich erneut und streichelte dem Hund die weichen Ohren.

„Fizz. Es tut mir leid, es ist nicht meine Absicht, nur monotone Antworten zu geben."

Lazlo lachte, und irgendetwas in Tigers Bauch flatterte. Schmetterlinge? Wirklich? Nicht bei diesem Mann, ausgerechnet ihm. Wenn er sie erkannte, konnte er sie innerhalb einer Sekunde entlarven.

„Bist du neu in der Gegend?" Sie wollte verdammt sein, wenn sie sich preisgab, indem sie sich merkwürdig verhielt. Es hatte nichts mit der Tatsache zu tun, dass er wirklich sehr nette und extrem sexy marineblaue Augen hatte, dass er groß war, sehr groß, und die Art von Körper hatte, bei dem sie sich vorstellte, dass es viel Training erforderte, ihn so hinzubekommen.

Beruhig dich, Mädel.

Lazlo schüttelte den Kopf. „Bin erst angekommen. Ich mache für eine Weile Urlaub von meinem normalen Leben. Ich habe gehört, es soll erholsam sein. Bist du einheimisch?"

Tiger nickte und biss sich auf die Lippe. „Ich arbeite Teilzeit in dem Coffee-Shop an der Hauptstraße."

„Den kenne ich. Sehr guter Kaffee."

Tiger lächelte. „Naja, jetzt wo ich dort arbeite, würde ich besser versuchen, nicht zu viel zu erwarten."

„Das klingt nach einer Herausforderung." Er sah sich um. „Lebst du hier in der Nähe?"

Sie zögerte, und er schien zu erkennen, wie das geklungen haben musste. „Sorry, ich will nicht aufdringlich ein. Es ist nur, ich rede gern mit dir. Ich kenne noch niemanden, und ich habe mich gefragt, ob ich dich nach Hause bringen könnte, wenn du dahin unterwegs bist."

Tiger zögerte erneut. Sie kannte Lazlos Ruf als netten Kerl, ein Gentleman, aber indem sie sein Angebot annahm, würde er sich vielleicht fragen, warum sie so bereitwillig annahm.

Glücklicherweise rettete Lazlo sie. „Hör zu, vergiss das. Kann ich irgendwann in den Coffee-Shop kommen und plaudern? Wie wäre das? Ist das sicherer?"

Sie lächelte ihn dankbar an. „Danke für dein Verständnis. Das fände ich schön." *Was. Tust. Du? Dieser Mann könnte alles vermasseln ...*

39

... *aber Gott, sein Lächeln.* „Ich arbeite an Donnerstagen und Montagen morgens." Sie biss sich wieder auf die Lippe. „Und ich gehe jeden Abend mit dem Hund am Strand spazieren."

Oh Gott, sie würde das wirklich tun, oder nicht?

Lazlo Schuler lächelte. „Dann werden wir uns definitiv wiedersehen ... Tig."

„Werden wir ... Laz."

Sein Grinsen wurde breiter, ihre Blicke trafen sich, und etwas Undefinierbares entstand zwischen ihnen.

Tiger verabschiedete sich, dann gingen sie und Fizz nach Hause. Gott, Lazlo Schuler kennenzulernen war riskant, viel zu riskant, aber da war etwas an ihm. Sie hatte nie sein Leid vergessen, dieser Anruf bei einem Freund, den sie im Krankenhaus an dem Abend mitbekommen hatte, an dem sie von Grant Waller angegriffen worden war. Lazlos Trauer für seine Schwester India Blue und die Art, wie er mit seinen Gefühlen so offen gewesen war ... Das war kein Mann, dessen Maskulinität in Zweifel stand, und trotzdem konnte er seine Gefühle so frei ausdrücken. Darin lag etwas so Reizvolles. Sie lächelte immer noch, als sie nach Hause kam.

Lazlo ging zurück zu seinem Haus und schüttelte den Kopf. Na, das war unerwartet gewesen. Er hatte gewusst, dass sie ihm bekannt vorgekommen war, als sie sich zum ersten Mal flüchtig am Strand getroffen hatten, aber heute hatte er sie sofort erkannt.

Tiger Rose.

Heilige Scheiße. Hierhin war sie also verschwunden. Aber

Lazlo erkannte ebenfalls die Tatsache, dass sie wusste, wer er war, und Angst hatte, er würde sie preisgeben. Er wusste von Indias nomadischer Existenz, als Braydon Carter sie gestalkt hatte, die Angst preisgegeben zu werden, und seine Gedanken gingen zu Tiger Rose. Sie wollte nicht gefunden werden, das war offensichtlich.

Aber er war neugierig. Also machte er aus Respekt einen auf dumm, aber er konnte trotzdem nicht anders, als zu fragen, ob sie sich unterhalten könnten. Und, so sagte er sich, dass es nicht daran lag, dass Tiger Rose ohne all den Sternenstaub, der Hollywood umgab, noch schöner war, als er es sich je vorgestellt hätte.

Er wollte dieses dunkle Haar um seine Hand wickeln und sie nah an sich ziehen, seine Lippen auf diesen Mund gleich einer Rosenknospe pressen. Keine Frau war seit einer gefühlten Ewigkeit auch nur annähernd daran gekommen, diesen Effekt auf ihn zu haben.

Schlechte Idee. Sehr schlechte Idee. Wenn Tiger anonym bleiben wollte, würde sie mit dem immer präsenten Risiko der Enthüllung niemanden, der ihrem vorherigen Leben so nah war, bei sich haben wollen. Immerhin kannte sie ihn nicht. Sie wusste nicht, dass er nie sie oder ihr neues Leben riskieren würde.

Aber diese Augen, dieser Mund … konnte er wirklich so selbstlos sein und fernbleiben?

Nein.

Aber er würde alles in seiner Macht Stehende tun, um Tiger Rose zu beschützen. Das wusste er mit Sicherheit.

KAPITEL SECHS – HOLD ME TIGHT

ew York City

GRANT WALLER WAR WÜTEND. NEIN, NICHT NUR WÜTEND, wutentbrannt. Er hatte fünf Jahre bei dieser verdammten Zeitung gearbeitet. Sie hatten ihn während des Prozesses wegen sexueller Gewalt unterstützt, ihm versichert, dass sein Job sicher sein würde, wenn er aus dem Gefängnis entlassen wurde, und jetzt, jetzt hatte sein Redakteur entschieden, dass er sich seinem alten Team nicht wieder würde anschließen können. *Na, scheiß auf ihn*, dachte Grant, der zielbewusst durch die Stadt marschierte, *was weiß der schon?* Pol Flahertys Worte kamen zurück zu ihm.

„Grant, du bist ein guter Autor, aber kein großartiger Autor, kein genialer Autor. Ich brauche etwas anderes. Die Zeiten haben sich verändert, seit du zuletzt hier gearbeitet hast." Pol hob die Hände. „Es tut mir leid. Es geht nicht."

Grant sah finster vor sich hin, während er die Bleecker Street entlangging. Er dachte an die selbstgefällige Befriedigung in Flahertys Gesicht, als er Grant gefeuert hatte. *Arschloch*, dachte er, *arroganter kleiner Wichser.* Er hielt an und nahm einen tiefen Atemzug. Er holte sein Handy hervor und tippte die Nummer seines Freundes Doug ein. Während er ein Treffen mit ihm arrangierte, kam ihm der Spross einer Idee, und zum ersten Mal an diesem Tag lächelte Grant Waller.

India Blue wachte spät auf und rollte aus dem Bett, immer noch kaum bei Bewusstsein. Sie und Massimo waren für eine Preisverleihung in der Stadt, die ziemlich spät geworden war. Als sie lachend und kichernd nach Hause gekommen waren, waren sie sturzbesoffen gewesen. Gepaart mit viel Sex in jedem Zimmer der Wohnung bis spät in die Nacht und den frühen Morgen fühlte India sich gerädert. Aber hauptsächlich auf eine gute Art.

Sie putzte sich die Zähne, drehte die Dusche auf, zog sich aus und stieg unter das heiße Wasser. Sie hörte, wie der Fernseher in der Küche eingeschaltet wurde, und nahm an, dass Massimo bereits auf und angezogen war. Er ließ sie immer lange schlafen, wenn sie es brauchte, sorgte dann aber dafür, dass sie wusste, dass sie ihm einen Gefallen schuldete. India dachte daran und grinste.

Sie waren jetzt bereits seit Jahren verheiratet, aber trotzdem ließ er sie sich jeden Tag wie einen liebeskranken Teenager fühlen. Nach den Jahren des Schreckens und der Trauer war sie endlich wirklich glücklich.

Außer einer Sache. Sie war immer noch nicht schwanger

geworden. Sie sah, dass der Badezimmerschrank offen war, sah die Ecke der blauen Verpackungen der Schwangerschaftstests und trat die Tür genervt zu. *Hör auf, dich zu quälen.*

Massimo hatte ihr gesagt, dass es für ihn absolut in Ordnung war, keine Kinder zu haben, und für ein paar Jahre war das eine Erleichterung gewesen. Zumindest, bis ihre geliebten Sun und Tae in Korea entschieden hatten, gemeinsam ein Kind zu adoptieren. Ihr kleiner Sohn, der zweijährige Mika, war hinreißend, und die beiden Männer liebten ihr Kind abgöttisch. Als India und Massimo im Sommer Seoul besucht hatten, hatte es ihr Herz schmerzen lassen, zu sehen, wie Massimo mit dem Kind umging, mit ihm spielte und ihn kitzelte, ihn zum Lachen brachte.

Natürlich verbarg sie die Tränen vor ihm, aber Sun, ihr lieber Sun, der nie eine Stimmungsveränderung verpasste, fand sie weinend und umarmte sie. „Es wird passieren", flüsterte er, während sie leise an seiner Brust schluchzte. „Du bist dazu bestimmt, Mutter zu werden, Indy."

Als sie aus Seoul zurückgekommen waren, hatte sie Massimo gefragt, ob sie sich beide testen lassen konnten, und er hatte sie unterstützt. „Piccolo, natürlich."

Und die Ärzte in der Fruchtbarkeitsklinik stellten bei keinem der beiden etwas Schlechtes fest. „Selbst mit den Schäden an ihrer Gebärmutter durch die Stichwunden, scheint sie funktionsfähig zu sein. Ihre Periode ist regelmäßig?"

Sie nickte. „Alle achtundzwanzig Tage."

„Irgendwelche schmerzvollen Symptome, außer des Üblichen?"

Sie schüttelte den Kopf. „Nein."

„Dann sollten Sie kein Problem mit der Empfängnis haben."

Warum ist es dann also noch nicht passiert? Sie wollte es ihm ins Gesicht schreien, jedem Arzt dort, in der Stadt, selbst Massimo. Es war nicht so, als hätten sie und Massimo nicht jeden Tag Sex, manchmal sogar mehrfach. Ihr Sexleben war noch nie besser gewesen. Sie besuchten jetzt hin und wieder sogar einen exklusiven Sexclub, wobei sie die Erregung genossen, erwischt zu werden, es öffentlich zu tun und die Vorlieben des anderen zu erkunden.

India ging in die Küche und fand Massimo Zeitung lesend vor. Sie ließ ihre Arme um seine Taille gleiten. „Hey, Liebling."

„Hey, Süße."

Sie küsste seine Schulter, dann tat sie so, als würde sie hineinbeißen, wobei sie ein Tiergeräusch machte. Massimo lachte. „Fühlst du dich verrückt?"

„Immer. Außerdem hungrig, und nicht nur nach dir."

Massimo prustete. „Bist du immer noch betrunken?"

„Möglicherweise." India öffnete den Kühlschrank und musterte dessen Inhalt. „Ist es angemessen, zum Frühstück gebratenes Hähnchen zu essen?"

„Ich werde es nicht weitererzählen."

India holte den Teller mit Hähnchenkeulen heraus und stellte eine Pfanne auf den Herd. „Proteine. Hast du schon gegessen?"

„Haferflocken, aber wenn du ein wenig Gesellschaft willst … Wie auch immer, es ist nah genug an der Mittagszeit."

45

India blickte auf die Uhr. Es war kurz nach elf. „Mann, ich habe lang geschlafen."

Massimo wackelte mit den Augenbrauen. „Naja, ich war die ganze Nacht ‚auf'."

„Wie alt bist du, zwölf?" Aber sie kicherte. Sie begann, das Hähnchen zu braten. „Also … da wir ein wenig Freizeit haben, bevor wir wieder arbeiten müssen … was sollen wir tun? Urlaub?"

„Wenn du magst." Er kniff die Augen zusammen. „Aber wenn du damit meinst, Lazlo in Washington zu besuchen … nein. Lass ihn in Ruhe."

India schmollte. „Ich mache mir nur Sorgen."

„Ich weiß, aber er ist erst dort angekommen. Lass ihn sich eingewöhnen, bevor wir auf ihn losgehen. Du weißt, dass ein Haufen Presse mit uns kommt, wo auch immer wir hingehen. Du warst diejenige, die ihm gesagt hat, er solle weggehen — also lass ihn."

„Gut."

„Hör auf zu schmollen."

„Tue ich nicht. Naja, wie wäre es, wenn wir nach Italien gehen, deine Mutter treffen, Gracia und Kyu?" Gracia war Massimos jüngere Schwester, die mit ihrem Freund Kyu in Rom lebte.

„Die sind alle auf einer Kreuzfahrt in Griechenland. Ich dachte, das wüsstest du?" Massimo runzelte die Stirn. „Du tust das in letzter Zeit oft."

„Was tue ich in letzter Zeit oft?" India hörte nur halb zu, damit beschäftigt, ihr Essen vorzubereiten. Sie schob das

Hähnchen auf einen Teller und verbrannte sich in ihrer Eile, es zu essen, die Finger. „Autsch."

Massimo seufzte und reichte ihr Messer und Gabel. „Dummerchen. Du wirst vergesslich."

„Weswegen?" Aber sie grinste, um zu zeigen, dass sie nur Witze machte. „Ich muss zugeben, ich war in letzter Zeit ein wenig unkonzentriert. Ich war vor kurzem im Studio und habe völlig vergessen, dass ich bereits einen ganzen Song aufgenommen hatte. Jimmy hat mich angesehen, als wäre ich irre."

„Naja, das ist unbestreitbar." Massimo lächelte. „Bist du sicher, dass es dir gutgeht?"

India nickte. „Oh, ja, mit mir ist nichts. Ich denke, ich muss mich nur konzentrieren, aber um ehrlich zu sein, mein Herz ist schon seit einer Weile nicht mehr in der Musik."

„Das klingt gar nicht nach dir."

India zuckte die Achseln. „Mass ... was sonst gibt es für mich zu tun? Ich hatte erfolgreiche Alben, und das waren alles welche, die ich schreiben und aufnehmen wollte. Ich habe mit fast all meinen Lieblingskünstlern zusammengearbeitet. Ich habe Stadien ausverkauft. Gott, ich klinge eingebildet, aber ich habe alles getan, was ich je tun wollte."

„Außer ein paar Zusammenarbeiten. Ich weiß, dass du ein paar erwähnt hast, die du immer machen wolltest. Pearl Jam, The 9th and Pine — Bay Tambe spricht in ihren Interviews immer darüber, mit dir zu arbeiten."

India sah ausdruckslos aus. „Das tut sie?"

Massimo runzelte die Stirn. „Ja, Liebling. Ernsthaft, das hast du vergessen? Du verehrst Bay als Heldin … du sagst mir, du hättest vergessen, dass sie diese Liebe erwidert?"

„Ich nehme mal an … es ist mir entfallen." India wich seinem eindringlichen Blick aus. „Mass, versprochen, es geht mir gut. Machen wir uns keine Sorgen um dumme Dinge, wie dass ich so etwas vergesse. Es ist nicht so, als wären Bay und ich beste Freunde, wir haben uns nur ein paar Mal getroffen."

Massimo nickte, aber India konnte sehen, dass er beschäftigt war und seufzte. „Liebling, wir haben die letzten Jahre damit verbracht, uns Sorgen um die Gesundheit des anderen zu machen. Jetzt ist Zeit, das nicht zu tun. Ich bin absolut gesund. All den Ärzten, bei denen wir waren, wäre bei der Anzahl von Tests etwas aufgefallen." Sie lächelte ihn an und küsste seine Wange. „Wenn du möchtest, kann ich dir beweisen, wie gut es mir geht …"

Endlich lächelte er. „Naja, wenn du nach letzter Nacht immer noch laufen kannst, muss ich etwas falsch machen …"

„Mit dir war letzte Nacht gar nichts falsch." Sie nahm seine Hand und führte sie unter ihren Morgenmantel zwischen ihre Beine. „Nimm mich, Verdi."

„So ein versautes Mädchen", seufzte er, küsste sie aber, während seine Finger sie streichelten und dann in sie hineinglitten, wobei sie fühlten, wie sie für ihn feucht wurde.

India seufzte glücklich und lehnte sich an ihn, seine Erektion durch seine Hose greifend. „Das werde ich nie satt haben."

Massimo knurrte vor Verlangen auf, dann nahm er sie plötzlich in die Arme und trug sie ins Schlafzimmer. India kicherte, als er den Gürtel ihres Morgenmantels mit den Zähnen öffnete, dann, als er den Stoff zur Seite schob, keuchte sie, als sein Mund ihre Brustwarze fand und begann, sie zu necken.

„Oh, Massi … mein Leben hat begonnen, als ich dich gefunden habe."

Er hob den Kopf und grinste sie an, wobei seine auffallend grünen Augen funkelten. „Still, Weib, ich gebe dir hier mein Bestes."

Sie lachte, und bald liebten sie einander. India legte ihre Beine um seinen Rücken, während er mit jedem Stoß tiefer und härter in sie eindrang. Sie krallte sich in die harten Muskeln seines Rückens, drängte ihn, küsste ihn mit wilder Intensität, als wollte sie ihn verschlingen.

Nein, sie würde das nie satt haben, ihn, sie … wenn sie nie Kinder bekamen, dann war das okay. Sie hatten einander, und für India würde das immer genug sein.

„ALSO, DU WILLST, DASS ICH WAS TUE? TIGER ROSE FINDEN?" Doug rollte angesichts seines alten Freundes mit den Augen. Er kannte Grant seit Jahren, hielt ihm immer den Rücken frei, aber er erkannte Ärger, wenn er ihn sah. „Mann, du hast erst wegen dieser Schlampe Zeit abgesessen. Willst du so sehr zurück in den Knast?"

„Ich werde ihr nichts antun, Dummkopf, sei nicht verrückt. Ich will nur wissen, wo sie sich versteckt hat. Dann kann ich als Ghostwriter vielleicht etwas über sie schreiben. Mir ein wenig Arbeit verschaffen."

„Aber warum ausgerechnet sie? Sie ist eine vergiftete Quelle, Grant. Besonders für dich. Nimm jemand anderen. Jeder weiß, dass als Tiger Rose ihren Rücktritt verkündet hat, sie es auch so gemeint hatte. Sie will nicht gefunden werden. Lass sie in Ruhe."

Grants zu helle graue Augen waren gefährlich, als er seinen Freund ansah. „Nein. Sieh mal … diese Schlampe hat mich hinter Gitter gebracht. Für zwei lange Jahre, Doug."

Doug leerte den Rest seines Biers. „Du hast sie angegriffen, Grant. Ich verüble es ihr nicht. Wenn irgendjemand Rache verdient, dann bist du das nicht. Hättest du das meiner Schwester angetan? Ich hätte dich umgelegt."

Grant starrte ihn für einen langen Moment stumm an, dann zuckte der Anflug eines Lächelns an seinen Mundwinkeln. „Wie geht es deiner Schwester, Doug?"

Doug stellte sein Glas ab und starrte seinen Freund an. Die beiden Männer funkelten einander an, dann grinste Grant und hielt die Hände hoch. „Ich zieh dich nur auf, Kumpel."

Doug wandte den Blick ab, bevor er schwach lächelte, und Grant wusste, dass sein Freund die angedeutete Drohung bemerkt hatte. „Also was?"

„Also, ich muss nur herausfinden, wo sie hingegangen ist. Mit wem sie dort ist, wenn überhaupt. Eine Adresse ist alles, was ich brauche. Dann ist dein Job erledigt. Ich bezahle dich natürlich."

„Womit?"

Grant lächelte nur, und Doug wurde blass. „Gut. Ich melde mich bei dir."

Er stand auf und ging schnell, während Grant vor sich hin lachte. Er mochte Doug, aber wenn der eine Schwäche hatte, dann war das seine jüngere Schwester: eine zarte Kreatur namens Janey. Janey schwärmte für Grant, schon seit sie Teenager war, und sie wäre mit nur einem Fingerschnippen sein. Grant war sich ziemlich sicher, dass sie immer noch Jungfrau war, und er war überhaupt nicht an ihr interessiert. Sie war viel zu blass und ruhig für ihn. Aber er würde sie mit Freude entjungfern und ihr das Herz brechen, wenn Doug ihn hängen ließ.

Jetzt, wo er allein war, beäugte er die Frauen an der Bar. Nicht viele fielen ihm ins Auge, aber er hatte auch einen besonderen Geschmack. Ah, wem wollte er etwas vormachen? Er wollte nur eine Frau, die Frau, an die er während seiner Nächte im Gefängnis gedacht hatte. Die Frau, die er gleichzeitig begehrte und hasste.

Tiger Rose.

Sie verfolgte seine Träume. Er hatte sich auf dem Laufenden gehalten, was nach seinem Prozess mit ihr geschehen war, wie sie einen Oscar gewonnen, aber kurz darauf verkündet hatte, sie sei mit dem öffentlichen Leben fertig. Die Presse hatte sie lange verfolgt, während sie versucht hatte, ein neues Leben zu beginnen, aber schließlich wandten sie sich anderen Promis zu, und Tiger Rose war frei.

Und irgendwo …

Er wusste, dass sie irgendwo in den Staaten Familie hatte, und er konnte sich nicht vorstellen, dass sie diese allein lassen würde. Einen Bruder. Irgendein dummer Name. Ihre Eltern waren bestimmt Hippies gewesen, wenn sie ihre Tochter Tiger nannten, und den Sohn … meine Güte, was war es nochmal? Irgendein Name eines griechischen Gottes …

Wen interessierte das? Das würde es einfacher machen, ihn zu finden und an Tiger heranzukommen. Dann würde er ihr neues Leben aufdecken, es für sie unmöglich machen, sich niederzulassen und glücklich zu sein. Er, Grant Waller, würde ihr Leben zu einem einzigen Elend machen.

Grant mochte in dieser Nacht vielleicht alleine nach Hause gegangen sein, aber er ging lächelnd nach Hause.

KAPITEL SIEBEN – HOLD YOU IN MY ARMS

❧

The Island, San Juan Islands, Washington State

TIGER WAR SOWOHL ENTTÄUSCHT UND ERLEICHTERT, ALS LAZLO Schuler nicht auftauchte, als sie das nächsten Mal im Coffee-Shop arbeitete. Anspannung hatte sich in ihrem Brustkorb angesammelt, aber als Bella hereinkam, um sie abzulösen, empfand sie das leichte Ziehen von Traurigkeit. Vielleicht hatte sie ihn vergrault.

„Alles gut?" Bella lächelte sie an, und nicht zum ersten Mal erkannte Tiger, dass sie die jüngere Frau wirklich vermissen würde, wenn sie in der folgenden Woche gehen würde. Jetzt umarmte sie Bella instinktiv, die überrascht aussah. Tiger war nicht gerade der überschwänglichste, körperlichste Mensch, aber sie wollte die andere Frau wissen lassen, dass sie eine Freundin war.

„Ist es, danke, Bella. Für alles. Versprich mir, dass du Kontakt halten wirst, wenn du gehst, ja? Ich habe das Gefühl, dass ich in dir eine richtige Freundin gefunden habe, und in Sarah. Das ist nichts … nichts woran ich gewöhnt bin."

Bella zog die Augenbrauen hoch. „Das überrascht mich."

„Tut es das?"

„Jap. Du bist ein Schatz."

Tiger lachte. „Ha, nicht immer."

„Wer ist das schon. Aber du hast ein gutes Herz, Tigs. Ich kann ebenfalls sehen, dass du nicht allzu gut von dir denkst, und das fasziniert mich."

Tiger lächelte ein wenig unbeholfen. „Studierst du Psychologie?"

Bella grinste. „Ja, tatsächlich, aber das war nur eine Beobachtung." Sie schien zu zögern. „Tigs …" Sie sah sich im Coffee-Shop um, dann winkte sie sie näher zu sich. „Tigs … ich weiß es."

„Du weißt es? Was?"

Bella lächelte herzlich. „Tiger."

Eine Welle der Beschämung und Angst wuschen über sie. „Gott."

„Keine Sorge, ich habe keiner Seele ein Sterbenswörtchen gesagt und werde es auch nicht tun. Ich verstehe es. Da war letztens ein Film auf Netflix, und ich habe einfach im richtigen Moment hochgesehen. Ich denke, es war einer deiner ersten — Dark Angel?"

Tiger nickte. „Bestenfalls eine kleine Nebenrolle. Und dadurch hast du mich erkannt?"

„Wie gesagt, ich habe im richtigen Moment aufgesehen, und es war nur eine sehr kleine Bewegung, die du gemacht hast, eine Geste." Sie hob ihre Hand, fuhr sich damit langsam über den Hals und strich sich dann eine Haarsträhne hinter das Ohr. „Du tust das oft. Es ist, als würdest du nachdenken und dann eine Entscheidung treffen."

Tiger wusste nicht, was sie sagen sollte, und Bella lachte. „Entschuldige, ich bin fasziniert von den Einzigartigkeiten der Menschen, ihren Gesten, ihren Angewohnheiten."

„Du wirst eine tolle Psychologin werden", meinte Tiger schließlich und lachte leise. Sie lächelte Bella an. „Danke, dass du es nicht erzählt hast. Ich will nur ein neues Leben."

„Von den Oscars zum Servieren von Kaffee?" Bella schüttelte den Kopf. „Wie fühlt sich das an?"

„Willst du die Wahrheit wissen? Es fühlt sich an, als sei ich endlich frei."

Es lag eine gewisse Erleichterung darin zu wissen, dass es jemand wusste, dass sie bei Bella sie selbst sein, sich entspannen und nicht auf der Hut sein musste. Während Bellas letzter Woche im Coffee-Shop kamen sich die beiden näher, und Tiger fragte sich, als Bella weg war, ob sie sich Sarah anvertrauen sollte. Sarah war der herzlichste Mensch, den sie je getroffen hatte, und Tiger vertraue ihr bedingungslos. Sie hätte gerne jemanden, zumindest hier in ihrer neuen Heimat, bei dem sie völlig sie selbst sein konnte.

Aber dann geschah etwas, woraufhin sie sich fragte, ob sie das wirklich tun sollte. Zwei Frauen, eine brünette, eine blonde, kamen plaudernd in den Coffee-Shop, und Sarah war sehr still geworden, nachdem die beiden bedient worden waren und sich höflich bedankt hatten.

Sarah zog Tiger nach hinten. „Oh mein Gott", flüsterte sie. „Weißt du, wer das ist?"

„Wer?"

„Die!" Sarah zeigte plump auf den Tisch, an dem die beiden Frauen redeten und lachten. „Das sind Bay Tambe und Kim Clayton."

Die Namen kamen ihr bekannt vor. „Das sind ..."

„Die Sängerin und die Gitarristin von The 9th and Pine." Sarahs Gesicht war rot, völlig fasziniert. „Ich weiß, dass sie hier in der Nähe wohnen, aber ich hätte nie erwartet ... ich kann nicht erwarten, es Bella zu erzählen." Sie quietsche leise auf, und Tiger wusste, dass sie, so sehr sie ihre Freundin auch liebte, es ihr nie verraten könnte, wer sie war. Sarah konnte ums Verrecken kein Geheimnis für sich behalten.

Tiger war belustigt, aber niedergeschlagen. Verdammt.

Sie veranstalteten eine kleine Party zu Bellas Abschied, und auch wenn sie sich geschmeichelt fühlte, eingeladen zu sein, machte Tiger sich nützlich, indem sie für das Essen und die Getränke sorgte und sicherstellte, dass jeder versorgt war. Schließlich zog Sarah sie auf einen Stuhl. „Tigs, du hast genug getan. Die Arbeit ist vorbei, entspann dich."

Sie legte einen Arm um Tigers Schultern, und Tiger musste lachen. Sarah war scheinbar ein wenig beschwipst. „Jetzt, Tigs ..." Sarah nickte in eine Ecke des Coffee-Shops, wo Bella mit ihren Freunden redete. „Bella verlässt uns wirklich, der

Schweinehund, also sind es jetzt nur noch du und ich. Bist du sicher, dass du das tun willst?"

Tiger stieß ihr Weinglas an das von Sarah. „Einhundert Prozent. Danke für die Chance, Sarah, wirklich. Es war eine Rettungsleine."

„Aww." Sarah hickste, und Tiger lachte.

„Ich denke, ich bringe dich besser nach Hause, Sarah."

NACHDEM SIE SARAH SICHER NACH HAUSE GEBRACHT HATTE, ging Tiger durch die ruhigen Straßen. Sie genoss die Stille. Nur das leise Geplätscher des Wassers und die Fähren, die durch den Hafen fuhren, durchbrachen sie. Sie atmete die frische Luft ein und hielt nur an, wenn Fizz pinkeln musste oder an einem Pfosten schnüffeln wollte. Das war wirklich ein Zufluchtsort, dachte sie, als sie sich umsah. Es war niemand sonst auf der Straße, ein paar Blocks von ihrem Haus entfernt, aber andererseits war es auch schon nach zweiundzwanzig Uhr.

Eine Bewegung in einem der Häuser fiel ihr ins Auge, und sie sah Lazlo Schuler in seinem Wohnzimmer, wo er umherlief, das Telefon am Ohr. Er lachte, wodurch sein attraktives Gesicht strahlte, und Tiger spürte einen weiteren Ruck in ihrer Seele. Gott, er war gnadenlos schön, oder nicht? Sie konnte ihren Blick nicht von ihm abwenden, dann schnappte sie nach Luft, als er sie plötzlich sah.

Lazlo hob die Hand, und Tiger konnte sich nichts anderes einfallen lassen, als die Geste zu erwidern. Sie sah, wie er ins Telefon sprach, es dann weglegte und vom Fenster wegging.

Als sie seinen Schatten an der Haustür auftauchen sah, musste sie eine Entscheidung treffen.

Bleiben oder weglaufen.

„Hey … Tigs."

Sie war ertappt, es gab nichts mehr zu tun, als ihn zu grüßen.

„Hey, Lazlo. Es tut mir leid, ich schwöre, ich habe nicht herumspioniert."

Lazlo kam näher, und sie roch einen Hauch seines klaren, würzigen Eau de Cologne, was ihre Sinne taumeln ließ. „Es ist okay. Beleuchtete Fenster an einem dunklen Abend werfen in mir immer die Frage auf, was hinter geschlossenen Türen vor sich geht." Er lächelte zu ihr hinab, und Tiger konnte ihre Augen nicht davon abhalten, auf seinen Mund zu blicken, wobei sie sich fragte, wie er sich auf ihren Lippen, ihrer Haut, ihrem Körper anfühlen würde.

Lazlos Augen waren auf ihre gerichtet, als sie aufsah, und sie konnte spüren, wie ihr Gesicht rot wurde. „Hey", meinte er leise, dann schaute er hinab, als Fizz an ihm hochsprang und die Anspannung durchbrach. Lazlo lachte und bückte sich, um den Hund zu streicheln, woraufhin Tiger wieder atmete. Verdammt. Kein Mann hatte je diese Wirkung auf sie gehabt, selbst die verschiedenen Schauspieler und Regisseure, die über die Jahre hinweg ihre Anziehung zu ihr verkündet hatten. Lazlo Schuler war ein ganzer Mann, seine Maskulinität war in der Art, wie er sich benahm, offensichtlich, und trotzdem war etwas Sanftes an ihm.

Jetzt blickte er zu ihr auf. „Würdest du gerne auf einen Drink reinkommen?"

Sag nein. Sag jetzt nein und geh. „Gerne." *Ich hätte auch gerne deinen Schwanz in mir. Hör auf!* Tiger diskutierte in ihrem Kopf mit sich, während sie ihm in sein Haus folgte.

Das Haus war spärlich möbliert, aber es passte zu ihm. Auf dem Tisch war ein Stapel Bücher, drei alte Kaffeetassen und ein Notizbuch. Lazlo sammelte die Kaffeetassen mit einem verlegenen Lächeln ein. „Entschuldigung, setz dich. Ich habe Bier oder Scotch oder …"

„Bier ist in Ordnung."

Er brachte zwei Flaschen und ein Glas für sie, aber sie trank wie er aus der Flasche. „Also … wie war dein Tag?"

„Gut." Sie lachte ein wenig. „Tut mir leid. Ich fühle mich scheußlich, dich beobachtet zu haben."

„Beobachte ruhig, ich habe keine Geheimnisse."

Tiger spannte sich ein wenig an, aber dann entspannte sie sich. Wenn er wusste, wer sie war, dann war es ihm entweder egal oder er wusste, dass sie nicht wollen würde, dass er es offenbarte. „Wie auch immer, es tut mir leid. Aber es tut mir nicht leid, dich wiederzusehen."

Daraufhin lächelte Lazlo. „Mir auch nicht. Sieh mal … ich bin bei der ganzen Sache ein wenig aus der Übung, aber ich weiß immer noch, wie es ist, jemanden besser kennenlernen zu wollen."

„Ich kenne das Gefühl." Gott, sie wollte ihn küssen, allein die glatte Haut seines Gesichts berühren. Er schien zu spüren, dass sie nicht reden wollte, und stattdessen nahm er ihr sanft das Bier ab und stellte beide Flaschen auf den Tisch.

Tiger war erstaunt, dass sie keine Nervosität empfand, als er sie in die Arme nahm und seine Lippen auf ihre presste. Sein

Kuss war zärtlich und für ihr Empfinden viel zu kurz, aber als er sich zurücklehnte, sah sie die Frage in seinen Augen.

„Ja", meinte sie flüsternd. „Ja, Lazlo. Ja …"

Er küsste sie erneut, diesmal mit mehr Druck, mit seiner Zunge auf der Suche nach ihrer, und es war so süß, wie sie es sich erträumt hatte. Tigers Hände bewegten sich mit ihrem eigenen Willen, glitten in sein kurz geschnittenes Haar und zogen leicht daran, während seine Arme um sie herum fester wurden.

Der Kuss schien ewig zu dauern, aber schließlich, aus Not nach Sauerstoff, mussten sie sich lösen. Tiger lachte, da sie beide keuchten. „Wow … wow."

„Ganz deiner Meinung." Lazlo grinste sie an. „Ich wollte das tun, seit wir uns getroffen haben."

Tiger nickte. „Ich auch …" Sie nahm einen tiefen Atemzug. „Gott … Lazlo …"

„Tiger."

Sie hatte gewusst, irgendwo tief in sich, dass er es wusste. Deshalb war es weder eine Überraschung noch schockierend, als er ihren Namen sagte. Sie sah auf in seine dunkelblauen Augen und nickte. „Danke, Lazlo. Dass du nicht … du weißt schon."

„Du bist hergekommen, um neu anzufangen", erwiderte er leise.

„Bin ich." Sie musterte ihn. „Warum bist du hergekommen, Lazlo?"

Er lachte. „Um wegzukommen, eine Pause zu machen. Und ich bin froh, dass ich es getan habe." Er lehnte sich vor und küsste sie erneut. „Entschuldige, aber ich brauchte einen weiteren."

Tiger lachte und setzte sich zurück auf das Sofa, da sie sich in einer Gesellschaft entspannt fühlte. „Es stört mich nicht ... aber ich möchte sagen, meine Güte, das ist ... ich kann heute Nacht nicht bleiben, wenn du mich verstehst?"

„Tue ich, und es gibt keinerlei Druck, irgendetwas zu tun, das du nicht willst." Er setzte sich zu ihr. „In unseren alten Leben, unserer alten Branche, wissen wir, wie das Spiel läuft. Ich bin sehr offen dafür, es diesmal auf die traditionelle Weise zu machen."

„Unsere alten Leben? Ich dachte, du machst nur Urlaub."

Lazlo lachte. „Ich weiß nicht. Ich bin jetzt ein paar Wochen hier, und ich überdenke viele Dinge. Ich habe ehrlich nicht realisiert ..." Er hielt inne und schüttelte den Kopf. „Ha, das ist merkwürdig. Ich hatte seit einer Weile keinen mehr zum Reden."

„Nicht India?"

„Es gibt Dinge, über die ich mit Indy nicht reden kann. Kann oder will. Sie hat genug durchgemacht."

Tiger lächelte. „Ich verstehe." Sie zögerte, dann lächelte sie ihn an. „Ich muss etwas gestehen. Der Tag, an dem ich angegriffen wurde, da musste ich die Nacht im Krankenhaus verbringen. Es war dasselbe Krankenhaus, in dem India war."

Lazlo nickte. „Ich weiß. Der Chef deines Security-Teams kam zu mir, um zu koordinieren. Ich fand das sehr rücksichtsvoll."

„Ich hoffe, wir haben nicht gestört."

„Überhaupt nicht. Es tut mir so leid, was dir passiert ist, Tiger. Ich hätte Waller dafür umbringen können."

Tiger seufzte. „Glaub mir, da gibt es eine Warteschlange. Ich habe vor ein paar Tagen herausgefunden, dass er entlassen wurde."

„Verdammt." Lazlo fuhr ihr mit der Hand durch das Haar, und sie lehnte sich dagegen. Da war etwas so Bekanntes, so Tröstliches an ihm, als kannten sie sich schon seit Jahren, weil sich ihre Welten überlappt hatten.

„Laz, ich muss dir ein Geständnis machen. In der Nacht, in der ich ins Krankenhaus gebracht wurde, brauchte ich ein wenig Raum und habe mich in einem der Treppenhäuser versteckt. Ich dachte, ich wäre allein, aber dann habe ich dich gehört, wie du mit jemanden namens Jess geredet hast. Ich wollte nicht, dass wir Freunde sind und du das nicht weißt. Ich habe nicht herumgeschnüffelt, ich schwöre. Du klangst ...", sie seufzte, „wie ich mich gefühlt habe. Gebrochen."

„War ich." Lazlo nickte langsam, aber sie konnte sehen, dass auch Verlegenheit darin lag. Also war er nicht völlig selbstsicher. Das war tröstlich. „Aber es war nicht der richtige Zeitpunkt für mich, um daran kaputt zu gehen. Jess, eine Freundin, hat mich beruhigt, Gott sei Dank."

„Ist sie ... ich meine, ich will nicht mitten in etwas hineingeraten ..." Tiger stellte fest, dass sie so unsicher war wie schon seit Jahren nicht mehr, aber da war etwas an diesem Mann.

Lazlo grinste. „Nein, Jess und ich waren nie zusammen. Sie ist jetzt mit Teddy Hood verheiratet."

„Oh, sie ist diese Jess." Daraufhin grinste Tiger. „Ich weiß, dass sie einiges durchgemacht hat, aber ich werde ihr immer dafür dankbar sein, Dorcas Prettyman das gegeben zu haben, was sie verdiente. Diese abscheuliche Frau."

Lazlo nickte, aber sein Lächeln verblasste ein wenig, und Tiger erinnerte sich daran, dass Jess ernsthaft durch einen von Dorcas geschickten Mann verletzt worden war. „Meine Güte, Lazlo, es tut mir leid, das war so unsensibel. Geht es Jess jetzt gut?"

Er nickte, aber sie spürte eine Veränderung in der Stimmung und verfluchte sich selbst. „Hör zu, Lazlo … das, was du mit India durchgemacht hast, mit Jess … die Verluste, die du ertragen hast … ich bin nicht überrascht, dass du eine Form von Frieden suchst. Ich kenne das Gefühl."

Lazlo hob die Hand und fuhr sich mit einem Finger über die Wange. „Weißt du, was ich möchte? Spaß. Albernheit. Ich musste schnell erwachsen werden, als ich jung war, und es gibt viele Dinge, die ich nie tun konnte. Mit Freunden unterwegs sein, Tage nur mit dem Lesen von Büchern verbringen." Er nickte Fizz zu, der sich auf Lazlos Füßen zusammengerollt hatte und eingeschlafen war. „Mir einen Hund holen und wandern gehen. Es hat natürlich Urlaube gegeben, aber ich habe immer, wirklich immer meinen Laptop mitgenommen und gearbeitet. Das hat India wahnsinnig gemacht."

Tiger lächelte ihn an. „Na ja, dann … welch besserer Zeitpunkt als jetzt, um das Gleichgewicht wiederherzustellen?"

„Willst du mir dabei helfen?"

Sie lachte. „Einverstanden. Ich muss dich allerdings warnen … wandern ist mein Ding, und die meisten Leute, die mit mir mitgehen … die schaffen es nicht zurück. Ich bin hardcore, Mann."

Lazlo lachte laut auf. „Das klingt nach einer Herausforderung." Er nickte und lächelte. „Die wirkliche Herausforderung wird aber sein, meine Hände bei mir zu behalten."

„Vorfreude, erinnerst du dich? Wir machen es altmodisch ..." Sie verstummte und kicherte leise. „Aber das heißt nicht, dass du nicht wenigstens zur ersten Base kommen kannst."

Lazlo grinste verschmitzt und lehnte sich vor, um sie erneut zu küssen, wobei er seine Hand auf ihren Bauch gleiten ließ und sie durch ihre Bluse hindurch streichelte. Tiger wand sich vor Freude, kam ihm näher und wanderte mit ihrer Hand seinen Oberschenkel hoch, hörte aber auf, bevor sie seine Leistengegend erreichte. Lazlo schmollte, als sie ihre Hand wegnahm, woraufhin sie lachte. „Erste Base, erinnerst du dich? Jetzt ... gehe ich besser nach Hause, bevor wir alle Regeln brechen."

Er bot ihr an, sie nach Hause zu bringen, und diesmal stimmte sie zu. „Nicht, dass ich nicht selbst auf mich aufpassen könnte", erwiderte sie bedeutungsvoll, und Lazlo nickte.

„Oh, ich weiß. Ich muss nur wissen, wo du wohnst, damit ich arrangieren kann, zufällig draußen zu sein, so wie du vorhin." Er zwinkerte.

Tiger lachte und holte nach ihm aus. „Das war ein Zufall."

„Klar", gab Lazlo zurück, und zog sie auf, indem er mit den Händen Anführungszeichen machte. „Ein ‚Zufall'."

Tiger grinste breit. „Blödmann."

„Stalker."

„Haha, das hättest du wohl gerne, Schuler."

Lazlo lachte und nahm ihre Hand. „Komm schon, Tiger Rose, machen wir einen Spaziergang."

Es fühlte sich gut an, die Hand eines Mannes zu halten, seine Hand zu halten. Als sie ihr Haus erreichten, machte er keinerlei Anstalten, sich einzuladen. Er küsste sie nur zärtlich und sagte: „Gute Nacht, Tiger Rose."

„Gute Nacht, Lazlo Schuler."

Tiger ging hinein und sah, dass er wartete, bis sie winkte, erst dann drehte er sich um und ging zurück nach Hause. Fizz sah ihm ebenfalls dabei zu, und Tiger war gerührt, dass ihr Hund so entzückt von Lazlo zu sein schien, wie sie es war. Als Lazlo aus dem Blickfeld verschwunden war, lächelte sie vor sich hin und bückte sich, um Fizz zu streicheln. „Komm schon. Schlafenszeit."

Und als Tiger in dieser Nacht zu Bett ging, wünschte sie sich, Lazlos Arme wären um sie gelegt und seine Lippen auf ihre gepresst.

New York City

DOUG KAM IN DER FOLGENDEN WOCHE ZU GRANT. „DER Bruder ist in Seattle. Er hat jetzt ein Kind und heiratet bald."

Grant lächelte. „Und welche große Schwester würde die Hochzeit ihres geliebten Bruders verpassen? Das ist gute Arbeit, Dougie, danke."

Doug sah unwohl aus. „Wie gesagt, Grant, ich denke wirklich, du solltest dieses Mädchen in Ruhe lassen. Sie will eindeutig nicht gefunden werden. Ich konnte nirgendwo in den Staaten eine Adresse auf eine Tiger Rose finden. Ich nehme an, dass das ihr richtiger Name ist, was mir sagt, dass sie ihn geändert hat und nicht gefunden werden will. Sie hätte sich sogar einer Operation unterziehen können."

Grant prustete. „Diese Schönheit kann man nicht verbergen."

„Mit einer Operation kann man alles verbergen. Sie hätte sich die Haare schneiden oder färben, Kontaktlinsen tragen können, und das reicht vielleicht aus. Wenn sie in einer kleinen Stadt ist, werden die dort nicht erwarten, dass ein Filmstar kommt. Sie könnte überall sein."

„Aber sie wird in Seattle sein, wenn ihr Bruder heiratet. Hast du ein Datum herausgefunden?"

Doug schüttelte den Kopf. „Das Kind ist allerdings noch klein. Ich kann mir nicht vorstellen, dass Tiger die süßesten Jahre dieses Kindes verpassen will."

„Nein. Was bedeutet, dass sie wahrscheinlich nicht eine Million Meilen entfernt ist." Grant dachte ein paar Minuten darüber nach. „Naja … wenn du die Adresse des Bruders hast, dann ist das ein Anfang."

Doug reichte ihm seine Notizen, und Grant ihm im Gegenzug ein Bündel Geldscheine. „Danke dafür."

Doug wandte sich zum Gehen, dann drehte er sich um. „Grant? Wenn du irgendetwas tust, um Tiger Rose Schaden zuzufügen …"

„Grüß deine Schwester von mir, ja?", unterbrach Grant ihn, dessen Lächeln seine eiskalten Augen nicht erreichte. „Sag ihr, dass ich hoffe, es geht ihr gut."

Doug sagte nichts mehr und ging. Grant grinste. Er liebte es, die Leute aufzuziehen, aber die Drohung in Grants Worten bedeutete, dass er sich wieder behaupten musste. Er blickte hinab auf die Adresse auf dem Papier.

Apollo Rose und Nell Lewis, Apt 1448 …

Vielleicht war es Zeit, dass er Washington State seinen ersten Besuch abstattete.

· · ·

TIGER NAHM DAISY IN DIE ARME UND DREHTE SIE UMHER, wodurch die Zweijährige kicherte und vor Freude schrie. „Daisy, Daisy Boo", gurrte ihre Tante, woraufhin Apollo und Nell lachten.

„Ehrlich, du bist so schnulzig." Apollo schüttelte den Kopf über seine Schwester. „Was ist in dich gefahren?"

„Was meinst du? Ich spiele immer so mit Daisy Boo."

„Ja", stimmte Nell zu. „Aber du hast strahlende Augen, und deine Wangen sind pink. Du hast jemanden kennengelernt."

Tiger lachte und verbarg ihr Lächeln in Daisys Haar. Das Mädchen wand sich in ihren Armen.

„Tante Tiger, können wir uns Süßigkeiten holen?"

Tiger wollte Daisy gerade für den Themenwechsel danken, aber Nell nahm ihr ihre Tochter ab. „In einer Minute, Daisy. Zuerst muss Tante Tiger eine Frage beantworten."

Sowohl Nell als auch Apollo fixierten sie mit amüsierten Blicken. Tiger seufzte und hob die Hände. „Gut. Ja. Da ist jemand, aber es ist noch sehr frisch. Sehr, sehr frisch, im Sinne von es hat erst gestern Abend angefangen."

„Wer ist er?"

Tiger lächelte vor sich hin. Das würde ihren Bruder schockieren. „Lazlo Schuler."

„Lazlo Schuler? Der Lazlo Schuler?" Apollo gaffte sie an. „Was? Wie?"

„Glaub es oder nicht, er hat ein Haus auf der Insel gemietet. Er hat mich erkannt, als wir uns zufällig begegnet sind, es aber für sich behalten."

Apollo sah immer noch perplex aus. „Na ja, gut für ihn ... aber wie hoch ist die Wahrscheinlichkeit, dass er dieselbe Insel wählen würde? Macht er Urlaub?"

„Eine Art Langzeiturlaub. Anscheinend hat India Blue ihn angewiesen, sich ein wenig Zeit für sich zu nehmen." Tiger lachte bei dem Gedanken daran. Sie hatte India ein paar Mal getroffen und mochte sie sehr, aber sie konnte sich vorstellen, wie sie ihren Bruder herumkommandierte. „Wie auch immer, wir werden Zeit miteinander verbringen, wenn ich nicht arbeite—"

„Warte, arbeite?"

Tiger grinste. „Ich arbeite Teilzeit in einem Coffee-Shop in der Main Street."

Ihr Bruder und ihre Beinaheschwägerin starrten sie an, dann einander. Tiger lachte. „Ich weiß. Aber wisst ihr was? Ich bin glücklich."

„Dann ist das alles, was zählt."

Tiger lächelte ihren Bruder an. „Danke. Ich weiß, dass ist vielleicht ... ich weiß nicht, ich mag mittlerweile eben das einfache Leben."

Später, während sie mit ihrer Familie in deren Wohnung in der Stadt aß, stellte Nell ihr die Fragen, auf die sie gewartet hatte. „Also, vermisst du es? Die Schauspielerei? Die Öffentlichkeit?"

„Ich vermisse definitiv nicht die Öffentlichkeit oder die endlose Pressearbeit oder nicht das essen zu können, was ich will. Eigentlich habe ich immer gegessen, was ich wollte, aber ich mag es, nicht darüber nachdenken oder es rechtfertigen zu müssen." Sie lachte, dann stockte ihr Lächeln. „Und ich vermisse die Widerlinge nicht. Pol, Nell, ich habe euch das nie gesagt, aber Grant Waller war lediglich die Spitze des Eisbergs. Die Menge der Angebote, bei denen ich im Austausch für Rollen um Sex gebeten wurde, oder wenn angedeutet wurde, dass ich ‚dankbar' für das sein musste, was mir meine eigene harte Arbeit beschert hatte."

Apollo nickte. „Du hast es nie gesagt, aber ich habe es angenommen. Mit allem, was mit #MeToo herausgekommen ist ..."

„Es ist weit verbreitet, es ist vorherrschend. Meine Güte, ich bin so froh, dass ich weit, weit von all dem entfernt bin."

Nell tätschelte Tiger verständnisvoll den Arm. „Ich weiß, Süße, aber vermisst du das Schauspielern?"

Tiger überlegte. „Die Kunst? Ja. Ja, tue ich. In eine andere Persönlichkeit, einen anderen Charakter einzutauchen und zu verschwinden? Ja, den Teil vermisse ich. Aber ich habe meine Entscheidung getroffen und finde endlich Frieden. Das ist das Opfer wert."

THE ISLAND, SAN JUAN ISLANDS, WASHINGTON STATE

. . .

AM FOLGENDEN TAG ERZÄHLTE SIE LAZLO, WAS SIE GESAGT hatte. Es war ihr erstes offizielles Date, und sie wanderten den Young Hill am nördlichen Ende der Insel hinauf. Tiger hatte Lazlo unglaubliche Ausblicke versprochen, und während sie liefen, wobei Fizz fröhlich vor ihnen umherflitzte und alles schnüffelte, was er konnte, plauderten sie entspannt.

Plauderten und flirteten. Tiger war froh, dass sich nichts der glühend heißen Anziehung zwischen ihnen aufgelöst hatte, da sie den intimen Teil pausiert hatten. Im Gegenteil, jedes Mal, wenn ihre Hände einander streiften oder ihre Schultern aneinanderstießen, spürte Tiger eine Welle des puren Verlangens durch ihren Körper schießen. Wenn sich Lazlo zu ihr umdrehte, um mit ihr zu reden, fiel sein Blick auf ihren Mund, während sie sprach, und er fuhr sich mit der Zunge langsam über die Unterlippe, was sie so hypnotisierte, bis sie vergaß, was sie sagen wollte. Tiger war sicher, dass ihr Gesicht rot war, denn es fühlte sich jedes Mal an, als stünde es in Flammen, wenn er sie ansah.

Und trotz ihrer Warnungen, dass sie wirklich gerne wanderte, war er wesentlich athletischer als sie und grinste über ihr Hinterherhinken, als sie den Gipfel des Hügels erreichten. „Was hast du nochmal über hardcore gesagt?"

Er duckte sich weg, als sie grinsend nach ihm schlug. „Ich habe Krämpfe, Blödmann. Ich habe eine Entschuldigung." Sie keuchte und beugte sich vornüber, während er ihr den Rücken rieb.

„Du hättest das sagen sollen, dann hätte ich dich nie mitgeschleppt."

„... geschleppt?"

Lazlo grinste. „Hey, sieh mal, ich bin hier ein moderner Mann in Bezug auf deinen Menstruationszyklus. Bekomme ich dafür keine Anerkennung?"

„Hipster."

Er lachte. „Also bekomme ich keine Anerkennung. Okeydokey."

Tiger stand auf und kicherte. Sie stellte sich auf die Zehenspitzen und küsste ihn auf den Mund, kurz und süß. „Du bekommst Anerkennung."

Er ließ seine Arme um ihre Taille gleiten und zog sie an sich. „Ich kann dafür sorgen, dass es dir besser geht."

„Das tust du bereits." Tiger rieb ihre Nase an seiner und lachte, während sie staunend den Kopf schüttelte. „Warum ist das so natürlich? Ich schwöre, Laz, es ist, als kenne ich dich schon ewig."

„Ich weiß, was du meinst." Lazlo nahm ihre Hand. „Komm schon, Doofnuss, finden wir einen Ort, wo wir uns hinsetzen und Wasser trinken können."

Sie fanden einen Sitzplatz, von dem aus sie den Ausblick genießen konnten. Lazlo nahm Tiger zwischen seine Beine und sie lehnte sich nach hinten an seine Brust. Lazlo küsste ihre Schläfe. „Willst du Paracetamol?"

Tiger schüttelte den Kopf. „Nah. Frische Luft und Umarmungen helfen auch."

„Tun sie das?" Er umarmte sie fester, und sie drehte ihren Kopf für einen Kuss.

„Von dir, ja."

Es entstand eine Pause, dann lachten sie beide. „Sind wir ekelhaft schnulzig?"

„Möglicherweise. Aber das ist mir egal, dir?"

Tiger lächelte. „Ja. Ich genieße diese altmodische, nicht too-kool-for-skool-Sache, die zwischen uns läuft. Weißt du, was ich gerne tun würde?"

„Beinhaltet es, dass wir dabei nackt sind?"

„Na ja, ja, aber auch ... du bist so ein Perversling."

Lazlo warf den Kopf zurück und lachte auf. „Nein, ernsthaft, was?"

„Ich liebe Seattle, aber ich habe dort nie die Touristensachen gemacht. Wie die Untergrund-Tour oder auf die Space Needle gehen. Nichts."

Lazlo lächelte sie halb an. „Und du willst das machen?"

Tiger wurde ein wenig rot. „Ich dachte, es wäre ein süßes — und unschuldiges — Date. Ist es lahm? Ich will Dinge tun, die die Leute von einem Filmstar — oder Ex-Filmstar — nicht erwarten würden. Abhängen, ungesundes Essen essen, über alberne Sachen lachen. Alltägliches Zeug, weißt du? Nichts Poliertes oder etwas, das bis ins kleinste Detail geplant ist."

„Ich verstehe."

„Also?"

Er presste seine Lippen auf ihre. „Kein Terminplan. Das klingt für mich himmlisch. Ich kann mich an keinen Tag in den letzten zehn Jahren erinnern, an dem mein Tag nicht geregelt war. Zumindest bevor ich hergekommen bin."

„Und mich getroffen hast."

„Und dich getroffen habe." Er fuhr ihr zärtlich mit einer Hand durchs Haar. „Lass es uns tun."

SIE GINGEN DEN HÜGEL WIEDER HINUNTER UND ZURÜCK ZU Tigers kleinem Zuhause, wo sie Pizza bestellten und gutmütig darüber stritten, welchen Film sie auf Netflix ansehen sollten. Es war so einfach, mit Tiger zusammen zu sein, überlegte Lazlo, dass er sich fragte, warum er so lange damit gewartet hatte, jemanden zu finden.

Aber auf der anderen Seite war er Fatalist—er glaubte wirklich daran, dass er dazu bestimmt gewesen war, herzukommen und sie zu treffen, nur sie. Dass sie aus der Entfernung seinen Schmerz über das mitbekommen hatte, was mit India passiert war, sorgte nur dafür, dass er eine Verbindung zu ihr spürte. Sie hatten beide einen der schlimmsten Tage ihres Lebens gehabt. Er wünschte nur, sie hätte auf sich aufmerksam gemacht — vielleicht hätte er sie auch trösten können.

Nachdem sie die Diskussion über den Film gewonnen hatte, schlief Tiger nach der Hälfte in seinen Armen ein, woraufhin er schnell den Fernseher ausschaltete und sie nur hielt. Als sie eine Stunde später aufwachte, lächelte sie schläfrig zu ihm auf. „Entschuldige."

„Kein Problem."

Tiger setzte sich auf und streckte sich, bevor sie ihn durch ihre Wimpern hindurch ansah. „Weißt du, es ist spät."

„Ich sollte gehen."

Tiger legte ihre Hand auf sein Bein. „Das habe ich nicht gemeint. Ich meine, ich weiß, dass wir … warten. Und selbst wenn wir das nicht täten, mein Menstruationszyklus fungiert als eine Art mittelalterlicher Keuschheitsgürtel, aber …" Sie biss sich auf die Lippe. „Wenn du bleiben willst, kannst du das tun."

Lazlo lächelte. „Tiger … wenn ich ein Bett mit dir teilte … ich bin immer noch ein Mann. Es wäre exquisite Folter."

„Bist du Masochist?" Tiger strich leicht mit ihren Lippen über seine und grinste schelmisch. Lazlo schob seine Hand in ihr Haar.

„Hierin, wie in allen Dingen, ist der Kontext entscheidend." Er küsste sie, wobei er ein wenig grober war als normal, und beantwortete damit ihre Frage. Er sah das Feuer, welches sich in ihren Augen entzündete. „Oh, dir gefällt der Gedanke?"

Sie nickte, aber dann zog sie sich zurück. „Aber wie du gesagt hast … Vorfreude."

Er stöhnte auf, als er spürte, wie sich seine Erektion schmerzhaft an seine Jeans drückte. „Du bist eine Sadistin."

Tiger lachte und stand auf und zog ihn auf die Füße. „Wie wäre es, wenn ich dir verspreche, dass wenn die Dinge zwischen uns … etwas intimer werden, ich dich die Rollen tauschen lasse. Und mit tauschen meine ich …" Sie ahmte nach, mit etwas auf seinen Hintern einzuschlagen, und Lazlo grinste.

„Ich werde dich an dieses Versprechen erinnern."

Sie gingen zu ihrer Haustür, wo sie ihn zum Abschied küsste. „Ich werde an dich denken … wenn ich nackt bin und im Bett liege."

„Teufelsweib."

Tiger lächelte, und Lazlo spürte, wie sein Herz hart gegen seine Rippen schlug. Sie war mehr als schön, und es war so schwer, sie zu verlassen, aber sie hatten es so abgemacht. „Gute Nacht, Schönheit."

„Gute Nacht, Hübscher."

LOS ANGELES

WIE SICH HERAUSSTELLTE, REISTE GRANT NICHT SOFORT NACH Seattle. Er hatte immerhin Miete zu bezahlen, und als ein Produzent in Los Angeles anrief und bat, dass Grant zu ihm kam und er alle Unkosten bezahlt bekam, musste Grant annehmen.

Dex Loomis war ein hochrangiger Produzent in einem der größten Studios, und als Grant in sein Büro gebracht wurde, stand er auf schüttelte Grant die Hand. „Mr. Waller, danke für Ihr Kommen."

„Gern geschehen, auch wenn ich ratlos bin, was ich für Sie tun kann. Brauchen Sie einen Journalisten?"

„Sie sind Autor, ja, aber deshalb habe ich Sie nicht angerufen." Dex sah seinen Assistenten an. „Danke, Mike, würden Sie uns bitte alleine lassen?"

Der Assistent verschwand, und die beiden Männer waren alleine. Dex lächelte Grant an, aber die Wärme reichte nicht bis in seine Augen. Dex war groß, rotgesichtig und pummelig, nicht älter als vierzig, aber mit einer blassen, kränklichen Gesichtsfarbe, die ihn aussehen ließ, als verbrachte er jeden Tag drinnen. Seine matschbraunen Augen betrachteten Grants Gesicht auf eine Art, die ihm unwohl werden ließ.

„Also, Grant Waller. Wie war der Knast?"

Grant seufzte. „Genau so, wie Sie erwarten würden, dass er war."

„Die hat Sie wirklich böse reingelegt, was? Tiger?"

Grant sagte nichts — was konnte er schon sagen? Er hatte sie angegriffen, sie war zur Polizei gegangen, er ins Gefängnis gewandert. Die Geschichte war weithin bekannt. „Mr. Loomis, wenn ich fragen darf—"

„Ich wette, Sie wollen Rache, oder? Eine kleine Vergeltung?"

„Was, wenn ja?"

Loomis lächelte. „Ich bin in der Position, Ihnen dabei zu helfen."

Grant setzte sich auf. „Was?"

„Ich sage Ihnen, dass ich Ihnen dabei helfen kann, sich um sie zu kümmern."

Grants Augen wurden schmal. „Verzeihen Sie, Mr. Loomis, aber warum zur Hölle würden Sie mir dabei helfen wollen, mich an Tiger Rose zu rächen?"

„Weil Sie nicht der erste Mann sind, dem sie mit ihrem unschuldigen Theater eine Falle gestellt hat."

Ah. Grand verbarg ein Lächeln. Also hatte Tiger diesen Kerl auch abblitzen lassen. Er seufzte. Er hatte gehofft, dass er wegen eines richtigen Jobs hergekommen war, eine Chance, um wieder zurück in die Branche zu kommen. „Ich weiß wirklich nicht, was Sie von mir wollen."

Loomis öffnete eine Schublade seines Tisches und holte einen Scheck heraus. Er schob ihn zu Grant. Er war auf keine Person ausgestellt und beinhaltete eine so spektakuläre Summe, dass Grant die Stirn runzelte. Was zur Hölle?

Loomis beobachtete seine Reaktion. „Grant — ich kann Sie Grant nennen, oder? Gut. Grant, Tiger Rose ist abgetaucht, und ich möchte, dass Sie sie finden."

„Sie hat einen jüngeren Bruder in Seattle."

„Das wusste ich auch schon, danke. Dieses Geld ist dafür, dass Sie dort hingehen und dort bleiben, bis sie auftaucht, dann möchte ich, dass Sie—"

„Was? Was wollen Sie von mir, Mr. Loomis?"

„Dex." Loomis lächelte wieder dieses widerliche Lächeln. „Ich möchte, dass Sie Tiger Roses Leben zur Hölle machen. Sie hat sich für Frieden, für Glück zur Ruhe gesetzt. Ich möchte, dass Sie dafür sorgen, dass sie das niemals findet. Verstehen Sie mich?"

Jetzt lächelte Grant. „Dex, so weit bin ich bereits. Bevor Sie anriefen, plante ich sowieso nach Seattle zu reisen."

„Naja, mein Geld wird die Dinge einfacher machen. Es wird eine für Sie gemietete Wohnung geben, und Sie haben Zugang zu jeglicher Überwachungsausrüstung, die Sie brauchen. Ich möchte, dass Sie Tiger Rose den Verstand rauben, und es ist mir egal, was Sie tun müssen, um dieses Ziel zu erreichen."

Grant nickte langsam, dann begegnete er Dex' Blick. „Und am Ende? Was wollen Sie erreichen, Mr. Loomis?"

Die beiden Männer starrten einander an, dann schlich sich ein Lächeln auf Loomis' Gesicht. „Ich denke, das wissen wir beide, oder nicht, Grant? Dieses Studio besitzt die Rechte für viele von Tigers Filmen. Stellen Sie sich vor, wie gut Tragödie für das Geschäft sein könnte."

„Was hat Sie Ihnen angetan, Dex?"

Dex' Augen waren kalt. „Das geht Sie nichts an. Erledigen Sie es einfach. Aber lassen Sie sie zuerst leiden, und damit meine ich auf die schlimmste mögliche Weise."

Grant schüttelte Loomis die Hand. „Darauf können Sie zählen."

INNERHALB EINER STUNDE SAß ER IN EINEM FLUGZEUG NACH Seattle.

KAPITEL NEUN – HEAVENLY DAY

New York

INDIA SPRACH LEISE MIT DEM OBERKELLNER DES RESTAURANTS, aber dann sah sie, wie Bay ihr von einem Tisch aus zuwinkte, weshalb sie dem Mann dankte und zu ihrer Verabredung zum Mittagessen eilte. Sie hatte Bay nur ein paar Mal getroffen, aber die andere Frau zog sie trotzdem in eine Umarmung, die India lächeln ließ. Bay Tambe war einer der größten Musikstars des Planeten, war aber immer so bescheiden und herzlich geblieben wie bei ihrer Entdeckung. Ihr dunkles Haar und ihre dunklen Augen blitzten India jetzt an. „Du siehst gut aus, Indy."

„Es geht mir auch gut."

Sie plauderten, während sie die Speisekarten studierten, und nachdem sie bestellt hatten, bemerkte India, dass Bay ein wenig nervös zu sein schien. „Was ist los?"

Bay grinste etwas schüchtern. „Naja, ich komme mit Hintergedanken, Indy, nicht, dass es nicht immer gut ist, dich zu sehen. Aber ich habe ein Angebot."

„Lass hören."

„Eine gemeinsame Tournee. Eine Welttournee. Du und *The 9th and Pine*. Wir wechseln uns als Headliner ab und arbeiten auch zusammen. Verdammt, ich fände es toll, wenn wir den ganzen Auftritt zusammen machen. Aber es ist etwas, worüber ich schon seit einer Weile nachdenke, und ich habe mit Kym und Pete gesprochen, und sie stimmen zu. Wir sind alle, mangels eines besseren Wortes, gelangweilt. Das klingt unglaublich undankbar, aber was ich meine, ist, dass wir es ein wenig aufmischen wollen. Etwas anderes tun, und ich wollte schon immer mit dir zusammenarbeiten." Sie lächelte herzlich und lachte leise. „Ich plappere."

„Nein, es ist okay." India dachte nach. Es klang natürlich reizvoll, und hatte sie nicht dasselbe zu Massimo gesagt, dass sie die Leidenschaft für ihre Kunst verlor? Mit Bay und dem Rest der Band zu arbeiten wäre bestimmt das, was sie brauchte. Und Massimo hatte für das nächste Jahr Filme geplant. Es würde bedeuten, Zeit von ihm entfernt zu verbringen, und der Gedanke daran ließ ihr übel werden, aber sie war erwachsen. Sie lächelte Bay an. „Bay, das ist ein unglaubliches Angebot, aber ich werde mit Massimo darüber reden müssen. Ich würde definitiv gerne mit dir arbeiten."

Bay sah zufrieden aus. „Wir könnten sogar ein gemeinsames Album aufnehmen. Ich wette, wir hätten Spaß daran, gemeinsam zu schreiben."

India ging nach Hause zu der Wohnung in Manhattan,

die sie gekauft hatten. Ihr wahres Zuhause war stadtaufwärts, ein umwerfendes Haus am Ufer des Hudson Rivers, aber sie hatten auch in ein luxuriöses Apartment investiert, bei dem sie und ihre Familie und Freunde den einfachen Zugang zur Stadt nutzten.

Massimo wurde im Wohnzimmer von *Vogue* interviewt, und India schlich sich leise in ihr Schlafzimmer, da sie nicht von dem Journalisten erwischt werden wollte. Sie zog ihr Kleid aus und ein bequemes Sweatshirt und lockere Hosen an, dann setzte sie sich im Schneidersitz auf das Bett und öffnete ihren Laptop.

Sie lächelte, als sie sah, dass sie eine E-Mail von Lazlo hatte.

Hey Schwesterherz,

ich wollte dich nur wissen lassen, dass ich ein wenig länger hierbleiben werde. Ich habe irgendwie ein Mädchen kennengelernt ...

... aber ich bin noch nicht bereit, über sie zu reden, also vergib mir. Hierherzukommen war deine Idee, also muss ich dir danken. Ich habe das wirklich gebraucht. Gleichwohl weißt du, wo ich bin, wenn du mich brauchst. Grüße Massi von mir und vergiss nicht, dass Jess und Teddy nächste Woche nach New York kommen.

Ich hab dich lieb.

Laz

India lächelte. Er hat jemanden getroffen ... zu guter Letzt. Sie hatte eine Million Fragen, aber sie wusste, dass sie

Lazlos Privatsphäre respektieren musste. Weiß Gott, dass er es für sie über die Jahre hinweg genug getan hatte.

Sie sah sich ihren Terminplan für die nächsten Monate an. Nichts geplant. Ihr letztes Album war vor ein paar Jahren gewesen, und sie wusste, dass ihre Fans etwas Neues erwarteten, aber die Wahrheit war, dass sie schon seit einer Weile an einer Schreibblockade litt. Schreibblockade und Vergesslichkeit. Keine gute Kombination.

Sie hörte Massimos Stimme, als er sich von dem Journalisten und dem Fotografen verabschiedete, dann stand sie auf, um ihn zu rufen. „Ich bin zu Hause, Liebling, im Schlafzimmer."

Sie hörte sein leises Lachen. „Immer das, was ich hören will."

India grinste, als Massimo in ihr Blickfeld kam, selbstsicher auf sie zuschlendernd, wobei er seine Bewegungen übertrieb, bis er nah bei ihr war und sie hochhob.

India kicherte, als er sie auf das Bett fallen ließ und ihren Körper sofort mit seinem bedeckte. „Hey Sahneschnitte."

India fuhr mit ihren Händen über sein Gesicht und in seine Haare. „Hey Schöner. Bist du fertig damit, mit dem Journalisten zu flirten?"

„Ich denke, er hat auf mich gestanden, aber ich ziehe immer noch dich vor." Massimo grinste sie an, wobei seine Hand unter ihr Sweatshirt glitt und ihren Bauch streichelte. India wand sich und küsste ihn.

„Willst du?"

Massimo grinste. „Du weißt, dass die Antwort darauf immer ja sein wird."

„Selbst wenn ich alt und faltig bin?"

„… wenn? Ah, ah, okay! Es tut mir leid, ich wollte nicht, autsch, autsch …" Massimo lachte, als sie ihn angriff, ihn auf den Rücken drehte und sich rittlings auf ihn setzte, während sie so tat, als würde sie ihn zusammenschlagen. Er griff ihre Hüften. „Diese Hosen haben keinen einfachen Zugang", grummelte er, und grinsend rollte India sich von ihm und stand auf, um sich schnell auszuziehen. Massimo sah zu, wie sie ihre Klamotten auszog, während er das Gleiche tat.

India setzte sich auf ihn, nahm seine Erektion in die Hände und strich darüber. Massimo blickte zu ihr auf, während sie ihn berührte und seine eigene Hand zwischen ihre Beine glitt.

India schenkte Massimo ein heißes Lächeln, während sie seine Spitze an ihrer Mitte rieb und ihn fühlen ließ, wie feucht sie für ihn wurde. Seine freie Hand glitt über ihren Bauch, zärtlich, liebevoll, fasziniert von der Weichheit ihrer Haut.

India ließ ihn in sie eindringen und sie begannen, sich zusammen zu bewegen, vor Lust zu seufzen, während sie einander liebten. India drückte sich mit jeder Bewegung ihrer Hüften härter auf ihn, den Kopf zurückgeworfen, ihr dunkles Haar, das ihr über den Rücken fiel, ihre vollen Brüste, die sich mit ihr bewegten.

Massimo wurde es nie leid, seine wunderschöne Frau anzusehen. Selbst nach all dieser Zeit war sie die wunderbarste Frau, die er je gesehen hatte, und jetzt war sie völlig gesund, ihre Haut strahlte und ihr Körper war kurvig und üppig. Selbst die Narben der Stichwunden, die sie erlitten hatte, verblassten.

India kam, schaudernd und zitternd, keuchte seinen Namen, während auch er seinen Höhepunkt erreichte. Er stöhnte, während er sich tief in ihrem Bauch ergoss.

Danach lagen sie für eine Weile gemeinsam da, da sie sich nicht aus dem Bett herausbewegen wollten, und India erzählte ihm von Bay Tambes Angebot. „Das ist eine tolle Idee", erwiderte er begeistert, da er spürte, dass India danach suchte — nicht Zustimmung im eigentlichen Sinne — sondern seine Unterstützung. „Ich kann sehen, dass du interessiert bist."

„Es würde die Dinge ein wenig verändern, und danach habe ich gesucht. Aber es würde bedeuten, eine lange Zeit ohne dich zu verbringen."

„In Blöcken, nicht die ganze Zeit, und verdammt, das haben wir schon zuvor getan. Wir haben es hinbekommen." Er musterte sie. „Also, was hat sich verändert?"

India wandte den Blick ab. „Es würde bedeuten, zu verschieben ... ich meine, wir haben es versucht ... und daran zu denken, die Babysache wieder auf Eis zu legen ..."

Massimo nahm ihr Gesicht in die Hände. „Indy ... wir müssen der Tatsache ins Auge sehen, dass wir vielleicht nie Eltern werden. Wir versuchen es schon seit Monaten. Aber wir können deshalb nicht unser Leben stillstehen lassen. Wenn es passiert, dann passiert ist. Wenn nicht ... wir haben Optionen."

Indias Augen waren voller Tränen. „Jede Nacht", sagte sie mit leiser Stimme, „in letzter Zeit hatte ich diesen Traum. Dieser kleine Junge mit lockigen Haaren und strahlend grünen Augen, der umherrennt. Zuhause am Hudson oder im Haus deiner Mutter in Italien. Jede Nacht. Es verfolgt mich, Massi. Der Gedanke daran, dass ich einmal entbunden habe, und es das Kind eines Mannes war, der zweimal versucht hat, mich zu töten. Der Gedanke daran, nie dein Kind zur Welt zu bringen, das Kind der Liebe meines Lebens ... das ist nicht fair."

Sie wischte ihre Tränen ungeduldig mit der Hand weg. „Ich weiß, dass ich dankbar dafür sein sollte, dass ich hier bin, um diese Unterhaltung zu führen. Und das bin ich, mein Liebling. Das bin ich wirklich. Aber wenn ich Jess mit ihren Kindern sehe, oder Sun und Tae mit Mika ... Gott. Es ist eine Sehnsucht. Eine wirkliche Sehnsucht."

„Ich weiß, Liebling. Für mich auch." Er nahm sie in die Arme. „Sieh mal, wie wäre es damit? Mach die Tour, die Aufnahmen mit Bay, und währenddessen verbringen wir so viel Zeit wie möglich damit, es zu versuchen. Wir nehmen uns Zeit füreinander, selbst wenn unsere Terminpläne eng sind. Das haben wir schon immer getan. Dann, wenn wir fertig sind, wenn es nicht funktioniert hat ... naja, dann müssen wir uns vielleicht andere Optionen ansehen."

India nickte und drückte sich näher an ihn. „Ich weiß. Ich weiß, dass das ein toller Plan ist, es ist nur ... ich wollte dein Baby haben. Ich wollte ihn oder sie spüren, wie er sich neun Monate lang in mir bewegt. Zu wissen, dass wir das gemacht haben."

„Baby ... wir werden Kinder haben, und selbst wenn sie nicht unsere leiblichen sind, dann werden wir sie so gut erziehen, dass sie den Unterschied nicht kennen werden."

India nickte und küsste ihn erneut, und dann liebten sie einander erneut, obwohl Massimo in seinem Herzen wusste, dass dieses Gespräch alles andere als beendet war.

* * *

DER REISEFÜHRER WARF IHNEN IMMER WIEDER VERWIRRTE Blicke zu, während sie die Untergrundtour der Stadt machten. „Ich glaube, er erkennt dich", flüsterte Lazlo Tiger zu, die grinste und den Kopf schüttelte.

„Ich glaube, er steht auf dich, Laz."

„Entweder das, oder er kann sehen, dass ich dich wirklich einfach nur ausziehen will."

Tiger küsste ihn kichernd. Sie waren schon den ganzen Tag so, flirteten ohne Pause, während sie jede Touristenattraktion der Stadt ansahen. Heute Abend trafen sie sich mit Apollo und Nell zum Abendessen, und Tiger konnte es nicht erwarten, Lazlo ihrem Bruder und seiner Freundin vorzustellen.

Nach der Tour fuhren sie mit der Einschienenbahn zum Seattle Center und nahmen den Aufzug hoch zur Space Needle. Als sie auf die Aussichtsplattform traten, legte Lazlo seine Arme um sie, während sie den Ausblick genossen. Der Tag war kalt, aber der Himmel klar, und sowohl der Olympic Mountain als auch der Mount Rainier, der beeindruckende magische Vulkan, sahen vor dem Himmel wie gemalt aus.

„Mein Gott, es ist wunderschön hier", sagte Lazlo, dessen Atem als Nebel herauskam, so kalt war es hier oben. „Ich hätte nie gedacht, dass ich den Bergen so nah sein müsste, aber jetzt, wo ich sie gesehen habe … New York scheint so weit weg zu sein."

„Los Angeles auch", stimmte Tiger zu. „Es hat mir nie gefallen, dort zu wohnen, aber du weißt genauso gut wie ich, dass in meinem ehemaligen Beruf dort die Arbeit ist. Manchmal, weißt du, wünschte ich, ich hätte das Vertrauen, das zu tun, was Gary Sinise und seine Freunde mit dem Steppenwolf gemacht haben. Mein eigenes Theater eröffnen, die Produktionen zeigen, die ich will, jungen Schauspielern den Durchbruch ermöglichen, etwas, was sie auf ihren Lebenslauf schreiben können."

„Warum tust du es dann nicht?"

Tiger lächelte zu ihm auf. „Ich bin zu feige. Außerdem genieße ich meine Anonymität zu sehr. Ich genieße es zu sehr, nicht Tiger Rose zu sein."

„Ist Tiger dein richtiger Name oder ein Spitzname?"

„Mein richtiger Name. Ich sollte ihn ändern, aber ich liebe ihn. Es ist eine Verbindung zu meinen Hippie-Eltern."

„Waren sie gute Eltern?"

Tiger nickte mit Tränen in den Augen, aber sie lächelte. „Die besten. Die absolut besten."

„Es tut mir so leid, Tigs."

Sie lehnte sich an ihn. „Es ist, wie es ist. Apollo und ich … wir haben uns geschafft. Als ich entdeckt wurde, war ich so darauf erpicht, auf das College zu gehen, dass ich beinahe die Chance ablehnte, Model zu werden … nur dass ich wusste, dass das Annehmen des Jobs, wirkliches Geld zu verdienen, für Apollo besser sein würde. Und es war die richtige Entscheidung."

Lazlo presste seine Lippen auf ihre Schläfe. „Es gibt keinen Grund, dass du nicht immer noch auf das College gehen kannst. Du bist wie alt? Zweiundzwanzig?"

„Haha, Schmeichler. Aber du hast recht, es ist eine Möglichkeit." Tiger prustete leise. „Es ist nicht so, als könnte ich es mir nicht leisten."

„Ich wusste es!"

Sie zuckten beide zusammen, als die Stimme einer Frau ihre Unterhaltung unterbrach. „Ich wusste, dass ich Ihr Gesicht kenne. Ich habe gerade zu Matty gesagt, diese Frau sieht aus wie dieses Model." Tiger wappnete sich und legte ein freundliches Lächeln auf. „Es ist nett, Sie kennenzulernen."

„Kann ich ein Selfie mit Ihnen machen?" Die Frau suchte in ihrer Handtasche bereits nach ihrem Handy, und Tiger warf Lazlo einen panischen Blick zu. Er lächelte sie an und hauchte: „Es ist okay."

Da sie nicht unhöflich zu der Frau sein wollte, posierte Tiger lächelnd mit ihr, woraufhin die Frau ihr dankte. „Danke. Meine Güte, ich hätte nie gedacht, dass ich Shalom Harlow treffen würde! Danke. Genießen Sie den Rest Ihres Tages, Miss Harlow."

Die Frau und ihre Begleitung gingen und ließen eine blinzelnde Tiger zurück. Sie sah Lazlo an, welcher lachte. Tiger grinste erleichtert. „Ich sehe aus wie Shalom Harlow?"

„Ein wenig." Lazlo lachte immer noch. „Gleicher Knochenbau. Ich finde, du bist wesentlich schöner."

„Schön wär's ..." Tiger kicherte. „Ich bin geschmeichelt. Und wenigstens wird mein Name nicht verknüpft, wenn sie es auf Instagram stellt. Aber die arme Shalom."

„Ich bin sicher, es wird okay sein", meinte Lazlo und lachte. „Komm schon, Shalom. Treffen wir uns mit deinem Bruder."

. . .

TIGER ERZÄHLTE APOLLO UND NELL EBENDIESE GESCHICHTE, und sie lachten darüber, aber Tiger war ein wenig verwirrt, als Apollo zu Beginn Lazlo gegenüber reserviert zu sein schien. Sie stieß ihren Bruder an, als dieser Lazlo fragte, was sein Plan für die beiden sei. „Alter, was machst du da?"

Apollo grinste verlegen. „Ich weiß nicht, wie man das macht. Du hast noch nie zuvor einen Freund mit nach Hause gebracht. Muss ich ihm nicht die ‚Wenn du meiner Schwester wehtust'-Rede halten?"

Tiger rollte mit den Augen, und Lazlo grinste. „Mach nur und halte mir diese Rede vor", sagte Lazlo zu Apollo, wobei er ihm auf die Schulter klopfte. „Du hast das Recht dazu."

Apollo grinste zurück. „Nah ... irgendwie denke ich, dass das nicht nötig ist."

Danach war der Abend nichts als Spaß. Lazlo war beliebt bei ihrem Bruder und Nell, aber besonders bei der kleinen Daisy, die darauf bestand, Lazlo jedes ihrer Spielzeuge zu bringen, um es ihm zu zeigen. Er war endlos geduldig mit dem kleinen Mädchen und redete mit ihr, ohne herablassend zu sein. Als er so tat, als würde er ihre Füße essen, kreischte sie vor Lachen, und Tiger, die ihnen zusah, fühlte, wie sich etwas in ihrer Seele veränderte. Dieser Mann ... er ließ ihr Herz schmerzen vor ...

... Liebe.

Nein, das war nicht möglich. Nicht so schnell. Es waren nur ein paar Wochen, und sie hatten nicht einmal miteinander geschlafen. Aber Tiger, sobald sie erkannte, welche Emotion es war, hatte keinerlei Zweifel. Sie hatte sich in Lazlo Schuler verliebt.

Auf der Fährfahrt zurück auf die Insel ließ Tiger ihre Hand in Lazlos gleiten und lächelte ihn an. „Laz?"

„Ja, Baby?"

„Mochtest du meine Familie?"

„Ich vergöttere sie. Ich vergöttere dich, Tiger Rose."

Sie blickte zu ihm auf. *Oh, wie ich dich liebe* ... „Lazlo? Würdest du heute Nacht bei mir bleiben?"

Er sah zu ihr hinab und nickte lächelnd. „Sehr gerne."

DANACH SCHIEN ES EINE EWIGKEIT ZU DAUERN, ZURÜCK ZU ihrem Haus zu kommen, und als sie langsam zu ihrem Schlafzimmer gingen, stellte Tiger fest, dass sie zitterte, als wäre es ihr erstes Mal.

Sie lachte zittrig, während Lazlo die Tür hinter ihnen schloss. „Ich weiß nicht, warum ich so nervös bin. Ich bin keine Jungfrau."

„Wenn es hilft ... ich habe riesige Angst", gab Lazlo zu. Er kam näher zu ihr und strich ihr das Haar über die Schulter. „Ich will das wirklich nicht verbocken. Ich will dich so sehr, Tiger Rose, und auf diese Nacht zu warten, war sowohl spannend als auch unerträglich."

Er senkte den Kopf und küsste leicht die Wölbung ihres Halses. „Tiger ..."

Sie stieß einen zittrigen Atemzug aus und schloss die Augen, als er ihren Mund fand. Dann nahm er ihre Hände, drehte sie um und küsste die Innenseite jedes Handgelenks. „Tiger", wiederholte er leise, und sie öffnete die Augen. „Tiger ... ich habe mich in dich verliebt. Ich will nicht, dass diese Nacht der Nächte vergeht, ohne dass du das weißt."

„Oh Gott, Lazlo, ich liebe dich ... ich denke, ich wusste es von Anfang an, und ich ... Gott ... ich habe noch nie so für jemanden empfunden. Ich dachte nicht, dass ich je wieder vertrauen, je wieder einem Mann vertrauen könnte. Was Waller mir angetan hat ... und verdammt, wie ich es hasse, diesen Abschaum jetzt zu erwähnen, aber was er getan hat ... ich fühlte mich erstarrt. Stillgelegt. Ich dachte nicht, dass ich mich je wieder von einem Mann berühren lassen würde. Aber du, Laz ... du ..."

Sein Mund war grob auf ihrem, und ihre Hände waren beschäftigt damit, einander auszuziehen. Die Hitze zwischen ihnen wurde intensiver, und sie fielen gemeinsam nackt auf das Bett, küssend, kratzend und einander greifend, als wären sie wild.

Lazlos Mund suchte hungrig nach ihrem, dann wanderte er ihren Körper hinunter, zog an ihren Brustwarzen, weiter über ihren flachen Bauch, dann, als er sanft ihre Oberschenkel auseinanderdrückte, fuhr seine Zunge über ihre Mitte, was Tiger keuchen und stöhnen ließ.

Sie vergrub ihre Finger in seinem Haar, während er neckte, dann hauchte sie: „Beweg dich, damit ich dich auch kosten kann."

Mit viel Gelächter und ungelenken Bewegungen drehte Lazlo sich um, sodass sie seine Erektion in den Mund nehmen konnte. Sie fuhr mit den Lippen über die Spitze, strich mit den Fingern auf und ab. Er war sehr gut ausgestattet, größer als sie es sich je erträumt hatte, und der Gedanke an ihn tief in ihr machte sie noch begieriger, ihn steifer werden zu lassen. Sie leckte über die Spitze, dann neckte sie ihn, zufrieden damit, sein leises Stöhnen zu hören.

Sie spürte, wie ihre Sinne aufmerksamer wurden, ihre Haut brannte, während sie einander befriedigten, und als sie beinahe den Höhepunkt erreichte, hörte Lazlo auf und drehte sich um. Er zog ein Kondom über, und Tiger schrie beinahe vor Erwartung, als er endlich tief in sie eindrang. Wenn ihr Körper zuvor gebrannt hatte, dann explodierte er jetzt vor ekstatischer Lust, und sie drängte ihn tiefer und härter. Lazlos Hände pressten ihre auf das Bett und ihre Blicke lösten sich nie, während sie sich gemeinsam bewegten.

Tiger kam so hart, dass sie in Tränen ausbrach und sich an Lazlo klammerte, während dieser ebenfalls seinen Höhepunkt erreichte. Sie konnte die Tränen nicht aufhalten, aber sie lächelte durch sie hindurch, küsste ihn, sagte ihm immer und immer wieder, dass sie ihn liebte.

Schließlich mussten sie sich voneinander lösen, und nachdem Lazlo im Bad gewesen war, um sich des Kondoms zu entledigen, kam er zurück in ihre Arme. Tiger küsste ihn, presste ihren nackten Körper an seinen, da sie nicht für eine Sekunde von ihm getrennt sein wollte.

Lazlo fuhr mit einer Hand über ihren Körper. „Meine Güte, du bist eine so umwerfende Frau, Tiger Rose. Ich habe so lange von diesem Körper geträumt."

„Und er hat dich nicht enttäuscht?"

Lazlo sah sie schief an. „Bist du verrückt?"

Tiger grinste. „Nein, ich provoziere nur Komplimente. Ich bin froh, Laz … Gott, was für eine Nacht."

„Sie ist noch nicht vorbei … es sei denn, du bist müde?"

Tiger prustete. „Machst du Witze?" Sie rieb ihre Nase an seiner. „Versprich mir, dass du nie aufhören wirst, mich zu vögeln."

„Selbst im Coffee-Shop? In der Öffentlichkeit?" Er grinste sie an, während sie mit den Augen rollte.

„Ich habe versucht, sexy zu sein", beschwerte sie sich, lachte aber mit ihm. „Aber jetzt, wo du es erwähnst … Sex in der Öffentlichkeit? Irgendwie heiß."

Lazlo stützte sich auf einen Ellbogen. „Hui. Also, sag mir, Tiger Rose, was ist deine sexuelle Vorliebe?"

„Du", gab sie zurück und lachte, als er sie küsste. „Aber jetzt, wo du fragst … ich denke, du hast mir eine Art von, wie kann ich das sagen, Bestrafung versprochen?"

„Ah." Er drehte sie plötzlich auf den Bauch und schlug ihr hart auf den Hintern. „So?"

Tiger wand sich vor Lust. „Für den Moment … aber ich erwarte, dass du energischer bist …"

Er schlug sie erneut, was einen roten Handabdruck auf ihrer Haut hinterließ. „Gefällt es dir?"

Um ihm zu antworten, warf Tiger sich auf ihn, drückte ihn auf den Rücken und setzte sich auf ihn. Sie liebten sich erneut, wobei sie diesmal grober waren und darüber sprachen, was sie gerne miteinander taten.

· · ·

Es war beinahe Morgengrauen, als sie endlich einschliefen. Ein paar Stunden später wurden sie von einem an der Tür bellenden Fizz aufgeweckt, der hinausgelassen werden wollte, und als Tiger ihrem Hund für etwas frische Luft in den Garten folgte, fühlte sie etwas, das sie seit schrecklich langer Zeit nicht mehr gefühlt hatte.

Glück.

KAPITEL ZEHN – FALL INTO ME

*S*eattle

DEX LOOMIS HATTE IHN VOR ZWEI NÄCHTEN ANGERUFEN. „SIE ist in Seattle — und sie ist nicht allein."

„Woher wissen Sie das?"

„Ein Praktikant hat ihr Foto in den sozialen Medien entdeckt. Es war falsch als Shalom Harlow markiert, aber wir haben eine Gesichtserkennungssoftware installiert, aus ... naja, verschiedenen Gründen." Dex lachte, und Grant rümpfte die Nase. Loomis war ein Widerling und ein Raubtier, aber er finanzierte Grant, also konnte er dem Kerl nicht geradeheraus sagen, er solle sich zum Teufel scheren.

Und was sollte gerade er schon zu diesem Thema sagen? „Also, das Foto?"

„Ja. Es war eine ungestellte Aufnahme von einem Fan, wie ich annehme, aber auf dem Foto war Tiger mit einem Mann unterwegs, den ich erkannt habe. Lazlo Schuler."

Grant spürte, wie ihn ein Schauer der Erregung durchfuhr.

„India Blues Bruder?"

„Sie klingen, als hätten Sie eine Vergangenheit mit ihm."

Grant lächelte grimmig vor sich hin. „Oh, das habe ich. Eine ernste Vergangenheit."

„Na ja, verlieren Sie nicht den Fokus, Waller. Tiger ist das Ziel. Jetzt, wo wir mit Sicherheit wissen, dass sie in der Gegend ist, sollten Sie nicht allzu lange brauchen, um sie zu finden und Ihre Kampagne zu beginnen. Haben Sie irgendwelche Ideen?"

„Ich arbeite sie aus."

Dex lachte, aber es lag kein Humor darin. „Machen Sie es sich nicht zu bequem, Waller. Ich bin großzügig, aber ich weiß, wenn die Leute etwas ausnutzen. Zum Beispiel ... wie war die Nutte, die Sie sich letzte Nacht genommen haben?"

Grant spannte sich an. „Sie lassen mich beobachten?"

„Ich habe eine Investition gemacht, Waller. Natürlich überwache ich das genau. Mich stört die Nutte nicht, denken Sie aber nicht, dass ich nicht irgendeinen Ertrag haben möchte."

„Werde ich nicht."

„Lassen Sie sie leiden, Grant. Das war der Deal."

„Glauben Sie mir. Das werde ich."

GRANT MACHTE SICH KAFFEE UND SETZTE SICH AN DEN TISCH,

sein Laptop geöffnet vor ihm. Dex' Praktikant hatte ihm den Link zu der Fotografie auf Instagram geschickt, und als er die Seite öffnete, schnaubte er vor sich hin. Jap, da war sie, und zwar mit Lazlo Schuler im Schlepptau. Scheiße, das würde die Dinge verkomplizieren.

Grant und Lazlo hatten schon zuvor Zusammenstöße gehabt, hauptsächlich wenn Grant Geschichten über Lazlos Schwester, India Blue, verfolgte. Er war ihr für Schulers Geschmack viel zu nah gekommen, besonders wenn man bedachte, was ihr später zugestoßen war, am selben Tag, an dem er Tiger Rose angegriffen hatte. Das war sein einziges Bedauern. Wenn er seinen verletzten Stolz nicht hätte rächen wollen, nachdem Tiger in dem Interview auf ihn losgegangen war, wäre er bei der Showbiz-Geschichte des Jahres an vorderster Front gewesen.

Stattdessen hatte er im Gefängnis geschmort. Ein weiterer Grund, um Tiger Rose zu hassen. Und jetzt vögelte sie Schuler? Himmelherrgott. Grant war verärgert, aber dann, während er sich an den Boden einer Flasche Scotch trank — einer guten, dank Loomis' Geld — begann er die gute Seite zu sehen. Welchen besseren Weg gab es, um es sowohl Tiger als auch Schuler heimzuzahlen? Scheiß auf ihre Beziehung, was auch immer sie war. Er würde die für sie versauen, und wen Grant das tat, was Loomis am Ende von ihm wollte … na ja, Schuler würde ganz von neuem wieder am Boden zerstört sein.

Gut. Es machte den Gedanken an Mord schmackhafter. Nicht, dass es etwas war, was Grant in Erwägung zog. Tigers Seelenfrieden zu zerstören war alles, was er wollte, und das würde einfach zu erreichen sein. Er konnte sich nicht dazu bringen, jemanden zu töten … oder?

Grant schüttelte den Kopf und goss sich ein weiteres Glas ein. Nein. Das war überhaupt nicht sein Ding. Dex Loomis war ein Psycho, und Grant würde sich lange vorher aus dem Staub machen, bevor es an diesen Punkt kam. Dex konnte seine dreckige Arbeit selbst erledigen. Er fragte sich erneut, was Tiger Dex möglicherweise angetan haben könnte, dass er sie tot sehen wollte. Sie war eine Schlampe, ja, aber ...

Scheiß drauf. Er griff die Flasche und nahm sie mit ins Bett. Tiger Rose konnte bis zum Morgen warten.

THE ISLAND, SAN JUAN ISLANDS, WASHINGTON STATE

SARAH GRINSTE TIGER AN, ALS DIESE ZWEI TAGE SPÄTER ZUR Arbeit kam. „Warst du bei deinem reizenden Mann?"

Tiger lachte. „War ich."

„Wann wirst du ihn herbringen, damit ich ihn kennenlernen kann?" Sarah nahm ihre langen Dreadlocks nach hinten in einen Zopf und band sie zusammen, während sie sprach. Der Coffee-Shop hatte noch nicht geöffnet, aber sie konnten draußen trotzdem ein paar Leute sehen, die darauf warteten, dass Sarah die Tür aufschloss.

Sie rollte mit den Augen und lachte, während sie vorging, um sie hineinzulassen. „Ich schwöre, die kommen jeden Tag früher."

Tiger war an der Kaffeemaschine, bereit anzufangen, und nahm sich die Zeit, um alles abzuwischen. Sie blickte auf, als der erste Kunde an den Tresen kam—dann lachte sie. Sarah sah sie fragend an, aber Tiger zwinkerte ihr zu und ging los, um den Kunden zu bedienen. „Und was kann ich Ihnen bringen, Sir?"

Lazlo grinste sie an. „Einen Caffè americano und ein heißes Date mit der Barista, wenn das im Angebot ist?"

Tiger legte eine Hand auf die Brust. „Na, so eine Frechheit! Sarah, dieser Kunde belästigt mich …"

Sarah, deren Augen funkelten, hatte natürlich gemerkt, wer Lazlo war. „Soll ich ihn rauswerfen, Tigs?"

„Natürlich." Tiger streckte Lazlo die Zunge heraus, der daraufhin lachte. „Lazlo, das ist Sarah, mein Boss. Sarah, das ist Lazlo, meine Mätresse."

Lazlo und Sarah grinsten, als sie einander die Hand schüttelten. „Endlich lerne ich dich kennen. Du bist dann wohl derjenige, der Tiger dieses Lächeln auf das Gesicht zaubert."

„Das hoffe ich doch."

„Nö, das ist mein anderer Geliebter", flüsterte Tiger hörbar. Die drei scherzten weiter, während sich der Coffee-Shop mit Leuten füllte. Lazlo blieb den Großteil des Morgens, wobei er sogar aushalf, und Tiger war froh, dass es Sarah nicht zu stören schien.

Sarah schickte die beiden zum Mittagessen los, und sie holten sich auf dem Bauernmarkt etwas zu essen, bevor sie sich beim Hafen hinsetzten. Lazlo machte eine Dose Limonade auf und reichte sie Tiger. „Ich hoffe, Sarah hat es nicht gestört, dass ich heute Morgen da war."

„Schien nicht der Fall zu sein. Ich glaube, sie war recht von dir angetan. Sie wird mit mir um dich kämpfen."

„Naja, es ist gut zu wissen, dass ich die Auswahl habe", meinte

Lazlo mit komplett ausdruckslosem Gesicht, dann grinste er, als sie ihm auf die Schulter schlug. Er lehnte sich zur Seite und küsste sie. „Nur ein Scherz."

Tiger lehnte sich an seine Schulter. „Ich liebe dich."

„Ich liebe dich auch. Hör zu, ich weiß, dass wir uns mit Lichtgeschwindigkeit zu bewegen scheinen …"

„Oh, ja", unterbrach sie trocken. „Die Wochen ohne Sex waren wirklich sehr überstürzt."

„Frech", er lächelte, „aber lass mich zu Ende reden. Du hältst das vielleicht für schnell, aber ich habe gestern Abend eine Entscheidung getroffen, und die könnte dich auch betreffen, wenn du willst. Wenn nicht, auch okay."

„Jetzt bin ich neugierig." Sie musterte seinen Gesichtsausdruck. „Schieß los."

„Naja … ich habe den Mietvertrag für mein Haus für weitere drei Monate erweitert."

Tiger ließ das sich setzen. „Du bleibst?"

Seine Augen waren sanft, als er sie ansah. „Natürlich bleibe ich, Tiger … natürlich tue ich das. Denkst du wirklich, dass ich jetzt je zu meinem alten Leben zurückkehren könnte? Und damit meine ich keinen Druck auf dich, oder uns, nur dass ich da sein wollte, wo du bist, und sehen wollte, wo das hinführt. Was sagst du?"

Tiger spürte, wie ihr Tränen in die Augen stiegen. Das schien ihr in letzter Zeit oft zu passieren, aber glücklicherweise mehr aus Freude als aus Kummer. „Ich sage, ich bin dabei. Voll dabei."

Sie küssten sich erneut, wobei es ihnen egal war, dass Leute sie sahen. Tiger berührte sein Gesicht. „Du machst mich so glücklich, Lazlo Schuler."

„Gleichfalls, Zuckerschnute."

Sie lächelte immer noch, als sie zum Coffee-Shop zurückkehrte, aber als sie ihre Tasche im Hinterzimmer abstellen wollte, hörte sie, wie Sarah am Telefon mit jemandem stritt. Tiger war schockiert, die sonst so fröhliche Sarah in Tränen aufgelöst zu sehen. Tiger gab ihr Privatsphäre und ging vor, um die an der Theke wartenden Kunden zu bedienen, aber als Sarah auftauchte, umarmte sie ihre Freundin.

„Geht es dir gut?"

Sarah schüttelte den Kopf. „Der Vermieter. Er verkauft dieses Haus an einen Bauunternehmer."

Tiger war entsetzt. „Was? Kann er das einfach so tun?"

Sarah nickte, putzte sich lautstark die Nase und wischte sich über die Augen. Tiger führte sie zu einem Stuhl und brachte ihr einen heißen Tee. Es waren nur ein paar Kunden da, und Sarah teilte ihrer Freundin all die schlimmen Neuigkeiten mit. „Wir haben bis zum Ende des Monats, dann verkauft er. Die bauen hier Luxuswohnungen oder irgend so einen Mist. Verdammt."

„Meine Güte, Sarah ..." Tiger tat ihre Freundin leid, und in geringerem Maße, sie sich selbst auch. Die Welt hatte sich wieder verschoben. „Es muss etwas geben, was wir tun können."

Sarah lachte ohne Humor. „Naja, es sei denn, du hast ein paar zusätzliche Millionen umherliegen."

Tiger spürte, wie ihr Gesicht rot wurde. Oh Gott. Oh Gott ... „Vielleicht können wir Geldgeber finden?"

„Du bist süß, aber Coffee-Shops gibt es hier wie Sand am Meer. Warum würde irgendjemand diesen hier unterstützen wollen?" Sie atmete tief ein. „Nein. Wir werden einfach neue Geschäftsräume finden müssen."

„Ich kann helfen."

Sarah lächelte sie an und wischte sich die feuchten Wangen mit einem Taschentuch ab. „Ich weiß. Ich bin so froh, dich hierzuhaben, Tigs, wirklich. Es wäre so viel schwerer, wenn du nicht hier wärst, um mich zu unterstützen. Weißt du ... Ben hat diese Räumlichkeiten für mich gefunden. Ich hatte davon geträumt, mein eigenes Ding zu eröffnen. Ich war Krankenschwester, als wir geheiratet haben, aber ich habe meine Leidenschaft dafür verloren und wollte etwas, das näher an meinem Zuhause war. Ben hat von zuhause aus gearbeitet, weißt du, und ich habe es gehasst, so lange von ihm weg zu sein."

Sie räusperte sich, da sie offensichtlich versuchte, nicht erneut zu weinen. Tiger drückte ihrer Freundin die Hand. „Lazlo hat ein paar Kontakte, da bin ich mir sicher. Ich werde sehen, was er für uns herausfinden kann."

„Dafür wäre ich dankbar."

Lazlo kam, um sie abzuholen, als der Coffee-Shop schloss. Sarah war vor ein paar Stunden nach Hause gegangen, und als Tiger Lazlo die Tür aufschloss, sah sie, wie er aufgrund ihres angespannten Gesichtsausdruckes die Augenbrauen hochzog. Sie erzählte ihm von dem Vermieter.

„Die Sache ist … ich könnte es retten. Ich könnte dem Bauunternehmer diese Räumlichkeiten abkaufen, mehrfach. Aber das zu tun … würde mich offenbaren. Ich fühle mich elend, das überhaupt als Ausrede zu nutzen. Ich würde alles tun, um zu helfen, aber der Gedanke daran, dass diese kleine Blase zerstört wird …" Ihre Stimme zitterte. „Das ist so unglaublich egoistisch von mir."

„Nein, ist es nicht. Du bist wegen der Anonymität, des Friedens hergekommen. Nach dem, was dir passiert ist, würde es dir niemand übelnehmen, dass du das beschützen willst."

„Aber sie ist meine Freundin."

„Und du kannst nicht jeden retten." Lazlo hielt plötzlich inne und lachte leise. „Verdammt."

„Was?"

„Indias Worte kommen zurück, um mich heimzusuchen. Baby, ich verstehe es, das tue ich wirklich. Ich habe Jahre damit versucht, dasselbe zu tun." Er nahm ihre Hände in seine. „Hör zu … vielleicht können wir einen Weg finden, um Sarah anonym auszuhelfen. Wir können auf jeden Fall nachforschen."

Tiger lächelte ihn an. „Du bist wirklich der Beste, weißt du das?"

Er küsste sie. „So lange du so denkst, meine Schöne. Komm schon, ich helfe dir beim Saubermachen, dann können wir nach Hause gehen."

· · ·

INNERHALB DER NÄCHSTEN TAGE ERKUNDIGTEN SIE SICH heimlich über den Bauunternehmer, und währenddessen half Tiger Sarah dabei, neue Grundstücke auf der Insel auszukundschaften. Am vierten Tag entdeckte Tiger, die Angebote auf der Webseite eines Immobilienmaklers überflog, etwas, das ihr Herz schneller schlagen ließ.

Ein paar Blocks entfernt, immer noch am Wasser gelegen, war ein altes, leerstehendes Theater. Tiger las das Angebot durch. Es war verfallen, aber die Besitzerin, eine betagte Witwe, hatte sich geweigert, es zu verkaufen. Aber nachdem sie verstorben war, hatte ihr Sohn es zum Verkauf angeboten.

Tiger zog am folgenden Tag alleine los, um es sich anzusehen. Obwohl es nasskalt und voller Spinnweben war, konnte sie das Potenzial darin erkennen. Der Immobilienmakler war ein herzlicher älterer Mann mit freundlichem Gesicht, der sie umherführte.

„Es war einmal Varieté-Theater, als ich noch ein Kind war", sagte er. „Sehen Sie, all die alten Bühnenscheinwerfer sind immer noch an Ort und Stelle, auch wenn sie jahrelang nicht benutzt worden sind." Er lächelte sie an. „Sie sagen, Sie suchen nach Geschäftsräumen für einen neuen Coffee-Shop? Naja, der Platz vorne eignet sich sicherlich dafür, aber es wäre eine Schande, wenn die Bühne nicht für Aufführungen genutzt würde. Vielleicht haben Sie daran gedacht, Ihren eigenen Betrieb zu gründen?" Seine Augen funkelten, und Tiger realisierte, dass er sie erkannt hatte. Sie lächelte schüchtern.

„Das würde ich nicht voraussetzen, aber es ist ein Traum. Allerdings bin ich des … Friedens wegen hergekommen."

Der alte Mann tippte sich auf die Nase. „Ich kann ein

Geheimnis bewahren, Miss Rose. Aber persönlich würde ich es liebend gerne sehen."

Tiger bedankte sich bei ihm und sagte, dass sie bald mit einer Antwort anrufen würde. Sie fuhr nach Hause und parkte vor ihrem Haus.

Als sie aus dem Auto stieg und Fizz hinausließ, sprang sie beinahe zwanzig Meter in die Höhe, als ein Durcheinander an Stimmen ihr ein Hallo entgegenrief. Tiger griff sich an die Brust und drehte sich um, um Apollo, Nell und Daisy auf ihrer Veranda zu entdecken. „Oh mein Gott, ich wäre beinahe gestorben. Was macht ihr hier?"

Aber sie lächelte, begeistert darüber, sie zu sehen. Sie nahm Daisy in die Arme und küsste Nells Wange. „Wir machen blau", sagte Nell zu ihr. „Jemand—", sie warf einen Blick auf ihren grinsenden Partner, „hat eine Erkältung. Eine Erkältung."

„Ah, Männergrippe?"

„Jap."

Apollo, der für einen Mann mit einer Erkältung auffallend gut aussah, grinste. „Und ich dachte so für mich, wen gibt es besseres, mit dem ich meinen Rotz teilen kann?"

„Ihhh, Daddy!" Daisy rümpfte die Nase, während Tiger das Gesicht verzog.

„Daddy ist widerlich", lachte Nell, überhaupt nicht beeindruckt, da sie eindeutig an Apollos Sinn für Humor gewöhnt war.

„Kommt rein, bevor ihr alle zu frieren anfangt."

. . .

SIE GINGEN HINEIN, WOBEI SIE NICHT DEN MANN BEMERKTEN, der auf der anderen Seite der Straße in einem Auto saß und sie beobachtete. Grant Waller sah ihnen stumm zu, dann startete er den Wagen und fuhr weg, bevor irgendjemand ihn entdecken und der Nachbarschaftswache melden konnte, von der er sich sicher war, dass diese an einem Ort wie diesem existierte. Er konnte kaum glauben, dass Tiger Rose sich hier versteckt hatte, und doch ... war es perfekt. Das musste er ihr lassen.

Er hatte nicht gedacht, dass es so einfach sein würde, sie zu finden, aber er war am Morgen zur Wohnung des Bruders gefahren, um zu sehen, wie die ganze Familie in ihr Auto stieg, woraufhin er instinktiv entschieden hatte, ihnen zu folgen.

Auf halber Strecke zu den San Juan Islands fragte er sich, ob er sich hier in einem fruchtlosen Unterfangen befand, aber nein. Das war, wohin Tiger Rose ins Exil gegangen war.

Grant schnaubte, als er zurück zum Fährhafen fuhr. Es war kaum die Art von Ort, an die sie gewöhnt war, und er fragte sich, ob sie sich hier wie eine Diva benahm, die die ganze Aufmerksamkeit haben wollte. Er schüttelte den Kopf. Er kannte die Antwort darauf. Es hatte einen Grund dafür gegeben, dass Tiger Rose in Hollywood so beliebt war—sie war immer herzlich, freundlich und ein vollkommener Profi. Sie kam pünktlich, kannte ihren Text und duldete es nicht, wenn sich irgendwelche ihrer Co-Stars schlecht benahmen. Sie hatte sogar ein paar von ihnen am Schlafittchen genommen, die die Crew angeschrien hatten.

Also nahm er an, dass man sie hier sehr mochte—was ein Problem darstellte. Sie würde sowohl von ihren neuen Freunden als auch von Lazlo Schuler gut beschützt sein. Ihr

Bruder war ebenfalls ein beeindruckender Mann, mindestens eins siebenundachtzig und gut gebaut.

Grant fuhr auf die Fähre, parkte das Auto und machte sich auf den Weg zur Lounge, wo er sich einen Drink holen wollte, um die Langeweile zu mindern. Er spazierte über das Deck, dann ging er in die Lounge—und schreckte zurück. Lazlo Schuler saß dort, allein an einem Tisch und scrollte durch seinen Laptop. Grant duckte sich um die Ecke, gerade als Lazlo in seine Richtung aufsah, genervt von dem Stoß kühler Luft, der durch das Öffnen der Tür entstanden war.

Verdammt. Das Letzte, was er brauchte, war, dass Schuler ihn erkannte und Tiger davor warnte, dass er in der Gegend war. Dann würde er ihr niemals nahekommen. Fluchend dachte Grant an den Drink, den er jetzt vergessen konnte, und ging zurück zu seinem Auto, um dort das Ende der Reise abzuwarten. Seine Sinne waren jetzt allerdings geschärft — was, wenn Schuler ihn gesehen hatte und nach ihm suchte?

Er entspannte sich während der ganzen Fahrt zurück nicht, und als sie in Seattle ankamen, musste er den Kopf einziehen, als er sah, wie Lazlo in das Auto direkt vor ihm einstieg. Grant fummelte auf der Rückbank seines alten Chevrolets herum — Loomis hatte kein neues Auto spendiert — und fand eine muffige alte Kappe. Er zog sie sich über die Augen.

Es schien ihm offensichtlich zu sein, dass er Schuler folgen würde, wo auch immer er hinging, aber er runzelte die Stirn, als er sah, dass es ein Immobilienmakler war. Sicherlich war Schulers Geschäft in New York und Los Angeles? Grant wusste, dass er eng mit Jess Olden zusammenarbeitete, eine der am meisten beschäftigten Anwältinnen des Showgeschäfts. Während seines eigenen Prozesses war er erleichtert gewesen, als Jess Olden nicht im gegnerischen Team gewesen war. In diesem Fall wäre er wesentlich länger hinter Gitter gewandert.

Er richtete seinen Fokus wieder auf die anstehende Aufgabe. Wirklich, es war egal, was Schuler tat — Grants Fokus sollte Tiger sein, und das war alles. Aber wenn Lazlo hier Grundstück kaufte ... dann musste es ernst zwischen ihnen sein.

Weitere Hindernisse. Naja ... er würde klein anfangen. Ihr für einen Tag oder zwei folgen. Sehen, wie sie ihren Tag verbrachte. War es die Sache wert, sich ein Motelzimmer auf der Insel zu mieten? Er fand schon.

Er ging zurück zu seiner Wohnung und packte seine Sachen. Er rief Dex an und teilte ihm mit, dass er Tiger gefunden hatte. „Gut." Der Produzent klang gehetzt. „Jetzt machen Sie ihr Leben zur Hölle."

TIGER WAR BEINAHE TRAURIG, ALS APOLLO UND SEINE FAMILIE später am Tag gingen. Sie flehte sie an, zu bleiben, aber Nell musste am nächsten Morgen arbeiten, und der Arbeitsweg war zu viel für sie. „Aber ich verspreche dir, dass wir herkommen und länger bleiben werden, wenn wir mehr Zeit haben", sagte sie zu ihrer Beinaheschwägerin, als sie deren Enttäuschung sah. „Du baust dir hier ein wunderschönes Leben auf, Tiger. Ich freue mich so für dich."

Als sie alleine war, räumte Tiger ihr Haus auf und machte mit Fizz einen Spaziergang am Strand. Ihr Handy vibrierte, als sie fast wieder zuhause war. „Hey Baby."

„Hey meine Schöne. Ich habe gute Neuigkeiten."

„Wegen des Bauprojekts?" Tiger spürte, wie ihr Herz hüpfte und dann sank, als Lazlo wieder sprach.

„Äh, nein, tut mir leid. Anscheinend ist das wasserdicht. Ich habe das Angebot durch meinen Anwalt gemacht, aber der Bauunternehmer ist nicht am Geld interessiert. Er will das Grundstück."

Tiger seufzte. „Verdammt."

„Aber ... wenn du es willst, dann gehört das Theater dir."

Tiger schnappte nach Luft. „Wirklich? Die haben unser Angebot angenommen?"

„Scheint, als wäre der Immobilienmakler ganz von dir angetan gewesen ... der zufällig auch der Besitzer ist."

„Was? Dieser schlaue Fuchs ... das hat er nie erwähnt." Tiger lachte und erinnerte sich liebevoll an den alten Mann.

Sie redeten noch eine Weile, dann lachte Tiger. „Wann kommst du nach Hause? Ich vermisse dich."

„Ich bin jetzt auf der Fähre. Noch ungefähr fünfundvierzig Minuten. Hör zu", er senkte seine Stimme, „als ich in der Stadt war, habe ich ein paar Sachen für uns besorgt."

„Essen?" Tiger war am Verhungern, obwohl sie mit ihrer Familie ein großes Mittagessen gehabt hatte.

Lazlo lachte. „Mein kleiner Nimmersatt. Nein, kein Essen ... ein paar Spielzeuge."

Tigers Körper reagierte sofort. „Spielzeuge?"

„Genau das, woran du denkst, Schönheit. Nur eine kleine ... Kostprobe dessen, was wir genießen könnten. Wie hört sich das an?"

Tigers Stimme war belegt, als sie antwortete. „Sag dem Fährkapitän, er soll sich beeilen."

Lazlos Lachen war tief und rauchig. „Liebling … ich hoffe, du hast viel Energie, denn du wirst heute Nacht nicht viel Schlaf bekommen."

EINE STUNDE SPÄTER KAM LAZLO AN IHRE HAUSTÜR UND SAH den Notizzettel.

Komm rein, mein Hübscher …

Er lachte und stieß die Tür auf. In dem großen Flur waren schmale Lichterketten, die ein wunderschön sinnliches Licht kreierten, und als er aufsah, sah er sie. Tiger stand auf der Treppe, umwerfend in einem einfachen weißen Kleid mit Spaghettiträgern. Ihr dunkles Haar war über eine Schulter gelegt und ihre großen Augen flimmerten vor Verlangen. Langsam öffnete sie ihre Beine und zog das Kleid über ihre Oberschenkel. Darunter war sie nackt. „Willkommen zuhause", sagte sie leise.

Sein Schritt reagierte sofort und presste sich fest gegen seine Jeans, während sein Blick über ihren Körper zu der glänzenden Feuchtigkeit zwischen ihren Beinen wanderte. Lazlo zog an seiner Krawatte, während er auf sie zuging, Als er sie erreichte, wickelte er sie um ihre Handgelenke und zog sie fest zu. Er bückte sich, um sie einmal zu küssen, dann erwiderte er ihren Blick. „Gehörst du mir?"

„Tue ich, ganz dir, so lange du mich willst", erwiderte sie leise, lachte dann aber, als er sie hochhob und über seine Schulter warf, um sie die Treppe hinaufzutragen.

Er legte sie auf das Bett und öffnete langsam all die Knöpfe ihres Kleides. Tiger lächelte schläfrig zu ihm auf, ihre Augen halb geschlossen vor Verlangen. „Was hast du mir gebracht, mein Mann?"

„Geduld, Weib", meinte er sanft und lächelte. „Wir haben die ganze Nacht. Für den Moment werde ich jeden Zentimeter deiner Haut küssen."

Und das tat er, beginnend mit ihrem Mund, dann weiter hinab über ihren Hals und ihre Brüste, bis zur flachen Ebene ihres Bauches. „Öffne diese wunderschönen Oberschenkel für mich, Tiger."

Sie gehorchte, und er hörte ihr Keuchen, als seine Zunge ihre Mitte fand, auf und ab ging und dann umherschnellte. Seine Finger vergruben sich im weichen Fleisch ihrer Oberschenkel, und sie erschauerte vor Lust.

Lazlo brachte Tiger zum Höhepunkt, bevor er den Kopf hob und sie angrinste. „Das war nur der Anfang der Freuden dieser Nacht."

„Ach ja?"

Er berührte die Fesseln an ihren Handgelenken. „Sind die unbequem?"

„Nicht auf eine Art, die ich unangenehm finde."

Er küsste ihren Mund. „Ich werde dich jetzt auf den Bauch drehen, Tiger. Vertraust du mir?"

Sie nickte, ihr Atem wurde schneller, ihr Gesicht war gerötet. „Ja."

Lazlo ließ sie liegen, um die kleine Tasche zu holen, die er mit nach Hause gebracht hatte. Er holte eine Augenbinde und eine kleine, dicke Reitgerte daraus hervor. Tigers Augen leuchteten auf.

„Oh, Lazlo …"

Er grinste sie an. „Du wolltest es heiß. Wie wäre es, wenn wir damit anfangen?"

„Oh, ja … bitte, Lazlo, bitte …"

Er lachte und setzte sich dann rittlings auf ihren Rücken. Er trug immer noch seine Jeans und seinen Sweater, aber es machte ihn an, dass sie ihm so völlig ausgeliefert war, nackt und verletzlich, dazu bereit, sich ihm zu beugen. Seine Erektion war hart am Stoff seiner Hose, und er konnte nur daran denken, sie zu vögeln, tief in sie einzudringen … aber er konnte warten.

Darauf jedenfalls. Er verband ihr sanft die Augen und nutzte dabei die Möglichkeit, ihren süßen Mund zu küssen, dann fuhr er mit der Spitze der Gerte ihre Wirbelsäule entlang. „Willst du, dass ich dich bestrafe, Tiger?"

Sie nickte und biss sich auf die Unterlippe, dann schrie sie auf, als er mit der Gerte auf ihre Kehrseite schlug. „Mehr?"

„Ja, ja …"

Er ließ die Gerte diesmal härter hinunterschnellen, auf die Rückseite ihrer Oberschenkel, und ihr Körper zuckte zusammen. Tiger stöhnte so schön, dass Lazlo nicht länger warten konnte. Er öffnete seine Hose, zog sie aus und schob ihre Beine auseinander. „Es tut mir leid … ich kann wirklich nicht einen Moment länger warten."

Er drang tief in sie ein, und sie schrie vor Lust auf. Er nahm sie hart, drückte sie auf das Bett und biss ihr währenddessen in die Schulter. Tiger trieb ihn an, sagte ihm, er solle sie sowohl Schmerz als auch Ekstase fühlen lassen, drängte ihn dazu, mit jedem Stoß härter und tiefer zu werden.

Sie kamen gemeinsam, beinahe explosiv, lachten und schnappten nach Luft. Tiger bat ihn, die Gerte auf ihrem Bauch, ihren Brüsten zu benutzen, und für den Rest der Nacht spielten sie Meister und Dienstmädchen, Folterknecht und Opfer, völlig hemmungslos.

Schließlich brachen sie erschöpft auf dem Bett zusammen. Lazlo befreite Tigers Handgelenke und küsste die roten Striemen, die seine Krawatte zurückgelassen hatte. „Du hättest mir sagen sollen, dass sie gerieben hat."

Tiger grinste ihn an. „Das hätte eher die Stimmung unseres Rollenspiels zerstört, Baby."

„Hast du es genossen?"

„Es war aufregend."

Lazlo stützte sich auf einen Ellbogen und fuhr mit der Fingerspitze über ihren Bauch. „Den meisten BDSM-Standards nach war das harmlos."

„Das stört mich nicht. Das ist … das erste Mal, dass ich es versucht habe. Das erste Mal, dass ich einem Mann genug vertraut habe, um es zu auszuprobieren."

Lazlo war absurderweise erfreut. „Wirklich?"

„Wirklich. Ich liebe dich, Lazlo Schuler. Ich wusste es fast sofort."

Er küsste sie erneut und sie hielt sein Gesicht in den Händen. „Laz?"

„Ja, Liebling?"

Sie zögerte, dann erwiderte sie seinen Blick. „Du hast deinen Mietvertrag um weitere drei Monate verlängert?"

„Habe ich. Warum?"

Sie biss sich auf die Lippe. „Da ich mich gefragt habe ... das mag vielleicht verrückt früh sein, aber wenn dieser Mietvertrag ausgelaufen ist ... vielleicht würdest du dann gerne hier bei mir einziehen? Wenn du dann nicht zurück nach New York gehst, natürlich."

Lazlo war sprachlos. „Du willst, dass wir zusammenwohnen?"

Tiger nickte. „Ich denke, wir werden in drei Monaten wissen, ob diese Sache eine Zukunft hat. Tatsächlich glaube ich tief in meinem Herzen, dass es das hier für mich ist. Du. Du bist es für mich, meine Liebe, mein Mensch. Ich habe nie zuvor mit einem Kerl zusammengelebt, wollte es nie. Ich weiß, dass es schnell ist, deshalb sage ich drei Monate. Wenn wir nicht denken, dass das hier funktionieren wird, dann wissen wir es an diesem Punkt."

Ihre Stimme zitterte, und sie plapperte jetzt, aber Lazlo ließ sie mit seinem Mund verstummen. Er küsste sie, bis keiner von beiden mehr atmen konnte, dann löste er sich. „Tiger Rose ... ich weiß es bereits. Ich weiß es bereits."

KAPITEL ELF – NEVER BE THE SAME

The Island, San Juan Islands, Washington State

EINE WOCHE SPÄTER BESUCHTE TIGER IHREN ANWALT IN DER Stadt, um den Kauf des Theaters abzuschließen. Sie wollte wissen, dass alles in Ordnung war, bevor sie Sarah mitteilte, dass sie neue Räumlichkeiten für den Coffee-Shop hatten — wenn Sarah sie wollte.

Tiger und Lazlo hatten geredet, und Tiger hatte zugegeben, dass sie Sarah mit dem Wissen darüber, wer Tiger wirklich war, vertrauen musste. Es war ein Wagnis, ja, aber Bella hatte es gewusst und niemandem gesagt. „Ich hoffe nur, dass sie mich nicht dafür hasst, dass ich es ihr nicht früher gesagt habe. Oder dass sie denkt, das seien Almosen. Sind es nicht", erzählte Tiger Lazlo während des Frühstücks.

Lazlo fuhr ihr mit einer Hand über den Kopf. „Es ist ein Investmentgeschäft. Sarah ist kein Kind, sie wird es als das sehen, was es ist. Willst du, dass ich mitkomme?"

„Nah, ich will das unter vier Augen machen." Tiger küsste ihn. „Oh, Mist, jetzt sieh dir an, was ich getan habe."

Sie hatte sich über den Tisch gelehnt, und ihre linke Brust hatte jetzt die Reste von Lazlos Frühstück am T-Shirt hängen. „Verdammt."

„Sexy." Lazlo wackelte mit den Augenbrauen, und sie grinste.

„Spinner. Was hast du für heute geplant?"

„Na ja, ob du es glaubst oder nicht, Arbeit. Zumindest Sachen für India. Sie geht auf Tour mit *The 9th and Pine* und nimmt dann ein Album mit ihnen auf."

Tiger zog die Augenbrauen in die Höhe. „Wirklich?"

„Du klingst überrascht."

„Ich dachte, sie hätte ihren Drive verloren."

„Ich denke, sie hat ihn wiedergefunden." Lazlo lächelte sie an, und Tiger konnte sehen, dass er erleichtert darüber war, dass seine Schwester ihre Motivation wiedergefunden hatte. „Ich denke, sie war so darin versunken, mit Massi zu versuchen ein Kind zu bekommen, dass für eine Weile sonst nichts wichtig war. Ich denke, ich muss Bay Tambe dafür danken."

„Ich kenne Bay", erwiderte Tiger. „Sie ist auch aus Seattle. Als Kind bin ich immer in den Motorradladen ihres Onkels gegangen."

„Du warst eine Biker-Braut?"

„Nah, aber er hat die besten indischen Bonbons gemacht. Und ich glaube, er war ein wenig in meine Mutter vernarrt. Ich erinnere mich an Bays Bruder, Dev. Er hat sich vor ein paar Jahren umgebracht."

„Verdammt, das ist hart."

Tiger nickte. „Wie auch immer, ich freue mich für India. Vielleicht kann ich sie bald kennenlernen?"

„Natürlich." Lazlo streichelte ihre Wange, nickte aber in Richtung der Uhr. „Du kommst noch zu spät."

Tiger war unglaublich nervös, als sie zur Arbeit kam. In ein paar Tagen würden sie den Laden schließen, und sie konnte an Sarahs zunehmend angespanntem Gesichtsausdruck erkennen, dass es schwer auf ihr lastete. Ihre Kunden hatten versprochen, ihr treu zu bleiben, wo auch immer sie ihren nächsten Laden eröffnen würde, aber Tiger wusste, dass Sarahs Selbstvertrauen erschüttert worden war.

Sie wartete bis zur Mittagszeit, als der Coffee-Shop leer war, um Sarah darum zu bitten, sich mit ihr hinzusetzen. Tiger presste ihre Hände fest aneinander, damit sie nicht zittern würden. „Sarah, du bist eine meiner engsten Freundinnen geworden", setzte sie an, hörte aber auf, als Sarah aufstöhnte.

„Oh Gott, du verlässt mich."

„Nein, nein, nein, so ziemlich das genaue Gegenteil." Tiger atmete tief ein. „Sarah, da ist etwas, das du über mich wissen solltest. Mein Name ... Tiggy ... ist nicht mein wirklicher Name. Nah dran, aber nicht ... Sarah, mein Name ist Tiger."

Sarah grinste. „Wirklich?"

Tiger lachte. „Wirklich. Mein Name ist Tiger Rose."

Sie war stumm, dann wurde die Erkenntnis in Sarahs Gesicht erkennbar. „Oh mein Gott. Du bist. Du bist Tiger Rose, natürlich bist du das. Oh Gott, wie habe ich das nicht ..." Sarah lachte, dann runzelte sie die Stirn. „Aber warum hast du es mir nicht gesagt?" Sie stöhnte erneut. „Heilige Scheiße, ich habe eine verdammte Oscar-Preisträgerin gefragt, ob sie meine Assistentin im Coffee-Shop sein will? Was musst du von mir denken?" Sie ließ den Kopf in ihre Hände sinken, und Tiger, die vor sich hin kicherte, ergriff sie.

„Was ich von dir denke, Sarah, ist, dass du mir eine Rettungsleine gegeben hast, etwas, auf das ich mich konzentrieren konnte. Weißt du, wie viel glücklicher ich hier bei meiner Arbeit war, als es je in Hollywood der Fall gewesen war?"

„Oh, das sagst du nur so."

„Tue ich nicht, wirklich nicht." Tiger lehnte sich nach vorne und umarmte ihre Freundin. „Das sind wir. Du hast mich auf eine Art Teil dieser Stadt werden lassen, die ich selbst nie hätte haben können. Ich bin des Friedens wegen hergekommen, und du hast mir dabei geholfen, ihn zu finden, und ich liebe dich." Sie atmete ein weiteres Mal tief ein. „Weshalb ich dir noch etwas zu sagen habe."

„Du bist schwanger mit Brad Pitts Baby?"

Tiger prustete. „Ihh, und nein. Sarah, seit wir herausgefunden haben, dass wir diesen Ort hier verlieren, war ich auf der Jagd und habe versucht, Alternativen zu finden. Lazlo und ich sind auf den Bauunternehmer zugegangen, um zu sehen, ob er es an uns verkaufen würde, damit wir es retten können. Wir haben es versucht, Sara, aber es tut mir so leid, wir haben es nicht geschafft."

Sarah warf ihre Arme um Tiger und brach in Tränen aus. „Die Tatsache, dass du es versucht hast …" Sie konnte für ein paar Minuten nicht sprechen, und Tiger rieb ihrer Freundin den Rücken, während diese sich beruhigte.

„Aber ... da ist ein Grundstück auf der Insel, von dem ich denke, dass wir, du und ich, etwas Besonderes daraus machen könnten. Kennst du das alte Theater an der Harbor Lane?"

Sarah nickte und tupfte sich an den Augen, woraufhin Tiger lächelte. „Naja, ich habe es gekauft. Für uns, für dich. Wir könnten die ganze Sache zu einem Coffee-Shop machen, oder wir könnten ein Theater und einen Coffee-Shop eröffnen. Wir könnten tun, was auch immer du willst."

Jetzt gaffte Sarah sie an. „Verarschst du mich?"

„Nein."

Für einen langen Moment starrte Sarah sie an, dann stand sie auf und ging hin und her. Tiger wusste, dass ihre Freundin ein wenig Zeit brauchte, um sich an den Gedanken zu gewöhnen. Schließlich setzte Sarah sich mit unleserlicher Miene wieder hin. „Also würde ich für dich arbeiten?"

Tiger schüttelte den Kopf und griff in ihre Tasche, aus der sie eine Aktenmappe hervorholte. „Nein. Sarah, dies sind die Papiere, die ich von meinem Anwalt habe anfertigen lassen, und sie übertragen fünfzig Prozent des Theaters und seines zukünftigen Geschäfts auf dich. Nein, Sarah, du wirst nicht für mich arbeiten, du wirst mit mir arbeiten. Partner. Zusammen."

Sarah blinzelte. „Ich kann das unmöglich ..." Aber ihre Stimme verstummte und Tiger lächelte, im Wissen, dass sie sie hatte.

Zwei Tage später nahm Tiger Sarah mit zum Theater, und es dauerte nicht lang, bis die beiden begeistert Pläne dafür schmiedeten. Sarah liebte den Gedanken eines kleinen Theaterbetriebs, und Tiger spürte die Begeisterung, möglicherweise in einer eigenen Produktion wieder zu schauspielern.

Sie sprachen davon, zuerst den Coffee-Shop fertigzustellen, und als sie ihrem existierenden Klientel von den neuen Räumlichkeiten erzählten, versprachen all ihre Kunden, ihnen dorthin zu folgen, wobei manche von ihnen sogar anboten, bei der Renovierung zu helfen.

NACH DER ARBEIT, AM TAG VOR IHREM LETZTEN TAG IM ursprünglichen Coffee-Shop, musste Tiger sich von Lazlo verabschieden. Lazlo flog nach New York, um India dabei zu helfen, alles für ihre Tour zu organisieren, er würde also ein paar Tage weg sein. Tiger spürte den Verlust bereits.

Sie saß schmollend in seinem Koffer, während er packte, und er grinste sie an. „Du Verrückte. Du könntest immer mit mir kommen."

Er scheuchte sie aus seinem Koffer, als er eine Handvoll saubere Unterwäsche hineinlegte. Tiger setzte sich im Schneidersitz auf sein Bett und beobachtete ihn. „Das würde ich, aber da morgen der letzte Tag ist, will ich bei Sarah sein."

„Natürlich willst du das, und das solltest du auch." Lazlo lächelte seine Liebe an, wobei seine blauen Augen funkelten. „Liebling, es sind nur ein paar Tage, und ich werde dich jeden Abend anrufen."

„Ich weiß." Tiger lachte. „Ich hätte nie gedacht, ich sei der klammernde Typ."

„Du klammerst nicht, ich werde dich auch vermissen. Es wäre

beim ersten Mal, dass wir getrennt sind, immer komisch gewesen. Diese ganze Sache war ziemlich intensiv."

Tiger lächelte. „War sie. Ich bin tatsächlich von mir überrascht, ich hätte gedacht, ich wäre schon lange ausgeflippt."

„Willst du ein Geheimnis hören? Ich auch. Ich war so lange alleine, dass ich dachte, das wäre es. Ein Einzelgänger."

Tiger setzte sich auf und kniete sich, sodass sie ihn küssen konnte. „Jap. Und ich denke, dass ich immer noch so gewesen wäre, wenn du nicht gewesen wärst. Nur du, Laz. Niemand sonst könnte diese Auswirkung auf mich haben."

„Ach, quatsch nicht", sagte er, aber sie konnte sehen, dass er erfreut war.

Nachdem Lazlo gegangen war, machte Tiger Fizz' Leine an ihm fest und machte mit ihm einen Spaziergang durch die Gegend, die ihr Zuhause geworden war — ihr Zufluchtsort — und empfand eine Zufriedenheit, die sie … noch nie empfunden hatte? Hatte sie je so gefühlt?

Ihre Beziehung mit Lazlo war so voller Spaß, und doch war sie nicht albern oder oberflächlich. Abgesehen von dem unglaublichen Sex — und sie hatten mit den Peitschen und Gerten und Fesseln, die Lazlo mit ins Schlafzimmer gebracht hatte, noch mehr experimentiert — sprachen sie über jedes Thema unter der Sonne, wirklich beliebige Dinge, und Lazlo behandelte sie nie wie ein Kind. Das war für sie neu bei einem Mann. Sie war entweder ein Kind, das man abweisen konnte oder nur ein Objekt zum Vögeln. Lazlo und ihr neues Leben hier gaben ihr das Gefühl, ein völlig neuer Mensch zu sein.

Eigentlich arbeitete sie an diesem Nachmittag nicht, aber sie ging trotzdem hin. Sie lächelte freudig, als sie Bella mit Sarah plaudern sah. „Hey, was tust du denn hier?" Sie umarmte die jüngere Frau fest, und Bella küsste ihre Wange.

„Unterricht schwänzen. Ich konnte nicht nicht wegen der Schließung zurückkommen. Es hätte sich nicht richtig angefühlt, egal wie traurig ich bin. Aber Sarah hat mir von den neuen Räumlichkeiten erzählt."

„Es wird dauern, es fertig zu bekommen, aber wir sollten noch vor Weihnachten öffnen, zumindest der Coffee-Shop." Sarah grinste Tiger an. „Dank Tiger."

„Ah, nein, es ist unser Baby, Sazzle."

„Sazzle?" Bella grinste ihre beiden Freundinnen an, die lachten.

„Ich weiß jetzt, dass Tiger Tiger ist." Sarah rollte mit den Augen. „Und ja, ich kann immer noch nicht glauben, dass ich Tiger Rose darum gebeten habe, in meinen lächerlichen kleinen Coffee-Shop zu arbeiten..."

„... er ist nicht lächerlich", erwiderten Tiger und Bella im Chor, woraufhin sie lachten.

„Wie auch immer, wir sind uns noch näher gekommen", sagte Sarah, deren Stimme einen warmen Unterton annahm. „Und Tiger besteht darauf, Spitznamen auszuprobieren. Das ist ein neuer für dich."

„Für mich?"

Sarahs Augen waren zärtlich. „Sazzle war Bens Kosename für mich. Ich liebe es, ihn wieder zu hören."

Tiger drückte ihrer Freundin die Schulter und sah sich um. „Naja, sieht aus, als würden alle versuchen, das Meiste aus den letzten zwei Tagen zu machen. Es ist voll! Brauchst du Hilfe?"

Sarah lächelte sie dankbar an. „Du bist die Beste."

Bella half glücklicherweise ebenfalls aus, da es am frühen Abend keine freien Tische gab und die Leute sich die Tische sogar teilten, um ihre Getränke zu trinken.

Es war später November und die Sonne ging früh unter. Nach der Hektik begann sich der Coffee-Shop zu lichten, und Bella, die ein Date hatte, verabschiedete sich. „Ich komme morgen wieder", versprach sie und winkte, als sie ging.

Sarah ging in das hintere Büro, um ein wenig Papierkram zu erledigen, während die letzten Kunden gingen, und Tiger fing mit dem Putzen an.

Sie kehrte mit einem Besen den Holzboden, als sie spürte, wie sich die feinen Härchen in ihrem Nacken aufstellten. Ein Stück Zeitung lag auf dem Boden, und darauf konnte sie ihre eigene Fotografie erkennen. Sie hob es auf. Das Datum war ein paar Tage nach Grant Wallers Angriff auf sie, und der Artikel, der besagten Angriff detailliert beschrieb, war genau hier. Wer zur Hölle würde das hierlassen?

Hatten Sarah oder Bella es gefunden und vergessen zu erwähnen? Aber als Sarah aus dem Büro zurückkehrte, steckte Tiger es in ihre Tasche und erwähnte es nicht.

Sarah lächelte sie an und bemerkte nicht den Ausdruck in Tigers Gesicht. Sarah nickte in Richtung des Fensters. „Sieht aus, als hätten wir einen Nachzügler. Sollen wir nett sein und ihn reinlassen oder ist es zu spät?"

Tiger drehte sich um, um den Kunden vor der Tür zu

betrachten—dann setzte ihr Herz aus. Nein. Es konnte nicht sein ...

Grant Waller. Der Mann grinste leicht, dann ging er von der Tür weg, und Tiger fragte sich, ob sie falsch gesehen hatte. War es ihre Einbildung gewesen? Wie zur Hölle hätte er sie hier finden sollen?

„Oh, na ja, sieht aus, als hätte er aufgegeben." Sarah ging zurück ins Büro, und Tiger schoss zur Tür, zog sie auf und sah hinaus. Der Mann war nirgendwo zu sehen, und Tiger spürte, wie sie eine Welle der Verzweiflung durchfuhr. Wurde sie verrückt?

Sie dachte an den Zeitungsartikel in ihrer Tasche nach. Nein, sie hatte es sich eingebildet, immer noch erschüttert vom Fund des Artikels. Zufall.

ALS SIE ALLERDINGS NACH HAUSE GING, FÜHLTE TIGER SICH angespannt und war wachsam, vorbereitet auf einen Angriff. Fizz bemerkte ihre Stimmung und war ebenfalls aufmerksam, die Ohren aufgestellt, sein Gang beschützend. Das brachte Tiger ein wenig zum Lächeln. *Mein kleiner Mann.* Aber ausnahmsweise, wobei sie sich gedanklich bei all ihren feministischen Schwestern überall entschuldigte, wünschte sie sich, Lazlo wäre hier, um sie wie jeden Abend nach Hause zu bringen.

Zuhause schloss sie die Tür zweifach hinter sich ab und ging los, um alle Fenster im Haus zu kontrollieren. Es würde nicht schaden, sagte sie sich, es war keine Paranoia, nur gesunder Menschenverstand.

Trotzdem war sie den ganzen Abend nervös, bis Lazlo anrief.

Er merkte sofort, dass etwas nicht in Ordnung war, und sie erzählte ihm vom Fund des Artikels. „Es ist merkwürdig, Baby, aber wenigstens kann ich dich bei einer Sache beruhigen. Waller ist in New York. Ich hatte heute das Pech, während eines Mittagessens am Tisch neben ihm zu sein. Die Tatsache, dass er immer noch zu Veranstaltungen eingeladen wird, nach dem, was er dir angetan hat …" Lazlo klang wütend, aber für Tiger war es eine Erleichterung.

„Gott sei Dank. Lieber paranoid, anstatt richtig zu liegen." Sie lachte leise, dann seufzte sie. „Tut mir leid, Baby. Ich denke, es hat mich nur erwischt."

„Völlig verständlich."

„Wie geht es India?"

Lazlo seufzte. „Irgendetwas ist da nicht richtig, Tigs, und ich kann es nicht genau sagen. Sie sagt all die richtigen Dinge, aber etwas … fehlt. Ihr Funke. Massimo hat es offensichtlich auch bemerkt, aber er weiß nicht mehr weiter. Wir dachten beide, diese Tour hätte ihr ihren Drive zurückgegeben, und sie beharrt darauf, dass es auch so ist, aber … ich weiß nicht. Vielleicht zerbreche ich mir zu sehr den Kopf darüber."

„Ich wünschte, ich könnte helfen."

„Es ist okay, Baby. India ist erwachsen. Wenn sie etwas vor uns geheim hält, dann aus gutem Grund." Er lachte leise. „Ich vermisse dich. Indias Gästezimmer ist wirklich bequem, aber ein Bett fühlt sich ohne dich darin jetzt leer an."

Tiger lächelte. „Ich weiß, was du meinst."

Sie redeten für ungefähr eine Stunde miteinander, dann wünschten sie einander eine gute Nacht. Tiger ging in die Küche, um sich einen Kamillentee zu machen. Sie spähte in das Wohnzimmer zu Fizz, der tief und fest vor dem Kamin-feuer schlief.

Als sie den Wasserkocher nahm, um Wasser aufzusetzen, sah sie auf und ließ den Wasserkocher mit einem Schrei fallen.

Fizz stand sofort auf und bellte, während Tiger zurücktrat.

Jemand sah sie direkt durch das Fenster an.

KAPITEL ZWÖLF – UNSTEADY

❦

Tiger nahm panisch ein Messer aus der Schublade und rannte ins Wohnzimmer. Sie griff ihr Handy und wählte 911. Sie strengte sich an zu hören, ob er Eindringling einzubrechen versuchte, während sie der Person am anderen Ende der Leitung mitteilte, was passierte.

„Wir schicken sofort jemanden vorbei, Ma'am."

Während sie wartete, ging sie zu jeder Tür und jedem Fenster im Erdgeschoss, das Messer bereit, und kontrollierte, dass keines der Schlösser kaputt oder unverschlossen war. Sie hörte jemanden gegen die Haustür treten und rannte hin, um zu sehen, wer ihr Stalker war, aber die vordere Veranda war leer.

Unter der Tür war allerdings ein Stück Papier hindurchgeschoben worden. Tiger starrte es an, berührte es aber nicht. Fizz bellte immer noch wie verrückt, und Tiger nahm ihn hoch in die Arme, um ihn zu beruhigen.

Ein paar Minuten später sah sie den Streifenwagen der Polizei anfahren, wartete aber, bis der Officer an ihrer Tür war, bevor sie diese öffnete.

Der Officer kontrollierte ihr gesamtes Grundstück, dann kam er herein. Er benutzte seinen Stift, um den Zettel aufzuschlagen, der unter ihrer Tür hindurchgeschoben worden war, dann lachte er leise. Er hob ihn auf. „Es ist die Broschüre eines Essenslieferanten." Er reichte ihn ihr.

Scham und Verlegenheit überkamen Tigers Körper. „Oh Gott. Es tut mir so leid."

„Es ist wirklich kein Problem. Vorsicht ist besser als Nachsicht, aber Sie leben hier in einer sicheren Gegend." Er bückte sich, um Fizz zu streicheln. „Guter kleiner Wachhund, oder?"

„Nicht wirklich." Tiger lächelte. „Aber er kann ein ordentliches Gebell veranstalten."

„Manchmal ist das alles, was nötig ist. Hören Sie mal, Sie scheinen hier gute Schlösser und Sicherheitsmaßnahmen zu haben, Ma'am, also bin ich zuversichtlich, dass das jegliche Eindringlinge draußen hält. Aber wenn Sie Angst haben, oder derjenige zurückkommt, rufen Sie an. Das muss Ihnen nicht peinlich sein."

„Danke."

SIE SCHLOSS DIE TÜR AB, NACHDEM DER OFFICER GEGANGEN war und rieb sich das Gesicht. Wie peinlich. Sie blickte hinab auf den Flyer. Pizza-Angebote einer örtlichen Pizzeria. Sie hatte dort noch nie bestellt, kannte sie aber. Gott. Was hatte sich der Lieferjunge dabei gedacht, so sein Gesicht an ihr Fenster zu drücken?

„Fuck." Sie hob den Flyer auf und warf ihn in den Mülleimer. Nach heute Abend würden die an ihr kein Geld verdienen.

Sie nahm Fizz wieder in die Arme und ging die Treppe nach oben in ihr Bett. Sie fühlte sich albern, aber das hielt sie nicht davon ab, auch ihre Schlafzimmertür abzuschließen. Endlich, kurz nach zwei Uhr morgens, fiel sie in einen unruhigen Schlaf, erfüllt von Albträumen und Gewalt, und sie wachte Lazlos Namen schreiend auf.

NEW YORK

GRANTS HANDY KLINGELTE, UND SEIN KERL IN WASHINGTON meldete sich bei ihm. Er hatte ihn eines Nachts in einer örtlichen Bar getroffen, wo der Barkeeper dessen bemerkenswerte Ähnlichkeit zu Grant angesprochen hatte, und Grant hatte dem Jungen einen Drink gekauft. „Wie würde es dir gefallen, ein wenig Geld zu verdienen?"

Der Junge, der versuchte, sich das College zu finanzieren, stimmte zu, und Grant sorgte dafür, dass er sich die Haare färbte. Das Kind war dünner als Grant und größer, aber er sah ihm ähnlich genug, um jemanden auf Abstand zu überzeugen.

Tiger überzeugen—oder sie zumindest verrückt genug machen, sodass sie verunsichert sein würde. Grant hatte dafür gesorgt, dass er bei der Veranstaltung in New York war—er hatte durch Doug herausgefunden, dass Lazlo Schuler dort sein würde, und eine Ex-Freundin um einen Gefallen gebeten, um sich eine Einladung zu sichern.

Naja, ‚Gefallen' war vielleicht ein wenig weit ausgeholt. Er hatte genug Informationen über seine Ex, dass sich ihr neuer

Milliardärsehemann innerhalb einer Sekunde von ihr scheiden lassen würde, wenn er wüsste, dass sie ihr Geld mit anderen reichen Kerlen gemacht hatte, bevor er gekommen war.

Seine Ex hatte ihn verflucht und beleidigt, aber Grant wusste, dass sie in die Ecke gedrängt war.

Also hatte seine Kampagne offiziell begonnen. Der Junge berichtete, dass Tiger zweimal am selben Tag ausgeflippt war und dass er den Zeitungsartikel im Coffee-Shop platziert hatte. Es würde sie verunsichern, aber das war erst der Anfang.

Er hatte herausgefunden, dass Tiger und die Besitzerin des Coffee-Shops, ein heißes Ding namens Sarah irgendwas, neue Geschäftsräume in einem alten Theater eröffneten. Sie renovierten es. Lustig, wie so viele Gebäude, die umgestaltet wurden, voller Sicherheitslücken waren. Er freute sich darauf, Tiger zu quälen.

Bald würde der Artikel, den er unter einem Pseudonym geschrieben hatte, veröffentlicht werden, und die Welt würde wissen, wo Tiger Rose sich versteckt hielt.

Er hatte Dex Loomis angerufen, der abweisend gegenüber dem gewesen war, was er geplant hatte. „Das ist alles Kinderkram, Waller. Sie wird vielleicht verärgert sein, aber das wird wohl kaum das Leben zerstören, das sie jetzt hat, oder? Verdammt, Mann, werden Sie kreativ. Selbst wenn Sie Blut vergießen müssen."

„Was genau hat sie Ihnen angetan, Dex? Was? Denn ich muss Ihnen sagen, Sie klingen sehr danach, als wollten Sie Rache für irgendetwas. Haben Sie versucht sie zu vögeln und sie hat Sie abgewiesen? Was?"

„Das geht Sie nichts an. Erledigen Sie es einfach."

Er legte auf, bevor Grant fragen konnte, was er mit ‚es‘ meinte. Grant hatte sich entschieden, dass er wegen Tiger Rose keine Zeit mehr absitzen würde, also war sie — erneut — zu verletzen keine Option. Sobald er seinen Spaß gehabt und ihren Seelenfrieden zerstört hatte, konnte Dex tun, was er wollte.

Grant ging zurück zu seiner Wohnung und packte seine Sachen. Er ging zurück nach Seattle, da er sehen wollte, wie die Kacke zum Dampfen kam, wenn Tiger enthüllt wurde. Zur Hölle, er würde vielleicht sogar danach noch bleiben, wenn Dex nachkam, um die größte Geschichte des Showgeschäfts zu sehen, falls Dex sie umbrachte. Das war sie ihm zumindest schuldig.

Innerhalb einer Stunde saß er im Flugzeug.

NEW YORK

LAZLO KONNTE NICHT SCHLAFEN. ER MACHTE SICH SORGEN darüber, dass Tiger alleine auf der Insel war, aber noch mehr machte er sich Sorgen um seine Schwester. India war nicht sie selbst. Sie war vergesslich, diffus und lustlos, aber wann immer er oder Massimo versuchten mit ihr zu reden, wies sie die beiden ab und wechselte das Thema.

Er blickte auf die Uhr. Es war fast vier Uhr morgens. Er stand auf und ging in die Küche, um sich Milch aus dem Kühlschrank zu holen, wo er India fand. Zu seinem Entsetzen weinte sie, stumme Tränen liefen ihr Gesicht herunter. Er ging sofort zu ihr. „Was ist, Indy?"

Sie sah zu ihm auf, ein verzweifelt trauriger Ausdruck in den Augen, dann lehnte sie sich an ihn. Lazlo konnte spüren, wie ihre Schultern zitterten, während sie weinte.

Als sie zu schluchzen aufgehört hatte, wischte Indy sich über die Augen, und Lazlo setzte sich neben sie, um zu warten, bis sie reden würde. India atmete tief ein und sah ihren Bruder an. „Ich bin schwanger."

Lazlo blinzelte, dann umarmte er seine Schwester. „Aber das ist wundervoll! Es ist, was du immer wolltest, Indy ..." Er verstummte, als er sah, wie sie den Kopf schüttelte. „Was ist, Liebes?"

Indy wischte frische Tränen weg. „Vor zwei Monaten bekam ich einen Brief. Von den Adoptiveltern meiner Tochter." Ihre Lippen zitterten, und sie berührte sie mit den Fingern, um es zu unterbinden. „Sie ist gestorben, Laz. Irgendeine seltene Erbkrankheit, deren Name ich nicht einmal aussprechen kann. Etwas, was nicht festgestellt werden kann, bevor das Kind geboren ist. Sie war vierzehn, Lazlo, und sie ist weg. Einfach so. Mein Baby ... Massimos Baby ..." Sie legte sich eine Hand auf den Bauch, der nach zwei Monaten immer noch flach war. „Gott, ich will ihn oder sie so sehr, aber was, wenn ... was, wenn wir dasselbe durchmachen? Was, wenn wir dieses Kind bekommen und es uns genauso früh genommen wird? Ich glaube nicht, dass ich das verkraften würde, oder Massimo. Wir haben so viel verloren, Laz. Coco ... meine Mutter. Und beinahe Jess und Sun."

Lazlo legte die Arme um seine Schwester und hielt sie nur, da er nicht wusste, was er sagen sollte. Über ihre Schulter hinweg entdeckte er Massimo im Schatten, der ihnen zuhörte. Dem Ausdruck in seinem Gesicht nach zu urteilen, wusste Lazlo es — India hatte ihm nichts gesagt.

Er bedeutete Massimo, näherzukommen, und Lazlo gab seine Schwester in die Arme ihres Mannes.

India zuckte ein wenig zusammen, als Massimo seine Arme um sie gleiten ließ, aber als sie in seine Augen sah, fing sie wieder zu weinen an, und Massimo zog sie eng an sich.

Lazlo ließ sie alleine und ging zurück in sein Zimmer. Gott, was für eine Entscheidung vor ihnen lag. Es tat ihm für seine Schwester leid. Es war zu grausam nach allem, was sie und Massimo durchgemacht hatten.

Er blickte erneut auf die Uhr und konnte nicht länger warten, selbst wenn es noch früh war. Er rief Tiger in Washington an und war nicht überrascht, als sie sofort ranging. „Ich dachte nicht, dass du schlafen würdest."

„Selbst wenn ich geschlafen hätte, wäre ich trotzdem rangegangen. Na ja, du weißt, was ich meine." Sie lachte leise, und Lazlo schloss bei dem wunderschönen Klang die Augen.

„Gott, ich liebe dich, Tiger Rose."

„Ich liebe dich auch, Großer. Wann kommst du zu mir nach Hause?"

„Bald, versprochen. Tiger?"

„Ja, Baby?"

Lazlo zögerte einen langen Moment, aber sein Herz war stark, und er wusste, was er seiner Liebsten mehr als alles andere sagen wollte. „Tiger Rose?"

Sie lachte erneut. „Lazlo?"

Er atmete tief ein. „Ich weiß, dass wir vom Zusammenwohnen gesprochen haben, Tiger ... aber ich will mehr. Viel mehr."

„Was willst du, Liebling?"

Lazlo lächelte vor sich hin. „Ich will alles, Tiger Rose, alles von dir. Ich will dich heiraten."

KAPITEL DREIZEHN – THIS MUCH IS TRUE

The Island, San Juan Islands, Washington State

TIGER WAR SICH SICHER, DASS SIE IMMER NOCH VERSTÖRT aussah, als sie am nächsten Morgen zur Arbeit kam, während Fizz um ihre Füße umherflitzte. Sie wusste, dass sie richtig lag, als Sarah sie anstarrte. „Was ist los? Geht's dir gut?"

Tiger blinzelte. „Anscheinend werde ich heiraten."

Sarah jubelte und umarmte sie. „Das ist wundervoll, Tigs!"

Tiger ließ sich von ihr umarmen und versuchte, ihr Lächeln zu erwidern. Sie konnte es selbst kaum glauben, und nicht nur, weil Lazlo ihr über das Telefon einen Antrag gemacht hatte. Sie hatte Ja gesagt. Sie hatte Ja gesagt. Und es war ihr nicht einmal für eine Sekunde in den Sinn gekommen, Nein zu sagen.

„Hey, komm und setz dich, du siehst aus, als wirst du gleich ohnmächtig."

Tiger folgte Sarah zu einem Stuhl und setzte sich hin, schüttelte aber den Kopf. „Ich bin okay, ich bin nur ein wenig ..." Sie lachte leise. „Schockiert über mich selbst. Ich war nie eines dieser Mädchen, das nach der Ehe gestrebt hat, nie. Und überhaupt zu denken ... wir sind erst so kurz zusammen, und trotzdem weiß ich, dass es richtig ist, Sarah. Das ist, was mir Angst macht. Woher weiß ich das?"

Sarah grinste sie an. „Ich denke, das schreit nach Tee. Warte hier."

Sie ging los, um ihnen beiden eine heiße Tasse Tee zu holen. Tiger wartete geduldig. Der Coffee-Shop öffnete erst in vierzig Minuten, also hatte sie mehr als genug Zeit, um sich zu sammeln. Eine Bewegung vor dem Fenster fiel ihr ins Auge, und sie sah auf, um den Mann von gestern zu sehen, aber erst jetzt erkannte sie, dass es nicht Grant Waller war. Dieser Mann war jünger, dünner, gutaussehender. Er spähte hinein und hielt an, und Tiger war überrascht, einen merkwürdigen Ausdruck in seinem Gesicht zu sehen. Er war beinahe ... entschuldigend. Tiger runzelte die Stirn, und der Moment war vorüber. Der Junge verschwand aus ihrem Blickfeld.

Tiger seufzte. All diese Sorge um nichts. Ein plötzlicher Schmerz durchfuhr sie. Sie hatte nicht wegen letzter Nacht zu Lazlo Ja gesagt, oder? Nein. Auf merkwürdige Weise hatte sie darauf gewartet, dass er fragte, und als er es getan hatte, war sie nicht besonders schockiert gewesen.

Dass sie Ja gesagt hatte, war die Sache, die sie zurückweichen ließ. Aber jetzt lachte sie leise vor sich hin. Sie heiratete den Mann, den sie von ganzem Herzen liebte. Was zur Hölle gab es daran, worüber man schockiert sein müsste?

Sarah brachte den Tee und lächelte, als sie sah, wie Tigers Gesicht aufleuchtete. „Du siehst aus, als leuchtest du von innen heraus", sagte Sarah zu ihr. „Dieser Mann ist gut für dich."

„Du denkst nicht, es ist zu früh?"

„Was ist zu früh? Ich wusste drei Sekunden, nachdem ich ihn getroffen hatte, dass Ben der Eine war, und ich hatte recht. Dein Lazlo ... er verehrt dich. Nein, Tiger, ich denke überhaupt nicht, dass es zu früh ist. Nicht für euch zwei."

DER REST DES TAGES WAR EIN WIRBELWIND DES LACHENS UND der Tränen, während sie ihren Kunden den letzten Kaffee in diesem Gebäude servierten, und Tiger baute Sarah auf, wenn sie zu emotional wurde, um zu sprechen.

Sie schlossen sehr spät und verweilten beim Verpacken der Maschinen. Manche ihrer Kunden halfen ihnen, Sarahs Wagen mit allem vollzupacken, was sie mitnahmen, und Bella bot an, Sarah nach Hause zu fahren. Tiger umarmte ihre Chefin, die von morgen an ihre Geschäftspartnerin sein würde. „Kommst du klar?"

„Werde ich." Sarah nickte. „Auf zu neuen Dingen."

„Darauf kannst du wetten."

Tiger verabschiedete sich von ihr und ging mit Fizz nach Hause. Es war nach Mitternacht, als sie zuhause ankam, und unfreiwillig kontrollierte sie jede Tür und jedes Fenster, bevor sie ins Bett ging. Sie legte sich hinein und rief Lazlo an.

„Hey Verlobter."

Er lachte. „Hey meine zukünftige Braut … also, ich nehme nicht an, dass du es dir bei Tageslicht anders überlegt hast?"

„Teufel, nein, du hast mich jetzt am Hals." Tiger lachte, dann seufzte sie. „Es war ein merkwürdiger Tag, hoch und tief. Ich habe den ganzen Tag an dich gedacht. Ich kann es nicht erwarten, dich zu sehen. Sarah und ich nehmen uns ein paar Tage, bevor wir mit dem Theater anfangen … ich dachte, na ja, wenn es dich nicht stört, könnte ich vielleicht nach New York fliegen und dich sehen. Wenn ich nicht störe."

„Baby, das wäre perfekt." Er zögerte für einen Moment. „Aber vielleicht buche ich dann ein Hotelzimmer für uns, als dass wir hier wohnen. India und Massi … reden immer noch. Es ist hier ein wenig angespannt."

Tiger war nicht getroffen. „Natürlich, wenn das für alle besser ist. Immerhin ist das Letzte, was sie brauchen, dass sie das Gefühl haben, sie müssten uns bewirten, wenn du weißt, was ich meine."

„Du bist ein Schatz. Hör zu, ich werde sehen, ob ich uns irgendwo eine Suite besorgen kann. Schalldicht."

Daraufhin lachte Tiger, der das Auflösen der Anspannung willkommen war. „Das klingt vielversprechend."

„New York wird dich lieben, aber nicht so sehr wie ich es tun werde, Baby."

Sie kicherte. „Dieses Versprechen hältst du besser."

„Wie schnell kannst du herkommen?"

„Ich werde am Morgen da sein, Baby. Ich kann es nicht erwarten."

Tiger ging direkt online, nachdem sie sich verabschiedet

hatten, und buchte den ersten Flug nach New York, den sie bekommen konnte. Sie buchte Economy — immerhin würden die Leute sie dort weniger wahrscheinlich erkennen — und packte ihren Koffer, bevor sie sich schließlich in ihr Bett fallen ließ.

SIE WACHTE MIT EINEM MULMIGEN GEFÜHL AUF. IHRE TRÄUME waren wieder voller albtraumhafter Visionen der Gewalt gewesen, und während sie duschte und sich anzog, zitterte sie vor Unbehagen. Merkwürdigerweise waren ihre Eltern in ihren Träumen vorgekommen, etwas, das schon lange nicht mehr passiert war, und sie hatte von dem Autounfall geträumt, der sie ihr weggenommen hatte, als sie noch jung war. Sie sah ihre verstümmelten Körper, aber im Traum öffnete ihre Mutter die Augen und lächelte sie mit dem schrecklichsten Grinsen überhaupt an. „Ich bin tot, mein Liebes, und bald wirst du es auch sein."

Tiger war schwitzend und kurz vor einer Panikattacke aufgewacht, aber sie hatte es geschafft, sich mit tiefen Atemzügen davor zu bewahren. Nachdem sie angezogen war und Fizz gefüttert hatte, rief sie Apollo an und fragte ihn, ob sie ihren Hund für ein paar Tage bei ihm lassen konnte. Sie hatte Apollo noch nicht gesagt, dass Lazlo und sie verlobt waren, und als sie das Flugzeug nach New York betrat, fragte sie sich warum. Hatte sie Angst vor Apollos Reaktion?

Sie dachte daran zurück, wie er ihr mitgeteilt hatte, dass er und Nell verlobt waren und Daisy erwarteten, also hatte sie keine Angst. Er konnte sich wohl kaum darüber beschweren, dass sie zu vorschnell war. Also warum hatte sie es ihm nicht gesagt? War es, weil es etwas so Richtiges, so Wertvolles war, dass sie es noch eine Weile lang für sich behalten wollte? Vielleicht.

Sie setzte sich auf ihren Platz und zog sich die Kappe über die Augen, wodurch Tiger Grant Waller nicht sah, der auf der anderen Seite des Ganges saß, durch den weiblichen Fluggast neben ihm außerhalb ihres Blickfeldes, aber er hatte sie gesehen.

Er war ihr an diesem Morgen von ihrem Haus aus gefolgt, davon überrascht, dass sie so früh auf war, aber als sie den Flughafen erreicht hatte und zu dem Flug nach New York gegangen war, hatte es Sinn ergeben. Sie ging zu Schuler. Wenn man bedachte, dass Grant erst zurück nach Seattle gekommen war, war es scheiße, dass er erneut ein Flugzeug besteigen musste, aber was sollte es, er bezahlte nicht dafür.

Er folgte ihr durch die Gepäckausgabe und sah zu, wie sie auf ihre Reisetasche wartete. Ihr Handy klingelte, und sie ging ran, wodurch sie die Tasche verpasste, die auf dem Förderband an ihr vorbeifuhr. Grant zögerte nicht. Er schnappte sie sich und ging schnell weg, bevor sie ihn aufhalten konnte. Er war in Windeseile aus dem Flughafen verschwunden und rief ein Taxi. Er bellte dem Fahrer den Namen des Hotels zu und machte es sich bequem. *Was sollte das?*, dachte er, während er die Reisetasche in seinen Händen betrachtete, aber es lag etwas so Befriedigendes darin zu wissen, dass er ihr Unannehmlichkeiten bereitet hatte.

Vielleicht hatte Loomis recht. Vielleicht war das alles Kinderkram. Aber meine Güte, er genoss es.

TIGER WARTETE FAST DREIßIG MINUTEN AUF IHRE TASCHE, doch dann sah sie sich gezwungen, jemanden zu finden, der ihr half. Es dauerte weitere zwei Stunden, bis die Airline ihr sagte, dass ihre Reisetasche fehlte. „Es tut uns so leid, Miss Rose, aber wir können wirklich nichts tun. Wir werden uns die Überwachungsaufnahmen ansehen, da offensichtlich jemand Ihr Gepäck gestohlen hat."

Tiger knirschte mit den Zähnen, dankte dem Mitarbeiter aber. Sie ging hinaus zu Lazlo, der auf sie wartete, aber sobald sie sein Gesicht sah, vergaß sie ihre Reisetasche. Sie warf ihre Arme um seinen Hals und küsste ihn. „Hallo Baby ..."

Ihr Kuss hielt für eine gefühlte Ewigkeit an, und nach nur wenigen Momenten waren sie atemlos, im Wissen, dass andere Leute sie beobachteten. Lazlo grinste zu ihr herab. „Ich nehme an, wir haben es soeben öffentlich gemacht. Da drüben sind ein paar sehr interessierte Paparazzi, die dich ansehen."

„Ist mir egal. Ich liebe dich." Und sie erkannte, dass das die Wahrheit war.

IM TAXI ERZÄHLTE SIE IHM VON IHRER TASCHE. „WAR DA irgendetwas drin, das dir viel bedeutet?"

Sie schüttelte den Kopf. „Nein, so lange du nicht meine Altdamen-Unterwäsche mitzählst."

Lazlo sah gespielt entsetzt aus. „Nicht die Altdamen-Slips? Das ist fürchterlich."

Tiger grinste. „Ich werde klarkommen. Ich werde einfach Unterwäsche kaufen müssen, während ich hier bin."

„Na ja, du wirst heute Nacht keine brauchen, wenn das hilft." Er sah sie anzüglich an, und sie kicherte.

„Das Versprechen hältst du besser."

Trotzdem hielten sie an einem hochwertigen Laden an und sie kaufte, was sie brauchte: Unterwäsche, zwei Paar Jeans, ein Kleid und ein paar lockere, bequeme Tops. Lazlo sagte ihr, dass das Hotel luxuriös war, und da machte er keine Witze. All die Toilettenartikel, die sie je für ein Jahr brauchen würde, geschweige denn ein paar Tage, standen im Bad zusammen mit flauschigen, weißen Bademänteln zur Verfügung.

Das Bett war riesig, und Tiger ließ sich darauf fallen, wobei sie sich an die exklusiven Hotels ihres ehemaligen Lebens erinnerte und sich fragte, ob sie diese je so geschätzt hatte, wie sie es jetzt tat. Vermutlich nicht. Sie grinste, und Lazlo fragte sie, was so lustig sei. Sie erklärte es, und er nickte.

„Ich weiß, was du meinst. Die Dinge sind besser, wenn man sie nicht die ganze Zeit hat."

„Außer dir. Ich brauche dich die ganze Zeit." Sie hielt ihn gefangen, indem sie ein Bein um sein Knie legte und ihn auf sich zog. „Also, was ist der Plan für heute, Mister?"

Lazlo knöpfte bereits ihr Kleid auf. „Na ja, Miss Rose, ich beabsichtige, dich den Großteil des Tages beschäftigt — und nackt — zu halten. Dann wurden wir von meiner Schwester und Massimo zum Abendessen eingeladen. Sie haben die Einladung offen gelassen, falls du dich zu nervös fühlst, müssen wir heute Abend nicht gehen."

„Nein, ich würde gerne gehen. Warum warten?" Tiger küsste ihn. „Wissen sie, dass wir verlobt sind?"

„Noch nicht. Ich dachte, wir sagen es ihnen gemeinsam."

Die Erkenntnis überkam Tiger, und sie lachte.

„Was?"

„Das ist es. Deshalb habe ich es Apollo und Nell noch nicht gesagt. Wir müssen es gemeinsam tun."

„Ich bin froh, dass du auch so denkst. Können wir uns jetzt auf die vorliegende Situation konzentrieren?"

Tiger kicherte. „Auf welche Situation beziehst du dich? Denn ich füge mich gerne ..."

„Ich bin zuerst dran." Lazlo vergrub sein Gesicht an ihrem Hals, aber sie lachte und schob ihn weg.

„Oh nein, du fängst immer an." Sie drückte ihn auf den Rücken und wanderte seinen Körper hinab. „Und dann vögeln wir irgendwie, und ich habe dir nicht annähernd so viel Freude gemacht wie du mir."

„Nicht möglich ..." Aber er legte sich hin und seufzte glücklich, als sie seine Erektion aus seiner Unterwäsche befreite und mit den Lippen darüberfuhr. Tiger nahm sich Zeit, spürte jedes Zittern auf der ganzen Länge, spürte das heiße Blut, das unter der Haut gepumpt wurde, was ihn so hart wie Stein machte.

„Gott ...Tiger ..."

Sie fuhr mit der Zunge von unten nach oben und schnellte über die empfindliche Spitze, bis sich Lazlo unter ihr wölbte und stöhnte. Er wollte sich lösen, um den Gefallen zu erwidern, aber sie schüttelte den Kopf, und er kam in ihrem Mund.

Tiger schluckte alles, bewegte sich an seinem Körper hoch, küsste seine harten Bauchmuskeln, sog an jeder seiner Brustwarzen und presste dann ihren Mund auf seinen. Seine

Hände wanderten in ihr Haar, zogen, griffen, wickelten die langen, dunklen Locken um seine Faust. Er drehte sie auf den Rücken und zog ihre Beine um seine Hüfte, dann drang er mit wilden Bewegungen in sie ein.

Er liebte sie hemmungslos, sein Blick auf ihren fixiert, während er sie auf das Bett drückte und seine Hüften härter und härter gegen ihre stieß, bis sie sowohl vor Schmerz als auch Ekstase aufschrie. Ihre Augen glühten vor Verlangen. „Tu mir weh, Lazlo, bring mich zum Schreien …"

Er legte sie vom Bett auf den Boden. Der Teppich war ein luxuriöser Flauschteppich, aber Tiger merkte trotzdem das Brennen des Teppichs, während sie miteinander kämpften. Es erregte sie nur mehr.

Lazlo drehte sie auf den Bauch und band ihr mit dem Gürtel eines Bademantels die Hände hinter dem Rücken zusammen, wobei er ihn fester und fester zog, bis ihre Schultern brannten. Er schob ihre Beine auseinander, griff ihren festen, runden Hintern und drang dort in sie ein. „Ich werde dich dazu bringen, dass du mich anflehst, ich solle aufhören, Kleines."

„Das werde ich nie wollen …"

Tiger wusste nicht, wohin der Rest des Tages verschwand, aber bald sah Lazlo auf die Uhr und seufzte. „Ich sage das nur ungern, aber wir werden uns fertigmachen müssen, wenn wir mit meiner Schwester zu Abend essen wollen."

Sie duschten gemeinsam, seiften sich ein und taten es erneut, wobei sie lachten, als sie auf den kalten, nassen Fliesen des Badezimmers umherrutschten. Im Taxi zum Restaurant begann Tiger zu lachen, als sie sah, dass ihre Handgelenke rot waren, wo er sie gefesselt hatte. „Du wirst ihnen sagen müssen ... meine Güte, was können wir ihnen sagen?"

Lazlo kicherte vor sich hin. „Glaub mir, wenn India fragt, muss ich nur ‚Heiligabend vor vier Jahren' sagen und alles ist gut."

Tiger zog die Augenbrauen hoch. „Klatsch?"

Lazlo grinste. „Sagen wir einfach, dass India in New York war, Massimo in Italien und dass in dieser Nacht die Internetverbindung sehr gut war." Er erschauderte. „Und sie ist laut."

„Alter!" Tiger gackerte vor Lachen. „Du kannst mir das nicht jetzt sagen, wenn ich sie gleich treffe. Außerdem ist sie deine Schwester."

„Ich weiß." Lazlo rollte mit den Augen. „Ich bin fürs Leben gezeichnet."

Tiger zwang sich dazu, nicht an das zu denken, was Lazlo ihr gesagt hatte, als sie India Blue die Hand schüttelte, und obwohl sie selbst ein Exfilmstar war, war sie trotzdem beeindruckt. Sie und India hatten sich zuvor schon flüchtig getroffen, ein kurzes Hallo, wenn sie bei Preisverleihungen aneinander vorbeigingen, aber India war immer herzlich und freundlich gewesen, und das war auch jetzt nicht anders.

„Ich freue mich so, dich endlich richtig kennenzulernen", sagte India zu ihr, als sie zu ihrem Tisch gebracht wurden. „Massi hat immer in den höchsten Tönen von dir gesprochen, und ich wünschte, ich hätte dabei sein können, wenn ihr für eure gemeinsamen Filme Werbung gemacht habt."

„Ich wollte dich auch immer kennenlernen", gab Tiger zu. „Es gibt so viele unaufrichtige Leute in unserem Geschäft, und du schienst immer eine der wenigen zu sein, über die niemand ein schlechtes Wort zu sagen hat."

India wurde rot. „Danke, das ist wirklich nett. Und du auch. Ich habe heute mit meiner Freundin Jess gesprochen, und Teddy wollte, dass ich dich von ihm grüße."

„Er ist ein guter Mann. Wäre er nicht gewesen ..." Sie verstummte, als Gedanken an Grant Waller in ihren Kopf drängten. Sie hatte nie vergessen, wie Teddy sich am Tag des Angriffs um sie gekümmert hatte

India drückte ihre Hand und neigte den Kopf näher zu ihr. „Grant Waller ist ein Drecksack. Er hat sich tatsächlich vor kurzem bei mir gemeldet und darum gebeten, ein Interview zu bekommen."

„Ich hoffe, du hast Nein gesagt."

„Ich habe gesagt, er solle sich verpissen und sterben", erwiderte India heftig, dann lächelte sie verlegen. „Das habe ich wirklich. Dieses Arschloch besitzt vielleicht eine Dreistigkeit. Es tut mir so leid, was dir passiert ist."

„Und du mir. Geht es dir jetzt wieder gut?"

India nickte und warf Massimo einen Blick zu, der tief in eine Unterhaltung mit Lazlo verwickelt war. „Wir ... reden über Kinder." Sie schien noch etwas anderes sagen zu wollen, überlegte es sich aber anders, und Tiger fragte sich, was es wohl sein mochte.

Aber als Lazlo zu reden anfing, sein Glas hob und auf einen Toast anstieß, warf er Tiger einen Blick zu. Er nickte, und sie erkannte, dass er ihnen von der Verlobung erzählen wollte.

Sowohl India als auch Massimo sahen erfreut aus, und India umarmte Tiger. „Ich freue mich so für dich und Lazlo. Wenn du wüsstest, wie … einfach … Gott, ich fange wieder zu weinen an." Sie tupfte mit ihrem Taschentuch an ihren feuchten Wangen.

„Sie ist im Moment eine Hormonmaschine", bemerkte Massimo, und als er realisierte, was er gesagt hatte, sah er mit verzogenem Gesicht India an, die mit den Augen rollte.

„So behält man ein Geheimnis für sich, mein Göttergatte." Sie lächelte Tiger an. „Ja, also wir sind schwanger. Na ja, ich bin es, er bekommt keinerlei Anerkennung", korrigierte sie und streckte ihrem grinsenden Ehemann die Zunge heraus.

Tiger gratulierte beiden, aber sie konnte nicht übersehen, dass Massimo begeisterter zu sein schien als India, und als sie sich schließlich verabschiedeten und India Tiger das Versprechen abnahm, dass sie zusammen Zeit verbringen würde, bevor sie New York verließ, umarmte sie die andere Frau fest.

Zurück im Hotel fragte Tiger Lazlo wegen Indias Reaktion, und er erklärte ihr die Geschichte über ihr erstes leibliches Kind. „Sie hat Angst, dass es wieder passieren wird."

„Das kann ich verstehen." India tat ihr leid. „Aber wir können das Leben nicht so leben, als würden wir nicht einmal eines Tages eine Tragödie erleben, denn wir wissen alle, wie das ist."

„Jap. Ich denke, das ist der Grund, aus dem Massimo so positiv ist, und versteh mich nicht falsch, India gibt nach. Sie ist bereits im zweiten Monat, aber sie wollte es nicht zugeben, bis sie entschieden hatte, ob sie das Baby behält oder nicht." Lazlo fuhr sich mit einer Hand durchs Haar. „Sie haben es schon seit ein paar Jahren versucht, und sie dachte, es würde nie passieren."

Tiger legte ihren Kopf auf Lazlos Schulter. „Ich freue mich für sie."

„Ich mich auch."

Die Stimmung zwischen ihnen war in dieser Nacht anders, weniger animalisch, stattdessen zärtlicher. Sie lagen lange in der großen Badewanne, dann gingen sie ins Bett, wo sie einander langsam liebten und sich Zeit nahmen. Tiger klammerte sich an ihn, genoss das Gefühl seines Körpers auf ihrem, die harten Muskeln seiner Brust an ihren weichen Brüsten.

Danach unterhielten sie sich leise. Lazlo strich mit seinen Lippen über ihre. „Während wir hier in Manhattan sind, was hältst du davon, wenn wir einen kleinen Ausflug zu *Tiffany & Co.* machen?"

Tiger grinste. „Du Romantiker."

„Du wirst immer jedes Juwel überstrahlen, aber wenigstens weiß ich bei *Tiffany*, dass sie deiner würdig sein werden."

Tiger kicherte, und Lazlo sah verlegen aus. „War das kitschig?"

„Sehr, aber ich liebe es trotzdem." Sie kicherte, während er sie kitzelte. „Wir müssen es Apollo und Nell an dem Tag sagen, an dem wir zurück nach Seattle kommen."

„Einverstanden. Bist du sehr müde?"

Tiger lächelte, als sie die Lust in seinen Augen las. „Ich werde nie zu müde für dich sein, Baby."

Und sie liebten sich für den Rest der Nacht.

KAPITEL VIERZEHN – BREATH CONTROL

※

S*eattle*

APOLLO ROSE ÖFFNETE DIE TÜR SEINER WOHNUNG, UM DAVOR seine Schwester und Lazlo zu sehen. „Überraschung!"

Er starrte sie für ein paar Sekunden an, dann lachte er. „Na, ihr habt mich erwischt. Kommt rein …"

Er trat zur Seite, um sie hineinzulassen, und Tiger umarmte ihn, als sie die Wohnung betrat. Er küsste die Wange seiner Schwester. „Wir haben euch erst in ein paar Tagen erwartet."

„Wir sind früher nach Hause gekommen, da wir euch etwas zu sagen haben."

Nell begrüßte sie ebenfalls, und Daisy watschelte herbei, um mit ihrer Tante zu kuscheln. Tiger presste sie fest an sich.

„Also, welche Neuigkeiten habt ihr?"

Tiger blickte zu Lazlo, und sie grinsten beide, bevor Tiger sich zu ihrem Bruder umdrehte. „Bitte sei nicht wütend oder verletzt ... aber Lazlo und ich ... wir haben geheiratet."

Apollos Mund öffnete sich, während Nell jubelte und Tiger umarmte. „Oh, ihr Lieben, das ist wundervoll."

Tiger wandte sich ihrem Bruder zu. „Wir haben uns bei *Tiffany* nach Verlobungsringen umgesehen, und plötzlich hat Lazlo gesagt *Warum warten wir?* Ich hatte keine Antwort, also ... sind wir ins Rathaus gegangen." Sie biss sich auf die Lippe, während sie ihren Bruder betrachtete und darauf wartete, wie er reagieren würde.

Schließlich schüttelte Apollo halb lachend den Kopf. „Na ja ... verdammt. Glückwunsch, euch beiden. Ich kann nicht sagen, dass ich nicht schockiert bin, aber gleichzeitig ... ich denke, ich habe es halbwegs erwartet." Er schüttelte Lazlo die Hand, dann lachte er und zog seinen neuen Schwager in eine Umarmung. „Du versprichst, dich für immer um sie zu kümmern?"

„Mit meinem ganzen Herzen, Bruder. Jede Sekunde jeden Tages."

„Das ist alles, was ich will." Apollo grinste seine Schwester an, als er Lazlo losließ. „Komm her."

Die Geschwister hielten einander lange fest, und Apollo flüsterte seiner Schwester ins Ohr. „Ich freue mich so für dich, Tig."

„Ihr müsst den Abend über bleiben", sagte Nell, die sich eine Träne wegwischte. „Ich sage nicht, dass wir eine ausgefallene Zeit haben werden, aber wie klingen Pizza und Bier?"

„Perfekt." Lazlo lächelte sie an.

Am Ende bestand Apollo darauf, wenigstens loszugehen, um Champagner zu kaufen. Während er weg war, brachte Nell Daisy ins Bett, und Tiger und Lazlo saßen auf der Couch. Lazlo lächelte seine frischangetraute Frau an.

Sie hatten genau das getan, was sie Apollo erzählt hatten. Während sie Hand in Hand zu Tiffany *& Co.* gegangen waren, hielten sie davor an und sahen sich durch die Schaufenster die Verlobungsringe an, aber Tiger war von ihnen überwältigt gewesen. „Es ist nur … es ist nicht, dass sie nicht wunderschön sind, Laz, und ich weiß die Geste zu schätzen, aber das bin nicht mehr ich. Mein Leben dreht sich nicht mehr um die Klunker, die teuren Klamotten, Schuhe oder den Schmuck. Es ist einfacher als das. Es ist irgendwie echter, ehrlicher. Ich mache mir nichts aus diesem Tand. Ich will nur den Rest meines Lebens mit dir verbringen."

„Warum warten wir dann?" Lazlo senkte den Kopf, um sie zu küssen. „Wagen wir den Sprung einfach. Rathaus. Du und ich und zwei Fremde als Trauzeugen. Wir werden später mit unseren Familien feiern, ihnen sagen, dass wir die Einfachheit einer schnellen Hochzeit wollten, bevor sie urteilen. Indy und Massi werden es verstehen. Gabe wird es völlig egal sein, eine Hochzeit verpasst zu haben. Sie werden sich alle einfach nur für uns freuen. Was ist mit Apollo und Nell?"

„Dasselbe, denke ich. Keiner von beiden mag materielle Dinge, und wenigstens werden wir ihre Hochzeit nicht mit einer riesigen unsererseits in den Schatten stellen. Wir brauchen es nicht, oder?"

Lazlo schüttelte den Kopf. „Also … wir tun es?"

Tiger grinste ihn an. „Wagen wir den Sprung."

Also heirateten sie zwei Tage später still und heimlich im

Rathaus. Die Gelübde waren nicht blumig, aber die Tiefe der Gefühle zwischen den beiden war offensichtlich. Tiger konnte den Blick nicht von dem perfekten Mann vor sich abwenden, als sie die Worte aussprachen, die sie verbinden würden. Für sie war noch nie etwas so richtig, so sicher in ihrem Herzen gewesen wie er. Lazlo Schuler. Und jetzt dachte sie daran zurück und erkannte, dass ihre Verbindung in dieser Nacht im Krankenhaus bestimmt worden war, als sie, auch wenn er es nicht gewusst hatte, die rohe Ehrlichkeit, die Liebe in ihm gehört und gewusst hatte, dass er ein einzigartiger Mann war.

Wie Lazlo vorhergesagt hatte, waren Indy und Massimo begeistert gewesen, und es störte sie nicht, die tatsächliche Hochzeit verpasst zu haben. Sie luden sie für Cocktails und zum Tanzen in eine elegante Bar in Manhattan ein. Sie tranken Mimosas und lachten bis in die frühen Morgenstunden, dann gingen Tiger und Lazlo zurück in ihr Hotel und verbrachten ihre Hochzeitsnacht damit, sich zu lieben, zu lachen und Scherze zu machen.

Am nächsten Abend hatte Lazlo etwas vorgeschlagen, das Tigers ganzen Körper vor Erwartung in Flammen aufgehen ließ. Ein Club, ein exklusiver Club, dessen Zielgruppe die Liebhaber von BDSM war. Lazlo schlug es während des Frühstücks vor, und Tiger stimmte schnell zu. „Verdammt, Laz … warum hast du das nicht schon vorher vorgeschlagen?"

„Ich dachte nur, da wir bald zurück nach Seattle gehen, sollten wir Manhattan so gut wie möglich nutzen."

„Ah, ich verstehe. Experimentieren, aber nicht vor unserer eigenen Haustür."

„Jap." Lazlo grinste. „Hier in Manhattan leben wir irgendwie das alte Leben. Luxushotels, teure Restaurants, High Society. Nutzen wir es aus, bevor wir zu unserem ruhigeren Leben zurückkehren."

Tiger küsste ihn. „Die Wette gilt."

ALSO NAHMEN SIE IN DIESER NACHT NACH ELF UHR EIN TAXI zu dem Club. Lazlo sprach leise mit dem Sicherheitsmann an der Tür, welcher zur Seite trat, um sie hineinzulassen. Der Club, der unterirdisch war, hatte unverputzte, rote Ziegelwände, und darin waren kleine Nischen, manche mit Vorhängen abgegrenzt, in denen sich die Besucher küssten, es miteinander trieben und einander sogar ohne jegliche Hemmungen auspeitschten.

Lazlo hielt Tigers Hand, als sie durch den Club gingen, und es lag nur ein klein wenig Nervosität in ihr, als er die Tür zu einem privaten Raum öffnete und sie hineinführte.

Im Inneren war ein großes Himmelbett, an dessen Ende ein großes x-förmiges Kreuz stand. Tiger grinste, als sie die daran befestigten Handfesseln sah. „Das sieht nach Spaß aus."

Es gab ebenfalls einen Tisch aus Holz mit Handfesseln an einem Ende, wo er oder sie liegen konnte, während der andere denjenigen vögelte. Tiger fuhr sich mit der Zunge über die Unterlippe, die sich zu einem Lächeln verzog.

Lazlo lachte. „Hier sind so viele Spielzeuge, Baby, und wir können alles genießen, was du willst."

Tiger ging langsam durch den Raum und berührte sanft all die Peitschen, Gerten, Brustwarzenklemmen. Sie hob einen Cockring hoch und lächelte Lazlo an. „Ich hätte gerne, dass du das hier trägst."

„Was auch immer du willst, Baby." Er ging zu einem Wandschrank und öffnete ihn. Darin hingen verschiedene Geschirre. Tiger sah, wie Lazlo eines davon auswählte, ein wachsweiches aus Leder, und es ihr zeigte. „Und ich hätte gern, dass du das hier trägst."

Tiger lächelte und zog ihren Mantel aus. Darunter trug sie ein einfaches Kleid aus Seide, dessen Träger sie von ihren Schultern schob, sodass es zu Boden glitt. Sie trug nichts darunter und bemerkte, wie sich Lazlos Pupillen weiteten, hörte sein scharfes Einatmen und lächelte.

Er half ihr in das Geschirr und machte es für sie fest, sie ließ ihre Hand nach unten gleiten und umfasste eine Erektion durch seine Hose. „Ich mag es, nackt zu sein, während du vollständig angezogen bist. Ich mag es, von dir besessen zu werden, so wie jetzt."

„Willst du zuerst vögeln?"

Ihre Antwort war ein Lächeln, und ihre Hände öffneten seine Hose, um ihn von seiner Unterwäsche zu befreien. Er war bereits steif, aber als sie ihn streichelte, spürte sie das darunter pulsierende Blut, und er wurde unter ihrer Berührung steinhart. „Ich liebe deinen Schwanz", murmelte sie, „ich liebe es, ihn zu berühren, ihn zu kosten, ihn tief in mir zu spüren. Nimm mich auf diesem Tisch, Laz, nimm mich und dring tief in mich ein …"

Lazlo schnappte sie sich, erregter denn je, und tat wie sie gebeten hatte, indem er sie auf den Tisch drückte, ihre Hände fesselte und ihre Beine auseinanderdrückte, sodass er tief in sie eindringen konnte. Tiger schnappte bei der plötzlichen Gewalttätigkeit nach Luft, liebte aber jeden Moment.

Er brachte sie wieder und wieder zum Höhepunkt, weigerte sich aber, sie vom Tisch zu lassen, bis sie vor Lust beinahe wahnsinnig war. Lazlo wollte sie zärtlich streicheln, aber sie schüttelte den Kopf und drehte sich stattdessen auf den Bauch, um ihn mit einem verlangenden Blick zu fixieren. „Du weiß, was ich will, Göttergatte."

Lazlo grinste, und Tiger legte ihren Kopf auf den Tisch, während er zu dem Schrank ging und eine Gerte auswählte. Sie war nicht besonders lang, aber dafür dick, und als er sich damit in die Handfläche schlug, fing Tiger zu grinsen an. In der nächsten Sekunde schrie sie, als Lazlo sie fest auf ihre Kehrseite schnellen ließ und ihn dazu drängte, es erneut zu tun. Er kam ihrem Wunsch nach, und sie stöhnte auf. „Öffne die Beine, meine Schöne."

Tiger machte ihre Beine breit und er ließ die Spitze der Gerte auf ihre Mitte schnellen, woraufhin sie kreischte.

„Zu viel?" Lazlos Stimme war sofort besorgt, aber sie schüttelte den Kopf.

„Nein … nochmal …"

Sie hörte sein leises, heiseres Lachen, dann landete die Gerte auf ihrer Klitoris, und sie kam, hart und plötzlich, und stöhnte laut. „Gott, Lazlo … hör nie auf, mich zu lieben …"

„Unmöglich …", erwiderte er schwer atmend und sie drehte ihren Kopf, um ihn zu sehen, wie er sich mit einer Hand hielt, während er ihren Körper betrachtete.

„Lass mich", sagte sie, woraufhin er zum Kopf des Tisches kam, damit sie ihn in den Mund nehmen konnte. Tiger machte ihre Wangen hohl, während sie ihn kostete, und als er kam, schluckte sie ihn mit offensichtlicher Freude.

Er löste ihre Handgelenke aus den Fesseln und drehte sie auf den Rücken, dann hob er sie hoch und trug sie zum Bett. Während sie dort lag, sah sie zu, wie er sich endlich auszog, dann bedeckte sein Körper ihren.

Tiger fuhr mit den Händen über seine muskulösen Arme. „War ich okay?"

Lazlo lachte. „War ich okay? Ob du es glaubst oder nicht, ich bin hier neu. Du warst fantastisch."

„Genau wie du. Gott, was für ein Rausch … nicht, dass es mit dir nicht immer ein Rausch ist, aber Laz, dass ich einer anderen Person genug vertrauen kann, dass ich dir wirklich genug vertrauen kann, das zu tun … ist unglaublich für mich. Nach dem, was passiert ist."

„Was dir passiert ist, was Waller getan hat, das war kein Sex, es war Gewalt. Nicht das Gleiche, überhaupt nicht das Gleiche." Lazlo küsste sie. „Und danke, dass du mir vertraust. Es bedeutet mir die Welt."

JETZT SAH TIGER ZU LAZLO AUF, LÄCHELTE UND WUSSTE, DASS er an dieselbe Nacht dachte. „Gemeinsame Abenteuer", flüsterte sie, und er lächelte.

„Für den Rest unseres Lebens."

Nell kam zurück und sah auf die Uhr. „Pol lässt sich Zeit. So wie ich ihn kenne, fährt er zu jedem Sprirituosenladen, um den teuersten Champagner zu finden."

Eine halbe Stunde später versuchte sie ihn anzurufen, aber er ging nicht ran. Eine Stunde später begannen Tiger und Nell herumzutelefonieren, während Lazlo nach draußen ging, um zu sehen, ob er Apollo finden konnte.

Drei Stunden später kam die Polizei zur Wohnung, um ihnen zu sagen, dass Apollo in einen Unfall mit Fahrerflucht verwickelt war.

KAPITEL FÜNFZEHN – CRUEL WORLD

Los Angeles nach Seattle

DEX LOOMIS WAR RASEND VOR WUT GEWESEN, ALS GRANT Waller ihn angerufen hatte, um ihm zu sagen, dass Tiger Lazlo Schuler geheiratet hatte. Waller hatte beinahe so geklungen, als mache er sich über Dex lustig. Es war ein Fehler gewesen, den Journalisten mit einzubeziehen.

Dex hatte nach Wallers Angriff auf Tiger gedacht, dass er jemanden gefunden hätte, der seinen Hass auf sie teilte, dass er bereit wäre zu ermöglichen, was Dex von ihm brauchte: Tigers Niedergang.

Er hätte wissen sollen, dass er es selbst tun musste. Das Problem war, dass er in seiner Karriere gerade an Boden gewann und für jemanden arbeitete, der, ungewöhnlich für Hollywood, nicht für irgendeinen Skandal oder Fehlverhalten stand. Nichts. Ein Kollege war mit den Überresten von

Kokain auf der Toilette erwischt und sofort gefeuert worden. Überreste, nicht einmal eine volle Line des Zeugs.

Wenn Dex Tiger Rose also tot sehen wollte, würde er vorsichtig sein müssen. Keine Spuren hinterlassen. Also ja, Grant Waller zu engagieren war ein großer Fehler. Er würde das selbst tun müssen, aber ... er würde zuerst das Terrain sondieren.

Ruinieren wir die Flitterwochenphase dieser Schlampe, dachte er grimmig. Er sagte seinem Assistenten, dass er für ein paar Tage verreisen würde, und fuhr nach Seattle. Er buchte sich in ein Motel ein, mit Bargeld, da er nicht wollte, dass man ihn durch das Geld zurückverfolgen konnte. Er verbrachte ein paar Tage damit, vor der Wohnung von Tigers Bruder zu campieren, nicht wissend, wie er die Sache anstellen würde. Er hatte ein altes Auto über *Craig's List* gekauft, ebenfalls bar, was genauso wenig zu ihm zurückverfolgt werden konnte, und er war darauf bedacht, keine Spuren zu sich zu hinterlassen, die er vermeiden konnte. Er war nicht besorgt. Es gab nichts, das ihn in irgendeiner Form verdächtigen würde. Seine Wege hatten sich nie zuvor mit denen der Rose Familie gekreuzt, definitiv nicht auf eine Art, die eine Verbindung zu Dex bringen konnte.

Dann sah er sie ankommen. Tiger und ihren neuen Mann. Dex konnte seinen Blick nicht von ihr abwenden. Sie sah schöner aus, als er sie je gesehen hatte: ihr Haar dunkel, lang und locker um ihre Schultern, ihre Augen funkelnd, kein Make-up auf diesem vorzüglichen Gesicht. Es erweckte Dex' Erektion zum Leben und machte seinen Hass greifbar. Er wollte ihr wehtun, sowohl emotional als auch körperlich.

Als der Bruder allein in seinem Auto losgefahren war, war Dex ihm gefolgt. Er fuhr von Spirituosenladen zu Spirituosenladen, und im letzten am Stadtrand erkannte Dex seine Chance. Als der junge Mann zurück zu seinem Auto ging, Champagner in der Hand, drückte Dex das Gaspedal durch und erwischte ihn mit einem Streifhieb, gerade als Apollo die Hand nach dem Türgriff ausstreckte. Apollo wurde in die Luft geschleudert und landete mit einem abscheulichen Knirschen auf der Motorhaube von Dex' Auto. Dex sah den schockierten Ausdruck in Apollos Augen, als er in die seines Angreifers blickte, dann schlossen sich die Augen des verletzten Mannes, und er glitt von der Motorhaube zu Boden.

Dex ließ den Motor aufheulen und raste vom Parkplatz des Spirituosenladens, wobei er durch den Rückspiegel die am Boden liegende Gestalt betrachtete. Er fuhr für eine Weile und änderte immer wieder die Richtung, bis er schließlich wieder an seinem Motel ankam.

Dex stieg aus dem Wagen aus und inspizierte den Schaden. Auf der Motorhaube war Blut und er schnappte sich einen Lappen von der Rückbank, um es abzuwischen. Ansonsten gab es zerbeulte Stellen, aber nichts, was bei dem bereits ramponierten Fahrzeug auffällig wirkte.

Dex holte sich eine Handvoll Snacks aus dem Automaten und ging in sein Zimmer, wo er das Essen auf dem Bett ablud und den Fernseher anschaltete.

Er änderte den Kanal zu dem eines örtlichen Nachrichtensenders und setzte sich hin, auf einen Bericht über den Unfall wartend. „Unfall". Er grinste vor sich hin. Er wusste in der heutigen Zeit der Medien, dass Tiger Rose endlich enthüllt werden würde, sobald die Nachrichten darüber losbrachen, dass ihr geliebter kleiner Bruder verletzt oder sogar tot war.

Er grinste und rief Grant Waller an. Waller klang halb betrunken, als er abnahm. „Was?"

„Sie sollten vielleicht netter zu dem Kerl sein, der für diesen guten Alkohol bezahlt, Waller. Wie auch immer, das ist nur ein Anstandsanruf. Dieser Artikel, den Sie über Tiger schreiben? Den sollten Sie jetzt online stellen, sonst wir Ihnen jemand zuvorkommen."

Daraufhin war Grant alarmiert. „Wovon zur Hölle sprechen Sie?"

Dex lachte. „Sie werden schon sehen." Er legte auf und schob sich eine weitere Handvoll Chips in den Mund. Morgen früh würde er sich ein Auto mieten und zu seinem Haus in Lake Tahoe fahren, dort für ein paar Tage bleiben und sich ein Alibi verschaffen. Nicht, dass er eines brauchen würde. Wer zur Hölle würde ihn verdächtigen?

Er blickte zum Fernseher auf, als die ersten Berichte über den Unfall mit Fahrerflucht ausgestrahlt wurden. Sie wussten noch nicht, dass das Opfer Tiger Roses Bruder war, das war klar, und vielleicht würden sie das auch nicht. Keine Details über den Zustand des Opfers, aber das konnte auch einfach bedeuten, dass sie auf die Familie warteten.

Zufrieden schaltete Dex den Fernseher aus und ging ins Bett, wo er schnell in einen tiefen Schlaf fiel und sich nicht darum scherte, dass er beinahe mit Gewissheit einen Mann umgebracht hatte.

TIGERS BRUSTKORB FÜHLTE SICH EINGESCHNÜRT UND ENG AN, als der Arzt erklärte, was vor sich ging. Apollo war im OP, und der Arzt gab ihnen noch keine Auskunft über die Wahrscheinlichkeit seines Überlebens, er sagte nur, seine Verletzungen seien ernst.

„Soweit wir vermuten können, wurde er mit großer Wahrscheinlichkeit direkt von einem Auto angefahren. Er hat gebrochene Gliedmaßen, sein linker Arm, rechtes Handgelenk und die Schulter sind gebrochen. Aber was uns besorgt, ist die innere Blutung. Wir versuchen im Moment, sie zu stillen."

Nell drückte Daisy an sich, beide waren stumm. Tiger ließ sich neben sie sinken, eine Hand in der von Nell, die andere in Lazlos. Sie alle waren von den Geschehnissen des Abends benommen. Es schien einfach nicht real zu sein. Es waren ebenfalls viele Polizisten da, und der leitende Detective sagte ihnen, dass sie es als versuchten Mord behandelten. Tiger wollte schreien, aber Nell so am Boden zerstört und doch so ruhig zu sehen, ließ sie erkennen, dass sie vor ihrer jungen Nichte nicht die Fassung verlieren konnte.

Schließlich rief Nell eine Freundin an, um Daisy abzuholen und nach Hause zu bringen. Die Freundin bot an, sich auch um Fizz zu kümmern, aber Tiger wollte, dass er bei jemandem war, den er kannte, und sie konnte sich nicht dazu überwinden, das Krankenhaus zu verlassen. Sie rief Sarah an und erklärte, was passiert war. „Ist es irgendwie möglich, dass ich Fizz für ein paar Tage zu dir bringen kann?"

„Natürlich, Liebes. Es tut mir so leid. Gibt es irgendwelche Neuigkeiten?"

„Noch nicht." Tiger spürte, wie sich ihre Kehle zuschnürte und kämpfte darum, nicht zu weinen. „Ich rufe dich an, wenn es welche gibt."

. . .

EIN PAAR STUNDEN SPÄTER KAM EINE OBERSCHWESTER ZU Tiger. „Könnte ich unter vier Augen mit Ihnen sprechen?"

Oh Gott. Tiger merkte, wie ihr Erbrochenes im Hals aufstieg, und die Krankenschwester legte ihr eine Hand auf den Oberarm. „Es geht nicht um Ihren Bruder, Miss Rose, keine Sorge. Nein, es ist die Presse. Die haben herausgefunden, dass Ihr Bruder das Unfallopfer war und eine ganze Ladung von ihnen steht unten. Normalerweise würden wir sie rauswerfen, aber es sind so viele. Besteht irgendeine Chance, dass Sie mit ihnen reden könnten?"

„Ich werde gehen." Tiger hörte Lazlos Stimme hinter sich und drehte sich um, um zu sehen, dass er sie besorgt betrachtete. Lazlo legte seinen Arm um Tiger und nickte der Schwester zu. „Ich werde mit ihnen reden, sie darum bitten, sich verantwortungsvoll und respektvoll zu verhalten. Es tut mir leid, wenn sie eine Belästigung waren."

„Danke, Mr. Schuler."

Als sie alleine waren, zog Lazlo Tiger an sich, und sie blickte zu ihm auf. „Bist du sicher, Laz?"

Er lächelte und küsste sie. „Das ist, was ich tue, oder nicht?"

„Nicht für mich."

„Doch, für dich. Natürlich für dich. Wir sind jetzt ein Team, erinnerst du dich? Ich werde ihnen sagen, dass wir nichts wissen. Ich bezweifle, dass wir sie ganz loswerden, aber … wir müssen mit der Tatsache leben, dass unser kleines Geheimnis jetzt öffentlich ist."

„Nicht ganz. Die wissen nicht, dass ich auch hier lebe." Aber sie wusste, dass er recht hatte. „Na ja", sie seufzte, „jetzt ist es egal. Es ist nur wichtig, dass Apollo es schafft." Selbst es zu sagen, ließ ihre Stimme brechen, und sie konnte plötzlich nicht mehr atmen. Sie bückte sich vornüber und sog Luft ein, während Lazlo ihr den Rücken streichelte.

Schließlich ging es ihr besser, und sie richtete sich auf. „Tut mir leid."

„Entschuldige dich nicht. Dass du immer noch stehst, geht über meinen Verstand hinaus. Als India ... naja. Wir sollten darüber jetzt nicht reden, aber nur mal so, du bist meine Heldin. Jetzt werde ich nach unten gehen und versuchen, die Pattsituation mit der Presse zu entspannen. Wirst du klarkommen?"

Tiger küsste ihn. „Geh. Ich werde mit Nell hier sitzen und auf den Arzt warten."

Lazlo nickte und verschwand in Richtung der Aufzüge. Tiger ging zurück zum Zimmer für Angehörige, um mit Nell zu warten. Nell stand am Fenster und starrte hinaus in die Morgendämmerung. Tiger kam an ihre Seite und ließ ihre Hand in Nells gleiten, die zudrückte.

„Er wird es nicht schaffen, oder?", sagte Nell leise aber ruhig, und Tiger schüttelte den Kopf.

„Wird er, Nell. Er wird durchkommen. Er liebt dich und Daisy Boo zu sehr, um aufzugeben. Er wird kämpfen." Sie atmete tief ein. „Und das Leben kann nicht so unfair sein. Unsere Eltern sind bei einem Autounfall ums Leben zu kommen. Nein, das Pendel muss manchmal in unsere Richtung schwingen."

Nell seufzte und legte ihren Kopf auf Tigers Schulter. „Ich hoffe es, Tig. Ich kann mir mein Leben ohne ihn nicht vorstellen."

. . .

A<small>POLLOS</small> C<small>HIRURG</small> <small>KAM</small> <small>WENIGER</small> <small>ALS</small> <small>EINE</small> <small>HALBE</small> S<small>TUNDE</small> später zu ihnen. Lazlo war immer noch nicht zurückgekehrt, aber als der Arzt das Zimmer betrat, spürte Tiger, wie sich ihr Herz zusammenzog.

„Wir haben ihn stabilisiert", waren die ersten Worte aus dem Mund des Arztes, und Tiger merkte, wie Nells Körper zusammensackte, woraufhin sie sie hochhielt. Der Doktor setzte sich und nahm Nells Hände. „Er ist noch nicht über den Berg, aber wir haben es geschafft, die innere Blutung zu stillen, und sein Herz ist stark. Wir haben ein CT gemacht und es scheint keine Verletzungen im Gehirn zu geben, aber natürlich werden wir erst mehr wissen, wenn er aufwacht. Es wird ein langer Weg der Genesung, aber das ist ein gutes Zeichen."

„Können wir ihn sehen?"

„Etwas später. Im Moment erholt er sich noch, und natürlich wird er noch eine Zeit lang schlafen. Aber sobald es sicher ist, können Sie sich zu ihm setzen."

„Vielen Dank."

Er lächelte sie beide an, aber dann wurde sein Gesichtsausdruck ernst. „Die Polizei wird auch bald mit ihm reden wollen, wenn sie dem zustimmen."

„Es liegt an Apollo, wenn er diese Entscheidung treffen kann, aber natürlich werden wir alles tun, um den Mistkerl zu finden, der das getan hat."

„Genau." Er tätschelte Nells Hand und lächelte Tiger zu. „Wir sehen uns nachher."

„Danke."

Als er den Raum verließ, lehnte Nell sich nach vorne, legte den Kopf in die Hände und fing zu weinen an, einfach aus Erleichterung, und Tiger legte die Arme um sie und hielt sie, während sie schluchzte. Ihr entwichen selbst ein paar Tränen, aber sie wischte sie mit dem Ärmel ihres Oberteils ab. Sie wollte nicht, dass Nell sich jetzt alleine fühlte, als hätte sie niemanden, der sie halten konnte. Sie war ihre Schwester, und sie würde alles für sie tun. *Familie ist mehr als nur Blutsverwandtschaft*, dachte sie und lehnte ihren Kopf an den von Nell, während sie ihre Schwester leicht wiegte, um sie zu trösten.

Lazlo kam kurz darauf zurück ins Zimmer, und sie erzählten ihm die guten Neuigkeiten. Er sah genauso erleichtert aus, wie sie es waren, und Tiger erkannte, wie sehr er ihre Familie mochte. Das gab ihr Kraft.

Der Arzt erlaubte ein paar Minuten später einem von ihnen, sich zu Apollo zu setzen. Nachdem sie kurz nach ihm gesehen hatte, sagte Tiger zu Nell, dass sie diejenige sein sollte, die bei ihrem Bruder saß. „Wir werden genau hier sein, wenn der Arzt uns reinlässt, aber er muss bei seiner Liebe sein."

Nell küsste ihre Wange. „Ich liebe euch beide so sehr."

„Wir lieben dich auch, Süße."

Nell ging, um die Hand ihres Mannes zu halten, während er schlief, und Lazlo führte Tiger in ein privates Zimmer. „Liebling, ich habe ein paar Neuigkeiten."

Ihr Herz rutschte ihr in die Hose, als sie sich setzte. „Was?"

„Da ist eine Story online. Im Grunde enthüllt sie dich, dein Leben auf der Insel, unsere Ehe, alles. Alles."

Tiger starrte ihn an. „Was? Wie zum Teufel haben die all das so schnell rausgefunden? Das ist erst gestern Abend passiert."

„Das ist es ja, Baby. Anscheinend hatte es der Redakteur der Online-Klatschseite schon seit ein paar Wochen in der Tasche."

„Wer ist der Verfasser?"

Lazlos Gesicht war grimmig. „Das ist die Sache. Der Redakteur war mir einen Gefallen schuldig und hat mir gesagt, dass ihn der Verfasser vor ein paar Monaten kontaktiert hätte. Ungefähr zu der Zeit, als Grant Waller aus dem Gefängnis entlassen wurde."

„Oh, fuck. Also ist er mir gefolgt?"

Lazlo hielt inne. „Was?"

Tiger seufzte. „Da waren ein paar Vorfälle, nichts Besonderes, aber ich habe es meiner Paranoia zugeschrieben."

„Du hast es mir nicht gesagt."

„Es war keine große Sache, damals nicht, aber als du es mit der Gesc—" Jetzt war Tiger an der Reihe, innezuhalten, und sie spürte, wie ihr das Blut in den Adern gefror. „Oh mein Gott."

„Was?"

Ihre Hände zitterten. „Was wenn … was wenn er … Apollo …"

Lazlo zog sie an sich. „Wir sagen es der Polizei, und die werden ihn befragen. Aber ich muss sagen, warum sollte er eine Geschichte über dich veröffentlichen, einen Tag nachdem er versucht hat, Apollo zu töten? Es würde, und wird, ihn zum Hauptverdächtigen machen."

„Mir ist schlecht."

„Soll ich die Krankenschwester holen?"

Tiger schüttelte den Kopf. „Sieh mal, Gott, obwohl ich den Gedanken hasse, enthüllt zu werden, was kann die Geschichte möglicherweise sagen, um mir jetzt wehzutun? Die Leute haben bereits herausgefunden, dass ich hier bin, und sie werden es bald leid werden, mich zu nerven, wenn sie erfahren, dass ich jetzt nur die Besitzerin eines Coffee-Shops bin. Nur unsere Familie ist wichtig."

„Ich stimme zu, aber ich werde wegen der Presse helfen."

Tiger sah ihn dankbar an. „Ich nehme an, dein Urlaub ist vorbei."

„Wahrscheinlich." Er küsste sie. „Apropos, India hat mich angerufen, als sie die Nachrichten gesehen hat. Sie sagte, dass sie und Massimo in dem Moment ins Flugzeug steigen, in dem du willst, dass sie für dich da sind. Sie liebt dich, Tig."

„Und ich liebe sie. Das war ein fürchterlicher Tag, aber eines steht fest: Apollo und ich haben herausgefunden, wer wirklich unsere Familie ist. Das muss für uns alle eine gute Sache sein."

Später kam Nell zu ihnen und teilte ihnen mit, dass Apollo aufwachte, woraufhin Tiger und Lazlo ihn besuchten. Obwohl er angeschlagen war und offensichtlich Schmerzen hatte, machte er immer noch Scherze mit ihnen.

Erst später, als Tiger alleine mit ihrem Bruder war, wurde er ernst. Tiger streichelte ihm die Stirn, wobei sie bemerkte, wie klamm diese war. „Pol? Hast du das Gesicht des Kerls gesehen?"

„Irgendwie, allerdings kann ich mich an keine Details erinnern." Er zuckte zusammen, und Tiger sah, wie er den Knopf drückte, der seinen schmerzenden Körper mit Morphin versorgte. „Ich erinnere mich aber, dass das Auto direkt auf mich zuhielt. Direkt auf mich zu, Tig. Ich erinnere mich daran, wie ich in die Luft flog und dann auf seinem Auto landete. Ich muss es völlig ramponiert haben, aber er hat nicht angehalten."

„Hast du der Polizei all das erzählt?"

„Habe ich, konnte ihnen aber nicht sagen, warum."

„Warum?"

Apollo sah sie geradeheraus an. „Warum mich jemand umbringen wollte. Tig ... ich habe Angst. Ich will Nell und Daisy nicht alleine lassen. Wer würde mich umbringen wollen? Was zur Hölle geht hier vor sich?"

KAPITEL SECHZEHN – WAITING ON THE WORLD TO CHANGE

Seattle

GRANT WAR FROH, DASS ER EIN WASSERDICHTES ALIBI FÜR DIE Nacht hatte, in der jemand versucht hatte, Apollo Rose umzubringen. Er hatte den Abend und den Großteil der Nacht mit dem Trinken in einer Bar in der Innenstadt verbracht, wo er schließlich gegangen war, nachdem der Barkeeper ihm ein Taxi gerufen hatte. Er war zur gleichen Zeit in diesem Auto gewesen, als Apollo angefahren und verletzt worden war, also gab es einen Beweis. Trotzdem versetzte es ihm einen kleinen Schauer der Angst und der Aufregung. Er hatte kein Problem damit zu vermuten, dass Dex Loomis derjenige gewesen war, der versucht hatte, Apollo Rose zu töten — die Frage war: warum?

Und es war Loomis eindeutig egal, ob seine Handlungen direkt zu ihm, Grant, führten. Arschloch. Er dachte jetzt daran zurück, um zu sehen, ob das Geld zurück zu Loomis verfolgt werden konnte, und erkannte, wie clever der Mann gewesen war. Selbst wenn er, Grant, Loomis anklagen wollte, gab es keine Beweise. Wenn Tiger also umgebracht würde — und wenn Loomis versucht hatte, ihren Bruder zu töten, bestand die reale Chance, dass er versuchen würde, Tiger Schaden zuzufügen — war es ausgeschlossen, dass er darin verwickelt sein würde.

Es sei denn, Grant konnte den Grund dafür herausfinden. Immerhin war er Journalist, oder? Das war sein Ding. Wenn er eine Verbindung zwischen Dex Loomis und den Rose-Geschwistern ausgraben konnte, dann konnte er vielleicht jegliche Schuld abweisen, die Loomis ihm möglicherweise anhängen wollte.

Er musste aus Seattle weg, das war klar, aber er würde Loomis nicht auf die Tatsache aufmerksam machen, dass er jetzt gegen ihn arbeitete. Er würde weiterhin sein Geld nehmen und so tun, als würde er Tiger stalken, aber jetzt hatten sich die Dinge für Grant geändert. Irgendwann hatte er die Motivation verloren, Tiger wehzutun. Sein Pausenhof-Stalking hatte sie genug erschreckt, und jetzt, wo ihr Bruder verletzt war ...

„Meine Güte, Grant, Alter, du wirst weich." Aber Dex Loomis' mysteriöse Aktion hatte Grants Liebe zur Nachforschung wieder entflammt, etwas, das in seinem Leben seit seinem erbärmlichen, unsinnigen Angriff auf Tiger Rose gefehlt hatte.

Denn jetzt sah er sich als das, was er war. Ein giftiger Mann mit zerbrechlichem Ego. Es war hart, in den Spiegel zu sehen, aber da er mit Dex Loomis einen wahren Psychopathen getroffen hatte, konnte er sich jetzt seinen eigenen Dämonen stellen, und ihm gefiel nicht, was er sah.

Mein Gott, was ist das, ein verdammter Psychologiekurs? Grant stand auf und packte seine Sachen. Er würde genug dalassen, sodass es aussah, als würde er immer noch hier wohnen, wenn Loomis' Kundschafter vorbeikamen. Grant war die Wohnung durchgegangen, nachdem Loomis von den Prostituierten erfahren hatte, und hatte nachgesehen, ob es versteckte Kameras gab, aber nichts gefunden. Also bedeutete das, dass Loomis draußen Leute hatte. Wenn Grant ein Foto von einem von ihnen bekommen konnte, würde es vielleicht zurück zu Loomis führen.

Das war ein Gedanke. Hmm. Vielleicht sollte er versuchen, diejenigen, die ihn beobachteten, auf eine aussichtslose Verfolgungsjagd zu führen, um sie zu entlarven. Konnte er es riskieren, in das Krankenhaus zu gehen, in dem Apollo lag? Das würde sie bestimmt interessieren. Er grinste vor sich hin und nahm seine Schlüssel.

NELL WAR NACH HAUSE GEGANGEN, UM SICH UM DAISY ZU kümmern und sie ins Krankenhaus zu bringen, damit sie Apollo sehen konnte. Lazlo kümmerte sich um die Presse, und Tiger saß bei ihrem Bruder und hielt seine Hand, während er schlief. Es ging ihm definitiv besser, aber die Verletzungen, das Trauma und die Medikamente machten ihn fertig.

Tiger war in Gedanken verloren, als sie hörte, wie sich jemand an der Tür zu Apollos Zimmer räusperte. Sie sah auf, um einen gut gekleideten Mann zu entdecken, den sie nicht erkannte. „Hi", sagte er leise und mit einem freundlichen Lächeln. „Ich wollte nur vorbeischauen und sagen, dass ich hoffe, dass alles okay ist."

Tiger stand auf. War das ein Journalist? Der Mann trug einen teuren Anzug, Saville Row, wie sie annahm, und war auf nichtssagende Art gutaussehend. „Danke, Mr. …"

„Fenway. Harry Fenway. Wir haben vor Jahren zusammen auf der Bühne in New York gearbeitet. Ich war nur Komparse, und Sie erkennen mich vermutlich nicht, aber meine Frau ist hier und bringt unser erstes Kind zur Welt, und ich habe gehört, dass Sie hier sind. Ich wollte Ihnen nur meine besten Wünsche aussprechen. Ich will nicht stören."

Tiger lächelte halb. Sie stand auf und führte ihn höflich aus dem Raum. „Nur damit wir ihn nicht wecken, während wir reden."

„Natürlich. Wie gesagt, ich möchte nicht stören."

„Nein, es ist sehr nett von Ihnen. Wie geht es Ihrer Frau? Und dem Baby?"

„Ein Junge. Unser erstes", wiederholte er, und Tiger bemerkte, wie seine Augen mit Freudentränen glänzten.

„Ich freue mich sehr für Sie."

Harry Fenway lächelte. „Sie erinnern sich nicht an mich, oder?"

Tiger schenkte ihm ein verlegenes Lächeln. „Es tut mir leid, nein, aber ich habe nicht mehr auf der Bühne gearbeitet, seit, mein Gott, fünfzehn Jahren?"

„Ich denke, so lange ist es her, ich bin nicht überrascht, dass Sie sich nicht erinnern. Sie waren immer sehr nett zu uns, also dachte ich, ich schaue mal vorbei."

Tiger schüttelte gerührt seine Hand. „Das weiß ich zu schätzen, und ich hoffe, dass Sie und Ihre Frau mit ihrem Baby sehr glücklich sind. Wohnen Sie in der Stadt?"

Harry lächelte. „Wir leben auf den San Juan Islands."

„Oh." Sie sagte ihm nicht, dass sie ebenfalls dort lebte; sie kannte ihn nicht gut genug, um diese Information mit ihm zu teilen. Zum Teufel, sie kannte ihn überhaupt nicht, aber er schien aufrichtig zu sein.

Harry nickte. „Ich lasse Sie jetzt alleine, aber bitte richten Sie Ihrem Bruder meine besten Wünsche aus. Ich erinnere mich daran, wie er als Kind ins Theater gekommen ist."

„Das ist nett, danke. Nett, sie wiederzusehen."

Tiger sah zu, wie er wegging und hob eine Hand, als er sich am Ende des Korridors umdrehte, um zu winken. Netter Kerl.

DEX LOOMIS GING VON TIGER WEG UND GRINSTE VOR SICH HIN. Also war es wirklich so einfach, ihr nahezukommen? Wo war ihr Mann? Er bekam seine Antwort, als er Lazlo Schuler in dem Aufzug sah, auf den er wartete, und der Mann streifte an ihm vorbei, als er ausstieg. Während sich die Türen schlossen, sah Dex, wie Tiger Lazlo mit einem Kuss begrüßte, wobei ihr reizendes Gesicht vor Liebe strahlte.

Genieß es, solange du kannst.

Es schien, als wäre sein Plan fehlgeschlagen, den Bruder zu töten, aber das war okay. Es hatte ihm die Möglichkeit gegeben zu sehen, welche Sicherheitsmaßnahmen Tiger hatte. Er hatte ein paar örtliche Polizisten gesehen, ein oder zwei Detectives, aber keine Bodyguards in dem Sinne. Sehr ungewöhnlich für einen Hollywoodstar, aber auf der anderen Seite war Tiger nicht länger dieser Star. Sie war die Besitzerin eines kleinen Geschäfts in einem abgelegenen Teil der Welt. Irgendwie abgelegen. Die Adresse, die Waller ihm gegeben hatte, lag auf einer Insel in der Meeresbucht. Vielleicht sollte er sie sich gründlich ansehen, um festzustellen, ob es dort irgendwelche Schwachstellen gab, irgendwelche Wege, um in ihr Haus zu kommen, um an Tiger heranzukommen, wenn sie allein war.

Aber wann würde sie jetzt schon alleine sein? Die Presse hatte herausgefunden, wer sie war, und obwohl es eine Belästigung war, bedeutete es auch, dass er ein wenig Deckung haben würde, wenn er sie brauchte. Ihr zu sagen, dass er auf derselben Inselgruppe lebte, bedeutete, dass es nicht verdächtig wirken würde, wenn er sie ‚zufällig' wiedertraf.

Und er beabsichtigte voll und ganz, Tiger Rose wieder zu begegnen. Nicht zuletzt, wenn er sie tötete. Das war der Tag, auf den er sich wirklich freute.

Am nächsten Tag bestand Apollo darauf, dass Tiger und Lazlo nach Hause gingen und sich ausruhten. „Es geht mir gut, und ihr könnt euer Leben nicht länger auf Eis legen." Er lächelte sie an. Obwohl er mit Blutergüssen übersät war, die schwarz und krass im Kontrast zu seiner blassen Haut standen, sah er besser aus. Seine gebrochenen Knochen würden Zeit brauchen, um zu verheilen, und es frustrierte ihn, so auf seine Familie und das Krankenhauspersonal angewiesen zu sein, aber Apollo war einfach erleichtert, dass er am Leben war, das war offensichtlich.

Tiger dachte darüber nach, als sie und Lazlo die Fähre zurück zu ihrem Zuhause auf der Insel nahmen. Sie legte ihren Kopf auf seine Schulter und spürte, wie sie sich zum ersten Mal seit Apollos Unfall entspannte. Kein Unfall, da jemand versucht hatte, ihn zu töten. Die Polizei hatte keinerlei Fortschritt gemacht, außer dass sie das Auto gefunden hatten, verlassen und ausgebrannt. Keine Spur des Besitzers, keine DNA, gar nichts. Die Überwachungskameras des Spirituosenladens hatten nur aufgezeichnet, wie das Auto Apollo anfuhr, Aufnahmen vor denen die Polizei sie gewarnt hatte, aber Tiger hatte darauf bestanden, für den Fall, dass sie irgendetwas erkannte.

Es hatte sie umgebracht, es anzusehen, aber sie hatte die Fassung bewahrt, bis sie mit Lazlo ins Hotel zurückgekehrt war, wo sie aus Trauer und Wut geschluchzt hatte. „Ich will denjenigen umbringen, der das getan hat", schrie sie beinahe, während Lazlo versuchte sie zu beruhigen. „Ich will denjenigen mit bloßen Händen zerreißen."

„Ich weiß, ich weiß …" Und die Sache war, dass Tiger sich im Klaren war, dass Lazlo genau wusste, wie sich das anfühlte, und obwohl es ihr Schuldgefühle bereitete, war sie froh, dass sie damit nicht alleine war.

Das Wetter außerhalb der Fähre war rau, das Meer war getrübt, der Regen prasselte herab. Es war erst kurz nach zwölf Uhr mittags, aber der Himmel war so dunkel mit violetten und schwarzen Wolken, die ihn verdeckten. Die Fähre taumelte auf und ab, und sie merkte, wie sich ihr Magen vor Übelkeit drehte. „Pfui."

Sie spürte Lazlos Lippen an ihrer Schläfe. „Okay?"

„Nur ein wenig Übelkeit. Es wird weggehen, es ist nur das Schaukeln des Bootes."

„Fährbootes."

Sie grinste ihn an. „Nerd."

„Dein Nerd."

„Allerdings."

Als die Fähre anlegte, gingen sie schnell los, um ein Taxi zu finden, das sie nach Hause bringen würde. Keiner von beiden wollte durchnässt werden, aber der Regen war so stark, dass selbst der kurze Lauf vom Taxi zu ihrer Haustür beide völlig durchweichte.

Im Inneren machten sie ein Rennen die Treppe hinauf und zogen sich aus, wobei sie zitterten und lachten. Lazlo stellte die Dusche an und ließ das Wasser warm werden, bevor sie beide hineingingen.

Die Dinge heizten sich beinahe sofort auf, als sie einander den Körper einseiften und sich unter dem Wasser küssten, und bald hob Lazlo sie hoch und drang in sie ein, während das Wasser über sie hinwegfloss. Sie liebten sich, so gut es ging, in der rutschigen Dusche, wobei sie lachten und scherzten, bevor sie auf die kühlen Fliesen des Badezimmerbodens fielen und einander zum Höhepunkt brachten. Tiger lächelte zu ihm auf, während sie sich erholten.

„Das schlägt eindeutig jeden Fantasieort für die Flitterwochen. Nur du und ich auf dem Badezimmerboden, mit deinem Schwanz in mir drin."

Lazlo lachte. „Meine Frau hat ein schmutziges Mundwerk."

„Was perfekt zum versauten Verstand meines Mannes passt."
Sie grinste und küsste ihn. „Wir sollten uns allerdings anzie-

hen. Ich habe Sarah gesagt, dass wir Fizz heute Nachmittag abholen."

AM ENDE ENTSCHIED LAZLO, SEINE SACHEN zusammenzupacken und sie zu Tigers — jetzt ihrem gemeinsamen — Haus zu bringen, während Tiger ihren Hund abholte. Sarah umarmte ihre Freundin, während Fizz verrücktspielte, bellte und freudig mit dem Schwanz wedelte, als Tiger ihn hochhob. „Hallo, süßer Hund. Hast du mich vermisst?"

„Ich würde sagen, das hat er", bemerkte Sarah liebevoll. „Und ich werde es vermissen, ihn hier zu haben. Er ist ein kleiner Engel."

„Ja, nicht wahr?" Tiger küsste den seidigen Kopf ihres Hundes. „Es gibt viele weitere Hunde, die adoptiert werden wollen."

Sarah lachte. „Vielleicht. Wie geht's Apollo?"

„Es wird. Ich glaube, er weiß immer noch nicht, wie viel Reha ihm bevorsteht, aber er ist einfach dankbar, dass er am Leben ist. Das sind wir alle."

„Fürchterliche Art, das Eheleben zu beginnen", meinte Sarah mit einem verschmitzten Grinsen. „Es ist okay, es stand in der Zeitung, das ist alles."

„Ich wollte es dir sagen, aber dann ist diese Sache passiert …"

„Mach dir keine Gedanken. Und herzlichen Glückwunsch, ich freue mich für euch." Sarah ging los, um ihnen Tee zu kochen. „Ich nehme an, dass Lazlo dann dauerhaft herziehen wird?"

„Ich denke schon. Das hoffe ich", lachte Tiger. „Wir werden gemeinsam in meinem Haus wohnen, da es mir gehört und er seins nur mietet, aber wir haben noch nicht weiter gedacht als das. Er weiß, dass mein Zuhause jetzt hier auf der Insel ist, aber seine Arbeit bringt ihn vielleicht überall hin. Wir werden es schaffen."

Sarah musterte sie. „Weißt du, du bist so positiv wie noch nie, seit du hergezogen bist."

„Ja?"

„Ja. Es fühlt sich so an, als würdest du mehr Gelegenheiten wahrnehmen, ein paar Dinge riskieren. Es ist inspirierend." Sarah schenkte ihr daraufhin ein merkwürdiges kleines Lächeln, ein wenig schüchtern, und Tiger kniff die Augen zusammen.

„Was ist los? Was verbirgst du?"

Sarahs Wangen wurden flammend rot. „Ich habe vielleicht jemanden kennengelernt."

„Nein! Ich meine, sorry, ich wollte nicht so erstaunt klingen, natürlich war es klar, dass du jemanden kennenlernen würdest, aber wann ist das passiert? Details, Mädel, Details!"

Sarah warf den Kopf in den Nacken und lachte. „Immer mit der Ruhe, Rose. Es ist einfach passiert. Vor zwei Tagen, aber … es ist eine Weile her, dass ein Mann mit mir geflirtet hat … nein, ich meine, wirklich geflirtet, nicht nur Geplänkel im Coffee-Shop. Ich bin in eine Bar auf der anderen Seite der Insel gegangen, während der Mittagszeit, um einen Kerl zu treffen, den ich kenne, wegen etwas für die neuen Räumlichkeiten. Während ich dort war, hat dieser Kerl angefangen, mit mir zu reden, wollte mehr über das Theater wissen. Er hatte zufällig mitgehört und war interessiert."

„… daran, was unter deiner Wäsche ist", murmelte Tiger, und Sarah lachte.

„Und das ist etwas Schlechtes?"

Tiger grinste. „Nein. Also, wie ist er so? Was macht er?"

„Er ist im Bauwesen —"

„— nützlich."

Sarah lächelte. „Er ist groß, gutaussehend und nicht verheiratet. Das sagt er zumindest. Wir essen nächste Woche gemeinsam zu Mittag."

„Du brichst nichts übers Knie?"

„Nope."

„Gut für dich. Aber trotzdem — mach dich ran."

Sarah grinste und wurde wieder rot. „Apropos … ich nehme an, die Flitterwochen wurden verschoben?"

„Nein, wir haben sie trotzdem … nur zuhause. Nackt."

Sie lachten beide, und Sarah umarmte Tiger. „Ich freue mich wirklich so für euch, und ich bin froh, dass es Apollo gutgeht. Hör zu, wir müssen über die Renovierung sprechen, wenn du ein wenig Zeit hast. Die Leute liegen mir bereits damit in den Ohren, wann der neue Coffee-Shop öffnen wird."

AUS EINER LAUNE HERAUS MACHTE TIGER AUF DEM HEIMWEG einen Abstecher zum alten Theater. Wegen der letzten Wochen hatte sie es beinahe vergessen, aber als sie jetzt auf den nassen Bürgersteig trat und es betrachtete, empfand sie wieder die Begeisterung. Sie und Sarah würden diesen Ort zu etwas machen, das die Inselbewohner genießen und wo sie ihre Familie hinbringen konnten. Sie konnte es nicht erwarten.

TIGER BEMERKTE DAS AUTO NICHT, DAS AUF DER ANDEREN Straßenseite geparkt hatte und dessen Fahrer sie aufmerksam beobachtete. Also war das hier Tiger Roses Ruhestandsplan? Er würde es sie haben lassen. Würde es sie aufbauen lassen, nur damit er alles niederbrennen konnte. Dex Loomis lächelte bitter vor sich hin. *Du hast keine Ahnung, wie sehr ich gelitten habe, Tiger Rose, aber das wirst du noch erfahren.*

Das wirst du.

KAPITEL SIEBZEHN – DIAMONDS

The Island, San Juan Islands, Washington State

Zu jedermanns Freude wurde Apollo rechtzeitig zu Weihnachten aus dem Krankenhaus entlassen, und Tiger und Lazlo bestanden darauf, dass die ganze Familie während der Feiertage zu ihnen kam. Nell machte sich Sorgen darum, eine Zumutung zu sein, gab Tiger gegenüber aber zu, dass sie auf gewisse Weise erleichtert war. „So lange du dir sicher bist, dass wir uns nicht aufdrängen."

Tiger umarmte sie fest. „Ich bin mir absolut sicher. Wir sind eine Familie, und nach allem, was passiert ist, müssen wir zusammen sein."

„Wir werden den Frischvermählten nicht zur Last fallen?"

Tiger rollte mit den Augen. „Unsinn. Außerdem … die Wände hier sind ziemlich dick." Sie grinste, als Nell lachend protestierte.

Daisy war natürlich begeistert von dem Abenteuer, fern der Wohnung zu sein, und noch begeisterter darüber, dass sie jeden Tag die ganze Zeit mit Fizz spielen konnte. Tiger sah, dass Nell dankbar war, dass ihr kleines Mädchen von den Schmerzen seines Vaters abgelenkt wurde. Obwohl Apollo lachte und Witze machte, konnte Tiger sehen, dass er litt, und sie tat alles, was sie konnte, um ihm das Gefühl zu geben, dass er mit dazugehörte und nicht wegen seiner gebrochenen Knochen am Rande der Festlichkeiten feststeckte. Es brachte sie um, ihren jüngeren Bruder so unpässlich zu sehen.

Sie luden auch India und Massimo ein, für die Feierlichkeiten auf die Insel zu kommen, und sie nahmen bereitwillig an, auch wenn sie ihr sagten, dass sie in ein Hotel auf der Insel gehen würden. „Ihr habt bereits ein volles Haus, Liebes", teilte India ihr am Telefon mit. „Und wir kommen nur in die Quere. Aber wir werden da sein, um zu helfen, wo wir können."

Lazlo fuhr los, um seine Schwester und ihren Mann vom Flughafen abzuholen, und sie kehrten alle gemeinsam zurück, woraufhin sie Tiger und den anderen Geschichten darüber erzählten, wie sie versucht hatten, den Paparazzi zu entkommen, die irgendwie von der Ankunft zweier großer Stars Wind bekommen hatten.

„Wenn du auch dort gewesen wärst", lachte India, als sie Tiger umarmte, „ich will nicht wissen, was dann vielleicht passiert wäre. Gott, wie peinlich."

Nells Augen waren riesig, als sie India und Massimo vorgestellt wurde, und Tiger stieß sie an. „Bist du sprachlos?"

„Ein wenig." Nell schenkte ihr ein verschmitztes Grinsen. „Lustig, wie ich das bei dir nie war."

„Frech."

„Diva."

Tiger und Nell lachten und schlossen sich den anderen im Wohnzimmer an. India flirtete bereits scherzhaft mit Apollo, was ihn zum Lachen brachte und Massimo mit den Augen rollen ließ. „Lass dich nicht täuschen. Diese Frau hat das Helfersyndrom."

Lazlo prustete, und India grinste. „Das sagt der Richtige. Wie auch immer, ich bin so froh, euch endlich alle kennenzulernen—Tiger hat mir alles von euch erzählt." Sie zwinkerte Tiger zu, dann sah sie Apollo an. „Sie hat mir sogar ein paar gute Sachen über dich erzählt."

„Ha", gab Apollo zurück, „sie muss betrunken gewesen sein."

Das Scherzen und Lachen hielt den ganzen Tag an. Es war Heiligabend, und als Daisy endlich überredet worden war, ins Bett zu gehen, brachte Tiger den Alkohol für die Erwachsenen. Apollo schmollte, da seine starken Schmerzmittel bedeuteten, dass er nicht trinken konnte, aber India tätschelte ihre kleine Kugel. „Ich bin bei dir, Pol", sagte sie, da die beiden bereits vertraut genug miteinander waren, dass sie seinen Spitznamen benutzen konnte. „Wir werden die langweiligen, verantwortungsvollen Erwachsenen sein."

Sie spielten ein anzügliches, aber lustiges Kartenspiel, während sie ihren Abend genossen, und India konnte nicht umhin zu bemerken, dass Tiger ebenfalls nicht trank. Als Tiger losging, um mehr Chips und Salsa für sie alle zu holen, folgte India ihr in die Küche. „Du trinkst nichts?"

Tiger schüttelte den Kopf. „Mir ist nur nicht danach. Ein wenig Übelkeit, das ist alles."

India warf ihr einen wissenden Blick zu, und Tiger wurde rot. „Der Test war negativ."

„Aber Tests können falschliegen."

Tiger nickte. „Und es ist früh. Meine Regel ist erst drei Tage zu spät, und sie war nie so pünktlich." Sie ergriff Indias Hand. „Ist das zu weit? Für Lazlo, meine ich. Alles ging in Lichtgeschwindigkeit, und jetzt ... falls ich schwanger bin ... ist das der letzte Tropfen?"

„Welcher Tropfen?" India war verwirrt. „Tiger, Lazlo liebt dich mehr als Worte es sagen können. Also was soll's, wenn es schnell ist? Massi und ich mussten unsere Beziehung wegen äußerlicher Kräfte hinausschieben, und es hat uns beinahe umgebracht. Und mich auch, haha. Aber ernsthaft, Tiger, diese Dinge passieren, wenn sie passieren. Hör auf, dämliche gesellschaftliche Regeln auf dein eigenes Leben anzuwenden, du weißt es besser." Sie lächelte verlegen. „Entschuldige, das war ein wenig viel."

„Nein, war es nicht. Und danke. Ich musste das hören, Indy. Natürlich könnte das alles irrelevant sein."

India drückte ihr den Arm. „Hast du noch weitere Tests?"

Tiger nickte. „Oben versteckt. Ich wollte Lazlo weder verärgern noch aufregen, so lange ich nicht sicher bin."

India warf ihr einen Blick zu, und Tiger lachte. „Du willst, dass ich jetzt noch einen mache, oder?"

Indy grinste. „Schwestern, erinnerst du dich? Wir schleichen uns weg, tun so, als würden wir Frauensachen machen. Warte eine Sekunde, ich hole noch Nell."

„Gute Idee."

Nell sah verwirrt aus, als India sie darum bat, sich ihr und Tiger oben anzuschließen, und all die Männer sahen argwöhnisch aus. „Frauensachen", erklärte India mit fester Stimme, woraufhin sie grinsten.

„In Ordnung." Dann wandten sie sich wieder ihrem Spiel zu.

Vor dem Badezimmer, während Tiger für sich auf den Schwangerschaftstest pinkelte, informierte India Nell über alles. „Also ... machen wir nur einen Test?"

„Vorerst." India lächelte sie an und kicherte, als sie sah, wie Nell rot wurde. „Was?"

„Ich kann nicht glauben, dass ich hier mit India Blue stehe und über das Pinkeln auf ein Stück Plastik spreche."

Indy prustete. „Glaub mir, ich bin nichts Besonderes."

„Da widerspreche ich. Du und Tiger ... meine Güte. Weißt du, dein Song, *Believing in Forever*? Das ist Apollos und mein Song. Es ist das Lied, das wir für den ersten Tanz auf unserer Hochzeit ausgewählt haben."

India war gerührt. „Oh, wow, ich fühle mich geehrt." Sie lächelte Nell schüchtern an. „Wenn du die Live-Version willst, ich würde es liebend gern auf eurer Hochzeit singen."

Nell starrte sie mit offenem Mund an, und India lachte. „Wir sind jetzt Familie, Nell."

Nell schüttelte immer noch ungläubig den Kopf, als Tiger sie hineinrief. Sie wusch sich die Hände, ihr Blick auf den Test fixiert, der auf dem Rand des Waschbeckens lag. „Drei Minuten. Ich konnte eine Weile lang nicht pinkeln."

„Lampenfieber?"

Tiger und Nell stöhnten über Indias schlechten Witz, aber diese grinste sie an. „Ich versuche nur, die Zeit schneller verstreichen zu lassen."

Sie nahm Tigers Hand. „Geht es dir gut?"

Tiger nickte, und India lächelte sie an. „So oder so ist es okay, oder?"

„So oder so."

TIGER ZÄHLTE DIE LETZTEN SEKUNDEN, BEVOR SIE AUF DEN Schwangerschaftstest sah und ihn aufnahm. Für eine Sekunde konnte sie sich nicht darauf konzentrieren, aber dann war es klar. Ein Lächeln brach auf ihrem Gesicht aus.

„Schwanger", sagte sie leise, dann jubelte sie laut.

Nell beruhigte sie, lächelte aber. „Daisy schläft."

„Entschuldige ... oh mein Gott. Oh mein Gott, oh mein Gott ... ich muss es Laz sagen." Tiger war so aufgeregt, dass sie beinahe die Treppe hinunterfiel, bevor India sie griff. Indy kicherte über ihre Aufregung, und Tiger konnte sehen, dass sie sich für sie freute.

„Atmen, Tig. Nell und ich werden Lazlo bitten, zu dir zu kommen. Bleib hier." Sie umarmte sie schnell, dann gingen sie und Nell nach unten.

Alleine zurückgelassen sammelte Tiger sich, eine Hand auf ihrem Bauch. War das real? Sie lächelte mit Tränen in den Augen, dann kam Lazlo die Treppe herauf. Sein Blick fiel sofort auf ihren Bauch, und er hielt auf der obersten Stufe an. „Wirklich?"

Sie nickte, die Tränen liefen ihr die Wangen hinunter, und Lazlo kam zu ihr, hob sie hoch und wirbelte sie umher. Sie beruhigte ihn und zeigte auf die Tür des Gästezimmers, hinter der Daisy schlief, und mit einer gekonnten Bewegung brachte Lazlo sie in ihr Schlafzimmer.

Er schloss die Tür hinter ihnen und blickte zu ihr hinab. Tiger versuchte den Gesichtsausdruck hinter seinem Lächeln zu lesen. „Bist du sicher, dass das für dich in Ordnung ist? Es war nicht geplant, ich weiß, aber wir, na ja, wir waren nicht gerade vorsichtig."

Lazlo lachte. „Machst du Witze? Natürlich ist es in Ordnung! Mehr als in Ordnung ... meine Güte, Tiger ... wir bekommen ein Baby?"

„Ja ..." Sie begann zu lachen, beinahe ungläubig. „Mann, wir machen keine halben Sachen, oder?"

„Nein, aber wen interessiert's? Das ist unsere Familie, das ist jetzt unser Leben." Seine Lippen landeten auf ihren, hier und jetzt gab es keinen Grund zum Reden mehr.

Sie gingen nicht mehr zurück nach unten und blieben stattdessen in ihrem Schlafzimmer, wobei sie es ihren Gästen überließen, herauszufinden, was sie taten. „Sie werden eine weitere Nacht ohne uns überleben ..."

Sie liebten einander langsam, wobei sie nie den Blickkontakt unterbrachen, und danach hielt Lazlo sie in den Armen und breitete seine Finger auf ihrem Bauch aus. „Wie weit bist du?"

„Naja, es können nicht mehr als ein paar Wochen sein." Tiger lachte. „Und definitiv nicht mehr als zwei Monate."

„Ist das wirklich die Zeitspanne, seit der wir uns kennen? Nein, das kann nicht stimmen."

Sie grinsten einander an. „Wenn du es weißt, weißt du es." Er zuckte die Achseln und Tiger küsste ihn.

„Dieses Baby wird so geliebt werden … und seinem Cousin oder seiner Cousine vom Alter her so nah sein. Das ist irgendwie cool."

Lazlo lächelte. „Ich bin überrascht, dass Indy es nicht verraten hat, als sie nach unten kam. Ich konnte sehen, dass sie wegen irgendetwas begeistert war."

„Ich liebe sie so sehr. Und Nell auch. Ich hatte noch nie zuvor Schwestern."

Lazlo streichelte ihr Haar. „Du sprichst nicht viel über deine Eltern. Ich würde gerne mehr über sie erfahren."

Tiger nickte. „Sie haben einander so sehr geliebt."

„Wie wir."

„Wie wir." Sie küsste ihn erneut. „Dad war wesentlich älter als Mom, zwanzig Jahre oder so, aber er hatte nie geheiratet, bevor er sie getroffen hat. Er war Berufungsrichter, Mom war Buchhändlerin. Er hat eines Tages ihren Laden betreten, und das war's dann. Sie haben geheiratet —", sie hielt inne und lachte, „— sie haben drei Wochen nach ihrem ersten Kennenlernen geheiratet. Ich vermute, rasche Hochzeiten liegen in der Familie."

Lazlo grinste. „Haben sie dich direkt bekommen?"

„Nein, ungefähr fünf Jahre später. Dann natürlich Apollo. Mom wollte noch mehr Kinder, aber Dad sagte, er würde zu alt werden und dass sie bei den, wie er es nannte, perfekten Zwei aufhören sollten. Also waren es nur Pol und ich, und wir waren alle so glücklich, Laz, du hast keine Ahnung. Dann fuhren sie eines Tages von einer Benefizveranstaltung zurück und boom. Ein Van hat sie seitlich gestreift, und alles war vorbei. Der andere Fahrer hat nicht einmal angehalten."

Tiger erschauerte unwillkürlich bei der Erinnerung daran, die Leichen ihrer Eltern zu identifizieren, dann konnte sie nicht anders, als an Apollos zerbrochenen Körper zu denken, wie er zum Sterben vor dem Spirituosenladen zurückgelassen worden war. „Sie haben nie denjenigen erwischt, der es getan hat. Für eine Weile hat es die Polizei als möglichen Mord betrachtet, du weißt schon, einen der Fälle, den Dad geleitet hat. Vielleicht wollte jemand Rache für eine Verurteilung oder den Mangel daran." Sie schüttelte den Kopf. „Ich glaube nicht, dass es das war."

„Woher weißt du das?"

Tiger lächelte halb. „Nenn' es Instinkt. Es war nur dummes Unglück, das ist alles." Sie kuschelte sich näher an Lazlo. „Aber warum reden wir jetzt davon? Wir bekommen ein Baby, Lazlo."

Lazlo lachte und küsste sie. „Bekommen wir. Unsere Familie, Tig. Unsere kleine Familie."

Tiger lachte. „Wie sehr sich mein Leben in diesen paar Wochen verändert hat. Unwirklich."

Lazlo drehte sie sanft auf den Rücken und begann ihren Hals zu küssen, während er seine Hand unter ihr T-Shirt gleiten ließ und die nicht existente Wölbung ihres Bauches streichelte. Tiger hob die Arme und er zog ihr das Shirt über den Kopf, damit er ihren BH öffnen konnte, sodass ihre vollen Brüste befreit wurden. Lazlos Mund fand ihre Brustwarze und Tiger stöhnte leise, als er begann, sie zu necken.

Als sie beide nackt waren, hatte er sie so erregt, dass sie aufschrie, als er tief in sie eindrang, ihre langen Beine um seine Hüften legte und ihre Oberschenkel anspannte.

„Ich liebe dich so sehr", keuchte sie, als er sie in einen betäubenden Orgasmus trieb. Ihr Rücken wölbte sich und sie stieß einen zittrigen Schrei der Erlösung aus, als die Lust ihren Körper wie eine Welle durchflutete. „Oh Lazlo ...Lazlo ..."

DANACH LAGEN SIE DA UND UNTERHIELTEN SICH LEISE, während sie hörten, wie die anderen im Erdgeschoss eindeutig ihren gemeinsamen Abend genossen. „Was für ein Leben", sagte Tiger, die ihre Nase an der von Lazlo rieb. „Ich hätte niemals gedacht, dass ich so glücklich sein könnte."

Lazlo küsste sie. „Selbst als du Oscars gewonnen und auf großem Fuße gelebt hast?" Er grinste, da er die Antwort bereits kannte.

„Es war nur ein Oscar, und weißt du was, das war ein Tiefpunkt. Du gewinnst ihn und denkst, na ja, was jetzt? Ich war viel, viel zu jung, um einen solchen Preis zu gewinnen. Ich war damals nur der Hit des Monats. Gib mir dieses Leben, jetzt, mit dir."

Sie stützte sich auf die Ellbogen und musterte ihn. „Laz ... alles ist so schnell passiert, und wir scheinen nur darüber zu reden, was ich will. Was ist mir dir? Du findest dich hier mit einer Frau und einem Kind unterwegs wieder, wenn du eigentlich nur für einen Urlaub von der Arbeit hergekommen bist."

„Ich habe mein Zuhause gefunden", erwiderte Lazlo schlicht. „Ich habe meinen Platz in der Welt gefunden."

Tigers Herz schlug so hart gegen ihren Brustkorb, dass sie dachte, es würde vielleicht herausbrechen. „Du bist der perfekte Mann", sagte sie, wobei die Gefühle ihre Stimme heiser klingen ließen.

„Bin ich nicht, aber ich bin dein Mann, und das ist gut genug für mich. Okay?"

„Okay." Sie lächelte und küsste ihn, bis sie beide atemlos waren.

INDIA UND MASSIMO BLIEBEN BIS BEINAHE EIN UHR MORGENS, dann gingen sie zurück in ihr Hotel und versprachen, am nächsten Tag zurückzukommen. Während sie sich bettfertig machten, beobachtete Massimo seine Frau, wie sie gedankenverloren vor sich hinlächelte.

„Was denkst du?"

India lächelte ihn an, und er sah zum ersten Mal seit einer Weile die Begeisterung in ihren Augen. „Was?"

India lachte. „Es ist nur ... das ist alles perfekt. Laz ist glücklich, Gabe ist ... na ja, Gabe, aber er scheint glücklich und nüchtern zu sein. Ich liebe Tiger und ihre Familie ... und dich, mein Lieber. Du bist der Beste von allem." Sie legte eine Hand auf ihren runden Bauch. „Wir drei."

Massimo spürte, wie ihm ein Gewicht genommen wurde, von dem er nicht gewusst hatte, dass es da gewesen war. „Oh, Gott sei Dank." Er konnte nicht anders, als auszuatmen, und India lächelte mit Tränen in den Augen.

„Ich weiß, es tut mir so leid, Massi. Ich habe mich über das Baby gefreut, wirklich, es war nur ... ich weiß nicht. Nachdem ich so lange schwanger werden wollte … es schien einfach, ich weiß nicht, als würde ich nur auf den Absturz warten. Dass es nicht real war. Ich weiß nicht, warum ich so empfunden habe, aber es war so. Aber heute Abend zu sehen, wie begeistert Tiger darüber war, dass sie ein Baby bekommt … es hat mich getroffen. Und Gott, ich bin so glücklich, Liebling …" Jetzt weinte sie, lächelte aber weiterhin, als Massimo sie in den Arm nahm.

„Es ist okay, Liebling, ich weiß, ich weiß." Er strich ihr das Haar aus dem feuchten Gesicht und lächelte sie an. „Ich verspreche dir, dass von jetzt an jeder glücklich sein wird. Alles wird wundervoll werden."

Aber natürlich lag er damit falsch.

KAPITEL ACHTZEHN – AN EMOTIONAL TIME

$\mathcal{C}\mathcal{B}$

The Island, San Juan Islands, Washington State

ZWEI MONATE SPÄTER ...

TIGER STRICH FARBE AUF EINEN WEITEREN STUHL, WÄHREND SIE zuhörte, wie die Handwerker am Coffee-Shop arbeiteten, oder besser gesagt dem neu benannten *Wharf Picture and Coffee House*. Tiger dachte, es sei ein ganz schön großes Wort für einen Namen, aber Sarah hatte es sich in den Kopf gesetzt. Und Tiger dachte jetzt mit einem Grinsen daran, dass sie Wochen gebraucht hatten, um etwas zu finden, dem sie beide zustimmten.

Sie liebte es, mit Sarah an diesem Projekt zu arbeiten. Sie forderten einander heraus, und sie liebte es, dass Sarah überhaupt nicht davon eingeschüchtert war, wer Tiger wirklich war. Ihre Freundschaft hatte Tigers Vergangenheit überschritten, und sie waren sich durch die Zusammenarbeit im *Wharf* näher denn je gekommen.

Heute brachte Sarah endlich ihren neuen Freund, Johan, vorbei, damit er Tiger kennenlernen konnte. Sarah war wegen des Mannes sehr verschwiegen gewesen, vorsichtig, war die Dinge nach dem Herzschmerz durch den Verlust ihres Mannes langsam angegangen, aber jetzt war sie bereit, ihre Beziehung der Welt zu zeigen.

„Versprichst du, dass du ihn mögen wirst?", hatte sie Tiger gestern Nachmittag gefragt, bevor sie gegangen war, und Tiger hatte mit den Augen gerollt.

„Versprochen, Saz. Hör auf, dir Sorgen zu machen, bring den Kerl einfach her, damit wir ihn kennenlernen."

Jetzt grinste Tiger vor sich hin, dann blickte sie auf, als sie hörte, wie ein Auto näherkam. Ihr Lächeln wurde breiter, als sie erkannte, dass es Lazlo war, der parkte und ausstieg. „Hey schönes Mädchen."

„Hey mein Schöner. Ich dachte, du wärst in der Stadt auf der Suche nach Büros?"

Lazlo hatte entschieden, sein Geschäft nach Seattle zu verlegen, eine Entscheidung, die India und sein anderer Geschäftspartner Jess voll und ganz guthießen, und seither war er auf der Suche nach passenden Büroräumen. Er küsste Tiger zur Begrüßung. „War ich, aber ich habe ein sehr interessantes Angebot von *Quartet* bekommen. Thomas Meir hat gehört, dass ich auf der Suche nach Büros bin und hat mir eines im *Quartet*-Gebäude angeboten … zusammen mit einer Teilhaberschaft in der Firma."

Tiger starrte ihren Mann an. „Was?"

Lazlo grinste. „Ich weiß, ich war genauso schockiert wie du. Aber er hat mich heute Morgen angerufen und darum gebeten, mich mit ihm zu treffen. Es scheint, als würde sich Roman Ford zur Ruhe setzen, und er möchte, dass ihn jemand mit gleichwertiger Erfahrung ersetzt. Ich denke, dass Bays und Indias Freundschaft vielleicht geholfen hat."

„Wow. Wow."

„Ich weiß."

Tiger blinzelte. „Hast du Ja gesagt?"

„Ich habe ihm gesagt, dass ich es erst mit dir besprechen müsste, dass ich aber interessiert sei."

Tiger jubelte und umarmte ihn. „Du willst das. Du musst das tun!"

Lazlo lachte, als er sie hochhob und umherwirbelte. „Ich wusste, dass du zustimmen würdest."

Sie redeten und lachten auch fünf Minuten später noch, als Sarah von der Straße aus herrief. Sie winkte, und Tiger löste sich von Lazlo, um ihr Kleid glatt zu streichen. „Es ist der neue Freund", zischte sie Lazlo leise zu, der kicherte.

„Du lässt es wirken, als wäre es deine eigene Tochter, die ein Date mit nach Hause bringt."

„Es ist gute Übung." Tiger schmollte, dann grinste sie. „Hey."

„Hey ihr zwei." Sarahs Gesicht war tiefrot, aber sie versuchte immer noch den Eindruck zu vermitteln, als wäre sie entspannt. Zusammen mit ihr lächelte ein großer, gut gebauter Mann die beiden an. Er hatte seltsame blondierte

Spitzen im Stil der Neunzigerjahre in seinem hellbraunen Haar, dafür aber ein angenehmes Gesicht, wenn nicht sogar attraktiv. Sarah stellte ihn Tiger und Lazlo vor. „Das ist Johan Zimmerman. Johan, Tiger und Lazlo."

„Nett, euch beide kennenzulernen."

Sie schüttelten ihm die Hand und Tiger lächelte ihn an, bemerkte aber aus dem Augenwinkel, dass Lazlos Lächeln ein wenig kühler war. Sie fragte sich warum, hatte aber keine Zeit es zu verarbeiten, da Sarah vorschlug, dass sie sich alle einen Drink in der nahegelegenen Bar genehmigten.

Johan schien, wie Tiger fand, genauso vernarrt in Sarah zu sein wie sie in ihn. Er behandelte sie mit Respekt und Freundlichkeit, und Tiger war erleichtert. Sarah verdiente einen guten Mann.

Johan sah jetzt Tiger an. „Ich habe gehört, du warst mal Schauspielerin?"

„Das war einmal", erwiderte Tiger mit einem Lächeln. „Nicht mehr."

„Warum?"

„Ich wollte einfach die Richtung ändern."

„Fandst du es schwer, Arbeit zu finden? Ich weiß, dass es ein labiles Geschäft ist."

Tigers Lippen zuckten. „Nein, ich habe mich nur für einen Richtungswechsel entschieden."

„Tiger hat einen Oscar gewonnen." Lazlos Stimme hatte einen flüchtig eisigen Unterton, und Tiger stieß ihn unter dem Tisch an.

Johan sah verlegen aus. „Es tut mir leid, ich weiß wirklich nicht viel über Filme. Vergib mir."

„Nichts zu vergeben. Es ist nett, endlich anonym zu sein."

Tiger lächelte ihn an und fragte sich, was Lazlos Problem war. Er war üblicherweise so höflich zu jedem, dass sie nicht begreifen konnte, warum er bei diesem Mann so zurückhaltend war. Zum Glück schien Sarah es nicht zu bemerken, und erst später, als Lazlo und Tiger nach Hause fuhren, nahm Tiger ihren Mann ins Verhör. „Du mochtest ihn nicht."

„Das war es nicht", gab Lazlo zu. „Es war nur, ich hatte das Gefühl, er sei ein wenig …" Er zögerte, und Tiger ermunterte ihn.

„Was?"

Lazlo seufzte. „Unaufrichtig."

Tigers Augenbrauen gingen in die Höhe. „Wirklich? Du dachtest, er wäre ein Hochstapler?"

„Mein Gott, ich denke das nur ungern, aber da war einfach etwas an ihm … er kam mir irgendwie bekannt vor."

„Du kennst ihn?"

„Das kann ich nicht sagen. Es könnte auch nur eine Ähnlichkeit zu jemandem sein, den ich einmal getroffen habe." Er schüttelte den Kopf. „Ich hoffe, dass ich falschliege. Ich bin sicher, dass ich das tue. Sarah scheint glücklich zu sein."

„Tut sie." Tiger legte ihre Hand auf Lazlos Bein. „Und es liegt nicht an uns, etwas anderes zu behaupten."

„Ich weiß." Lazlo grinste sie an. „Und ich habe gar nicht gefragt: wie geht es dir heute? Wie geht es unserem Baby?"

„Hast du ihn oder sie schon treten spüren?"

„Nein. Es ist ein wenig früh dafür."

Lazlo nickte. „Hast du schon einen Termin beim Frauenarzt gemacht?"

„Noch nicht. Wie gesagt, sehen wir einfach, wie es läuft."

Lazlo schüttelte den Kopf, aber Tiger zuckte nur die Achseln. Sie war schwanger, nicht krank, und sie hasste es, medizinisches Personal zu sehen. Etwas an dem Geruch der Kliniken erinnerte sie an den Tod ihrer Eltern. Als Apollo — der sich gut erholte — eingewiesen worden war, hatte sie zu sehr neben sich gestanden, um es zu bemerken, aber wenn sie den Arzt nicht bis zur letzten Minute sehen musste, dann würde sie es auch nicht tun. Sie kannte den Rat, aber ...

„Tig ... für mich. Mach einfach einen Termin."

Sie seufzte. „In Ordnung."

Fizz sprang begeistert umher, als sie zuhause ankamen, und Tiger nahm ihren Hund in die Arme. „Du wirst immer mein erstes Baby sein", gurrte sie. „Igitt, Fizz, Hundeatem", stöhnte sie, als Fizz ihre Wange leckte. Sie setzte den Hund ab und bemerkte dann etwas, das durch ihren Briefschlitz geworfen worden war. Sie hob es auf und öffnete den Umschlag.

„Das ist seltsam."

Lazlo hielt an. „Was?"

Sie reichte ihm den Umschlag. Er war leer. „Mein Name steht vorne drauf, aber es ist nichts drin. Komisch."

Lazlo zuckte die Achseln. „Vielleicht ist das, was auch immer drin war, irgendwo rausgefallen." Er ging in die Küche, gefolgt von einem sabbernden Fizz, der sich nach seinem Abendessen sehnte, während Tiger den Briefumschlag musterte. Es stand kein Absender darauf und ihr Name „Tiger Rose" war in Blockschrift auf die Vorderseite gedruckt. Keine Adresse, eigenhändig zugestellt. Ein Schauer lief Tigers Rücken hinunter, aber sie schüttelte sich. *Es ist nichts.* Sie zerknüllte den Umschlag und ging in die Küche, um Lazlo beim Vorbereiten ihres Abendessens zu helfen.

Auf der anderen Straßenseite sah Grant Waller ihnen zu, wie sie ins Haus gingen, und durch die großen Panoramafenster auf jeder Seite der Tür konnte er sehen, wie Tiger den Umschlag aufhob, konnte ihre Verwirrung erkennen.

Ja, ich auch, Tiger. Grant hatte zuvor beobachtet, vor weniger als einer halben Stunde, wie Dex Loomis den Brief an ihre Tür gebracht hatte. Dex hatte ihn bemerkt und ihm beim Wegfahren sarkastisch salutiert. Dann der Anruf.

„Nett zu sehen, dass Sie Tiger immer noch stalken, Mr. Waller. Gute Arbeit. Kommen Sie mir nur nicht in die Quere."

„Was tun Sie, Loomis?"

„Warum interessiert Sie das? Ich bezahle Sie, erinnern Sie sich? Am Ende all dessen wird Tiger aus unseren Leben verschwunden und Sie ein reicher Mann sein. Was kümmert es Sie, was mit ihr geschieht? Oder was ich tue?"

„Tut es nicht, aber ich bin Journalist, erinnern Sie sich? Ich bin neugierig, warum Sie das tun, was Sie tun. Wer ist Tiger für Sie?"

Dex hatte nur gelacht und aufgelegt, wodurch Grant nur frustriert der Funkstille lauschen konnte. Er sah jetzt zurück zum

Haus und erkannte, wie Tiger aus seinem Blickfeld verschwand. Er startete seinen Wagen, da er mittlerweile wusste, dass die Abende von Tiger und Lazlo eine entspannte Sache waren, beide waren der häusliche Typ. Grant fuhr durch einen Fast-Food-Drive-in, wo er sich viel zu fettiges, salziges Essen holte und kehrte in sein Hotelzimmer zurück. Er stellte das Essen und den Becher Limo auf dem Tisch ab und zog seinen Mantel aus.

Wenn Loomis nicht ausspucken wollte, was sein Motiv war, dann lag es an Grant, es herauszufinden. Zum ersten Mal seit Jahren merkte er, wie das alte Gefühl der Begeisterung zu ihm zurückkehrte. Recherche, Hinweisen folgen, lang vergessene Geheimnisse ausgraben. Er hatte den leisen Verdacht, dass Tiger und Loomis auf eine Art verbunden waren, von der nur Loomis wusste — nur ... wie? Er konnte nicht glauben, dass es etwas so Nüchternes war, wie dass Tiger den Sex mit ihm abgelehnt hatte. Loomis hatte jetzt seine ganze Karriere auf Eis gelegt, um das zu verfolgen, was auch immer er für Tiger plante ... warum all das Theater? Warum sie nicht einfach umbringen, wenn es das war, was er wollte? Tiger und Lazlos Sicherheitsmaßnahmen waren für einen Exfilmstar lächerlich. Sie wollte einfach nicht diesen Eingriff.

„Gott stehe dir bei, Tiger, wenn du Loomis heranlässt." Grant nahm einen großen Schluck kalter Limo und öffnete sein Laptop. *Fang am Anfang an. Bekomme Tigers Geschichte. Bekomme Loomis' Geschichte. Arbeite am Problem, folge den Hinweisen.*

Das könnte die Geschichte deines Lebens sein ...

SARAH RIEF TIGER SPÄTER AM ABEND AN. „ICH GLAUBE, DU

warst sehr beliebt", lachte sie. „Johan war so verlegen, dass er dich nicht erkannt hat."

„Ha, sag ihm, ich bin froh, dass es so war. Das ist schließlich der Sinn und Zweck meines Ruhestands."

„Hm."

„Was?"

Sarah lachte leise. „Ich ... ich habe nur immer gedacht, du würdest es dir mit deinem Ruhestand vielleicht nochmal überlegen, ich weiß nicht warum. Wenn du über die Schauspielerei sprichst, liegt so viel ... Liebe ... dafür in deiner Stimme."

„Ich liebe die Schauspielerei", erwiderte Tiger nachdenklich. „Es ist nur alles, was in dieser Welt damit einhergeht."

„Na ja, wir haben jetzt die Bühne ... du könntest ein kleines Ensemble gründen."

Tiger lächelte vor sich hin und legte eine Hand auf ihren Bauch. „Ich weiß, aber stellen wir erstmal den Coffee-Shop fertig und bringen ihn zum Laufen, dann die Filmvorstellungen und dann können wir darüber reden. Ich arbeite im Moment an meinem eigenen kleinen Ensemble." Als sie es sagte, durchfuhr sie ein stechender Schmerz, und sie atmete scharf ein. Er verging so schnell, wie er gekommen war, und sie schüttelte den Kopf. Ihr Körper veränderte sich einfach, das war alles, und sie bemerkte solche Dinge nicht wirklich.

„Also ... komm schon. Lass mich nicht hängen. Was hältst du von ihm? Johan?" Sarah klang, als versuchte sie, die Unbeteiligte zu spielen.

Tiger grinste. „Ich mag ihn sehr, Saz, sehr. Und du sagst, er sei Innenarchitekt?"

„Ich weiß, ein heterosexueller. Dass es so etwas gibt. Ich mache nur Witze. Und er angeboten auszuhelfen. Aushelfen, wie er sagt, nicht mitmischen, aber ich bin sicher, dass wir ihn für Designtipps ausfragen können."

„Alles wird helfen. Kannst du glauben, dass wir fast bereit zur Eröffnung sind?"

„Kann ich nicht. Meine Güte, Tiger, ich glaube nicht, dass ich so aufgeregt war, als ich den ersten Coffee-Shop eröffnet habe."

Sie unterhielten sich noch für eine Weile, dann wünschten sie einander eine gute Nacht. Tiger stand auf und ging zu Lazlo, der an einem Tisch in der Ecke arbeitete. Sie legte ihre Arme um ihn. „Bist du müde?"

Er drehte seinen Kopf, um sie zu küssen. „Kannst du mir noch zehn Minuten geben?"

„Natürlich, Liebling. Ich bin oben … und warte. Nein, ernsthaft, nimm dir die Zeit, ich werde duschen und mich bettfertig machen."

„Ich komme hoch, sobald ich fertig bin."

TIGER GING HINAUF IN IHR ZIMMER, ZOG IHRE KLAMOTTEN AUS und warf sie in den Wäschekorb. Erst als sie gerade die Dusche betreten wollte, hielt sie inne, drehte sich um und ging zurück ins Schlafzimmer. Ihr Blick wanderte durch den Raum. Etwas war anders, anders als die übliche Anordnung des Raumes. Nein, nicht die Anordnung … das Bett war da, wo es immer stand, an der hinteren Wand, die Laken wie immer. Es war perfekt gemacht — das lag mehr an Lazlo als an Tiger, und sie zog ihn immer mit seiner Ordentlichkeit auf — und beide Nachttische waren so wie gewöhnlich. Auf Lazlos Seite waren sein Wecker, seine Armbanduhr und ein Foto von Tiger. Auf Tigers Seite waren ein Foto von Lazlo in einem Rahmen, den Daisy ihr zu Weihnachten geschenkt hatte, eine Box mit Taschentüchern, die kleine antike Uhr, die ihrer Mutter gehört hatte …

Tiger ging zum Nachttisch und nahm die Uhr auf. Die Zeiger waren um elf Uhr neununddreißig stehengeblieben. Sie spürte, wie sich ihr Herz für eine kurze Sekunde zusammenzog. Dieselbe Uhrzeit, zu der der Unfall geschehen war, der fürchterliche Autounfall, der ihre Eltern getötet hatte. Diese Uhrzeit war in ihr Gedächtnis eingebrannt, aber das … das war ein Zufall, oder? Sie betrachtete die Batterie und holte sie heraus. Sie würde eine neue kaufen müssen …

Sie drehte am Rad, um die Zeit zu verstellen, aber die Zeiger bewegten sich nicht. „Was zur Hölle?"

Sie versuchte es erneut, dann spähte sie in die Mechanik. Steckte etwas fest? Tiger schüttelte den Kopf. Sie konnte die Zeiger nicht ändern, also öffnete sie ihre Schublade und ließ die Uhr hineinfallen, da sie verärgert war. Es war nur ein Zufall, aber es störte sie trotzdem.

Lenk dich ab. Es ist nichts. Tiger nickte vor sich hin und ging unter die Dusche, wo sie das Gefühl des heißen Wassers auf ihrer Haut genoss. Sie fuhr mit ihren Händen über ihren Bauch. Vielleicht sollte sie sich alles bestätigen lassen. „Nimm all deinen Mut zusammen", murmelte sie zu sich selbst. Sie fragte sich, wann ihr Bauch runder werden würde und dachte immer noch darüber nach, als sie ihre Haare trocknete und zu ihrem Kleiderschrank ging, um sich einen sauberen Morgenmantel herauszuholen. Sie hielt inne, als sie sah, was dahinter hing und grinste.

EINE HALBE STUNDE SPÄTER WARTETE SIE SITZEND IM BETT UND von brennenden Kerzen umgeben auf Lazlo, und als er das Zimmer betrat, lächelte Tiger ihn an. „Komm und pack dein Geschenk aus."

Lazlo lachte und betrachtete sie in ihrem seidenen Morgenmantel. Er hakte einen Finger in den Gürtel ein und öffnete ihn langsam. Darunter trug Tiger das weiche Ledergeschirr, das er ihr gekauft hatte. Sein Lächeln wurde breiter, und Verlangen entflammte in seinen Augen. „Wunderschön ..."

„Und ganz dein." Tiger wand sich vor Lust, als Lazlo mit einem Finger von ihrem Hals über ihren Körper fuhr. Das Geschirr war so bequem, so gut auf ihre Kurven zugeschnitten, dass sie sich darin unbändig sexy fühlte. Die butterweichen Riemen überkreuzten sich über ihren Brüsten und ihrem Bauch und umrahmten ihren Nabel. Lazlo bückte sich und presste seine Lippen auf die Wölbung ihres Bauches.

„Ganz mein", murmelte er mit den Lippen auf ihrer Haut. Seine Hände glitten über ihre Oberschenkel und öffneten sie zärtlich, dann vergrub er sein Gesicht in ihrem Schritt.

Tiger erschauderte vor Lust, als seine Zunge über sie glitt, und vergrub ihre Finger in seinen Haaren. Sie schloss die Augen und gab sich völlig den Empfindungen hin, die er durch ihren ganzen Körper schickte, wobei sie alles andere vergaß.

Lazlos Finger vergruben sich beinahe schmerzhaft im

weichen Fleisch ihrer inneren Oberschenkel, aber sie drängte ihn dazu, ihr noch mehr Schmerzen zuzufügen. Lazlo fügte sich, seine Finger drückten fester und zwangen ihre Beine auseinander, bis ihre Hüften schmerzten. Er brachte sie mit seiner Zunge zum Höhepunkt, dann drehte er sie auf den Bauch und band ihr mit dem seidigen Gürtel ihres Morgenmantels fest die Hände hinter dem Rücken zusammen.

Tiger grinste, das Gesicht ins Kissen gepresst. Lazlo drehte ihren Kopf, sodass sie atmen und er einen Kuss bekommen konnte. „Ganz. Mein", sagte er mit einem Knurren, was all die Wärme in ihre Mitte fließen ließ. Sie hörte, wie er zum Schrank ging und in einer Box auf dessen Boden wühlte. Eine Sekunde später knallte die Spitze der Gerte hart auf die Rückseite ihrer Oberschenkel, und sie lachte, ein halb schockiertes, halb begeistertes Geräusch.

„Gefällt es dir?"

„Oh, ja … ah!"

Lazlo hatte auf ihre Kehrseite geschlagen, dann grob ihre Beine auseinander gedrückt. „Du bist so feucht, Baby …"

Tiger stöhnte vor Erregung. „Für dich, Baby, nur für dich … oh …" Lazlo schlug mit der Gerte auf ihren empfindlichen, geschwollenen Schritt, und sie quietschte. „Nochmal!"

Er wiederholte die Handlung, und sie flehte ihn an, härter zuzuschlagen. Das Klapsen der Gerte war exquisit schmerzhaft und jenseits der Lust. Tiger fühlte sich beinahe betrunken, als Lazlo weiter ihre Spielzeuge an ihr benutzte. Sie schnappte nach Luft, als er einen Dildo hart in ihre Vagina einführte und gleichzeitig selbst in ihren Hintern eindrang. Sie war beinahe im Delirium, ihr Körper geplündert, ihre

Schultern schmerzend, ihre Handgelenke rot durch die Fesseln.

Tigers Orgasmus traf sie mit voller Kraft, und sie schrie fast, als sie kam, wobei sie Lazlos Namen immer und immer wieder rief. Während sie keuchte, löste er ihre Handgelenke und massierte sie, dann küsste er die roten Striemen.

Tiger drehte sich um und streckte die Arme aus, da sie ihn halten wollte. Lazlo warf ihr eine Kusshand zu. „Ich kümmere mich nur schnell um das Kondom, Liebling, ich bin gleich zurück."

Er benutzte immer ein Kondom, wenn sie Analsex hatten, also wartete Tiger geduldig, bis er zurückkehrte. Sie war immer noch atemlos und lächelte ihn an, als er wiederkam. Sie liebte es, ihn nackt zu sehen, und jetzt bat sie ihn darum, für einen Moment stillzustehen, sodass sie seinen Körper bewundern konnte.

Er war so groß, hatte so breite Schultern, seine Muskeln waren so definiert, sein Bauch ein hartes Waschbrett. Seine Erektion erwachte bereits wieder zum Leben, und sie setzte sich auf, um ihn zu kosten.

Aber als sie sich bewegte, schoss ein schneidender Schmerz durch ihren Körper. Sie schnappte nach Luft, während sie sich vornüber beugte. Sofort war Lazlo an ihrer Seite.

Der Schmerz verging, aber er hatte ihr den Atem genommen. „Es geht mir gut. Mein Körper gewöhnt sich nur daran, dass ein weiterer Mensch darin ist."

Lazlo sah nicht überzeugt aus. „Tiger, genug mit dem Herauszögern. Du gehst diese Woche zu einem Frauenarzt, in Ordnung?"

„Gut." Sie fühlte sich ein wenig verstimmt, wusste aber, dass er recht hatte. „Wirst du mitkommen?"

„Natürlich, musst du das wirklich fragen?" Lazlo rollte mit den Augen, dann lachte er und küsste ihre Stirn. „Geht es dir gut?"

„Ja, wirklich. Nur ein Stechen."

„Frauenarzt. Diese Woche."

KAPITEL NEUNZEHN – NO TEARS LEFT TO CRY

edical Center, The Island, San Juan Islands, Washington State

Der Frauenarzt Dr. Palmer sah sie wütend an. „Warum haben Sie es verschoben, zu mir zu kommen?"

Tiger seufzte. „Ich habe wirklich keine gute Entschuldigung."

„Nein, haben Sie nicht. Aber Sie haben Glück, alles scheint in Ordnung zu sein. Sie sagen, Sie schätzen, ungefähr in der zehnten Woche zu sein?"

„Möglicherweise mehr."

„Hmm. Ich hätte gedacht, dass es mittlerweile sichtbar ist, aber es kann auch einfach daran liegen, dass Ihr Baby klein ist. Wir veranlassen so schnell wie möglich eine Ultraschalluntersuchung. Leider, wegen unserer begrenzten Ausrüstung hier auf der Insel, ist unser eigenes Ultraschallgerät für ein paar Tage außer Betrieb, aber kommen Sie in einer Woche wieder und wir erledigen es."

„Wir könnten in die Stadt gehen, wenn Sie denken, die Untersuchung sollte früher durchgeführt werden." Lazlos Arm lag auf der Rückenlehne von Tigers Stuhl, und sie merkte, wie er ihre Schulter streichelte.

„Nein, nein, ich denke nicht, dass das nötig ist, aber das ist natürlich Ihr Vorrecht." Dr. Palmer lächelte Tiger herzlich an. „Sie haben nichts für Krankenhäuser übrig, das kann ich sehen."

„Habe ich nicht, aber es geht um unser Kind, nicht mich." Tiger erwiderte sein Lächeln. „Was auch immer ich tun muss, ich werde es tun. Letztendlich", fügte sie mit einem Grinsen in Lazlos Richtung hinzu. „Bevor du es sagen konntest."

Er küsste ihre Wange. „Ich verstehe schon."

Lazlo lud sie danach zum Mittagessen ein, und sie konnte seine Erleichterung darüber sehen, dass sie endlich zum Arzt gegangen war. „Es tut mir leid, Laz, ich war ein wenig kindisch damit, zum Arzt zu gehen."

„Nicht kindisch, nur stur", scherzte er, berührte aber ihr Gesicht mit seinem Finger. „Ich verstehe es, weißt du. Nachdem Indy von Carter niedergestochen worden war, nachdem sie endlich aus dem Krankenhaus entlassen wurde — beide Male — war das Letzte, was ich wollte, ein Krankenhaus von innen zu sehen. Ich hasse es immer noch. Der Geruch erinnert mich einfach an …"

„… Entsetzen. Schmerz. Trauer." Tigers Stimme war heiser, und Lazlo nickte mit ernstem Blick.

„Ja. Deine Eltern …"

„Ich musste ihre Leichen identifizieren. Es gab niemand anderen, der es tun konnte. Ich war achtzehn, und ... meine Güte." Sie schloss die Augen, aber die Bilder erschienen trotzdem. „Die haben mir gesagt, Dad sei sofort gestorben. Er war überall verbrannt. Er sah nicht einmal mehr menschlich aus. Es war sein Ehering, eingebrannt in das, was von seinem Ringfinger übrig blieb. Das war alles, was ich hatte, um mich an ihn zu erinnern. Ich kann mich an nichts anderes erinnern als das, wenn ich an ihn denke."

Tiger atmete zittrig ein, und Lazlo fuhr mit einer Hand über ihr Haar. „Du musst nicht darüber sprechen, wenn es zu schmerzhaft ist."

„Ist es, aber es hilft. Ich habe es mit Apollo nie getan. Es reicht, wenn einer von uns es im Kopf hat." Sie merkte, wie sie durch Lazlo Kraft bekam, während sie sich an den schlimmsten Tag ihres Lebens erinnerte. „Mom ... Mom ist nicht sofort gestorben, sie hat es geschafft, vom Wrack wegzukriechen, bevor das Feuer ausbrach. Aber sie hatte so viele innere Verletzungen ... ihr Gesicht war perfekt. Unberührt. Sie sah friedlich aus. Man hat mir gesagt, sie hätte zu viel Rauch eingeatmet, dass sie erstickt sei, bevor die innere Blutung sie töten konnte, aber dass sie trotzdem nicht überlebt hätte."

Tiger schüttelte den Kopf. „Auf gewisse Weise war es schlimmer, sie so perfekt zu sehen, so Mom, dass es schien, als müsste ich sie nur schütteln und sie würde die Augen öffnen und es würde ihr gutgehen. Und Dads Tod war endgültig, niemand hätte noch etwas tun können. Abschluss. Aber mit Mom ... etwas daran hat mich immer beunruhigt."

Sie lehnte sich an Lazlo, und er zog sie an sich, die Lippen auf ihrer Schläfe. „Wenn du dir ihren Tod näher ansehen willst, können wir das tun. Mit den Polizisten in Kontakt treten, dem Gerichtsmediziner."

Tiger dachte darüber nach, dann schüttelte sie den Kopf. „Nein. Ich würde all das nur ungern für Pol wieder an die Oberfläche holen, und mit unserem Baby, das Leben ist weitergegangen. Wir sind andere Menschen. Und was meinen ... Verdacht — nennen wir es so — angeht, das ist nur ein Ausdruck meiner Trauer. Ich habe nichts, worauf ich ihn stützen kann, und warum sollte ich mir noch mehr Schmerz verursachen, wenn ich doch die schönste Zeit meines Lebens feiern sollte? Nein, danke, Liebling, aber das ist jetzt unsere Zeit. Unsere."

Lazlo nickte, sagte aber nichts weiter, worüber Tiger froh war. Sie wusste, dass sie damit recht hatte, wusste, dass heute ein Wendepunkt in ihrem Leben gewesen war. Jetzt war das Baby das Wichtigste überhaupt.

GRANT WALLER KONNTE NICHT WISSEN, DASS TIGER UND Lazlo über genau die Berichte sprachen, die er sich gerade ansah. Der Tod von James und Christina Rose vor beinahe fünfzehn Jahren wurde damals eindeutig gut wiedergegeben. James Rose, ein Richter, der dafür bekannt gewesen war, besonders streng bei Drogendealern und Missbrauchstätern zu sein, die sich an Frauen oder Kindern vergriffen hatten, war umgekommen, als ihr Auto von der Straße gedrängt worden war. Glücklicherweise für ihn hatte der Gerichtsmediziner festgestellt, dass er bereits tot gewesen war, als er zu brennen angefangen hatte. Christine Rose hatte lange genug gelebt, um aus dem Wrack hinauszukriechen, war aber kurz danach gestorben, im Wissen, dass sie zwei Kinder zurückließ.

Grant las sich den Bericht des Gerichtsmediziners durch, der ihm aber nicht sagte, was er nicht bereits wusste. Die Polizei hatte den Unfall für eine Weile als Mord betrachtet, aus ihren Ermittlungen war aber nichts hervorgegangen.

Er schob die Papiere zurück in die Mappe und reichte sie dem Angestellten mit einem gemurmelten Dankeschön. Nein, er war sicher, dass er sich Roses Vergangenheit würde ansehen musste, um das zu finden, was auch immer Dex Loomis antrieb.

Und was Loomis selbst anging ... der einzige Dexter Loomis, den er an der Westküste finden konnte, war ein Kind gewesen, das im Kleinkindalter gestorben war. Dieser alte Trick. Dex Loomis war nicht der, der er behauptete zu sein, aber auf der anderen Seite hatte Grant das von Anfang an gewusst.

Er schritt über den Bürgersteig, bis er einen Coffee-Shop fand, wo er sich Caffè americano holte und sich einen freien Tisch suchte. Er holte sein Notizbuch hervor und studierte, was er bereits über Loomis herausgefunden hatte. Er war ein Mittelklasseproduzent in einem der größten Studios, jemand der hinter den Kulissen arbeitete, anstatt sich um die Stars zu kümmern. Loomis hatte nie — und Grant fand das schwer zu glauben — mit Tiger oder Massimo Verdi, der als weitere Verbindung gesehen werden konnte, an einem Film gearbeitet. Grant schrieb sich den Namen ‚Teddy Hood' auf — er war ebenfalls mit Lazlo Schuler befreundet, und an diesem Punkt würde Grant jede Spur nehmen, die er bekam. Loomis war von einem höheren Tier des Studios ‚handverlesen' worden, aber kurz danach schien es eine Trennung gegeben zu haben. Vielleicht hatte Loomis sich seinen Weg durch Erpressung verschafft?

Aber wer war Dex Loomis? *Ein Widerling*, dachte Grant jetzt, und er spürte einen merkwürdigen Schmerz. *Inwiefern bist du besser, Grant? Du hast eine Frau vergewaltigt, sie verletzt, und jetzt wirst du ganz ... was? Entrüstet? Besorgt darüber, dass Dex Loomis Tiger stalkt? Warum sollte es dich interessieren?*

„Es ist mir egal", murmelte er vor sich hin, wobei er eine Frau am Tisch neben sich erschreckte. Er hob entschuldigend die Hand und lächelte halb. *Wer war er jetzt?*

Es war dunkel, als er zurück zu seiner Wohnung ging. Jetzt, wo er seit ein paar Monaten in Seattle war, hatte er die Stadt beinahe gern, und die Wohnung, die ihm Loomis' Geld beschert hatte, fühlte sich jetzt fast wie Zuhause an.

Er nahm den Aufzug anstatt der Treppe. Er würde Pizza bestellen — es gab mehr als genug Bier in seinem Kühlschrank — und ein wenig im Internet recherchieren.

Grant betrat seine Wohnung und wollte gerade die Tür schließen, als diese nach innen geschlagen wurde und ihn zu Boden warf. „Was zur Hölle?"

Aber es waren zwei, und sie gingen auf ihn los, und trotz seiner eigenen Fitness und Kraft hatte er keinerlei Chance. Für die nächsten Minuten schlugen sie ihn überall, traten ihm an den Kopf, bis er Blut schmeckte. Der Absatz eines Stiefels traf seinen Kopf neben seinem rechten Auge, woraufhin es sich anfühlte, als wäre sein Augapfel explodiert.

Endlich, Gott sei Dank, ließen sie von ihm ab und die Tür schlug hinter ihnen zu. Er wusste, was das war. Eine Warnung. Eine ‚Versau das nicht für mich'-Drohung. Dex Loomis kämpfte mit harten Bandagen.

Grant lag gefühlt Stunden da. Sein ganzer Körper war starr vor Schmerz, sein Mund voller Blut, sein Kopf kreischte vor Qual. Schließlich drehte er sich auf die Seite und stand langsam, schmerzerfüllt auf, bevor er in sein Badezimmer torkelte.

Er sah sich kaum im Spiegel an, da er wusste, was er sehen würde, und stellte stattdessen die Dusche an. Er zog seine Klamotten aus und trat unter den heißen Strahl, wo er zusammenzuckte, als dieser seinen geprügelten Körper traf. Fuck. Er könnte zur Polizei gehen, nahm er an, aber er würde wetten, dass er dann die Woche nicht überleben würde. Er fragte sich, ob Dex wusste, dass Grant sich seine Vorgeschichte ansah ... aber wie konnte er das?

Nein. Das ging um das Mal, als er Dex auf der Insel gesehen hatte. *Erzähl es nicht, oder du bist ein toter Mann. Naja, okay. Ich werde kein Wort sagen, Dex. Tu, was du tun musst.* Grant sah zu, wie das Blut in der Dusche ablief. Er sah sich endlich seine Wunden im Spiegel an und stöhnte auf. Sein rechtes Auge war blutrot, das Blau seiner Augen stand im Kontrast dazu.

Fick dich, Dex. Ich werde dich tun lassen, was du Tiger antun willst, aber ich werde dich so oder so besiegen. Grant zog sich saubere Klamotten an und ging zurück in den Flur, wo er die Tür verriegelte. Sein Blut war überall verspritzt. Ihm kam eine Idee und er grinste. Er ging zurück in sein Schlafzimmer und packte seinen Rucksack mit allem, was er brauchte, dann kritzelte er eine Nachricht und ließ sie auf dem Tisch zurück. Er schaltete das Radio so laut ein, wie es ging, dann ging er, wobei er die Tür angelehnt ließ, das Blut immer noch auf dem Boden. Ob jemand von seinem ‚Abschiedsbrief‘ überzeugt sein würde, war ihm egal. Von jetzt an, sein Rucksack voll mit dem Geld, das Loomis ihm gegeben hatte, existierte Grant Waller nicht länger.

Zwei können dieses Spiel spielen, Loomis, dachte Grant, als er den Hinterausgang des Gebäudes nahm und in der tiefschwarzen Nacht Washingtons verschwand. Nach zwei Stunden war er auf dem Weg nach Los Angeles.

KAPITEL ZWANZIG – WITH OR WITHOUT YOU

Los Angeles

TEDDY HOOD VERBARG EIN GÄHNEN, ALS SEINE Maskenbildnerin sein Gesicht auffrischte. „Brauche ich wirklich Make-up, um diese Interviews zu machen?"

Milly, die Maskenbildnerin, grinste. „Es wird vielleicht Fotos und Schnittbilder geben. Du willst hübsch aussehen, Ted."

Teddy prustete vor Lachen. „Aussichtslose Sache."

„Naja, ich weiß das …" Milly kicherte und wich seinem spielerischen Hieb aus. „Aber wir wollen den Journalisten keine Angst einjagen, oder?"

„Nicht?" Teddy nahm sein Tablet in die Hand. „Wie viele noch?"

„Nur eins", antwortete sein Assistent. „Oh, nein, vielleicht zwei. Irgendein Kerl ist spät aufgekreuzt und hat um fünf Minuten gebettelt."

„Wer?"

„Er sagte, sein Name sei Tiberius? Guy Tiberius? Arbeitet für die *Baltimore Sun*. Alter, er sieht aus, als wäre er angegriffen worden, sein Gesicht ist grauenvoll. Er tat mir irgendwie leid."

„Hat er einen Presseausweis?"

„Jap."

Teddy zuckte die Achseln. „Dann meinetwegen. Er wird allerdings der Letzte sein, Jess erwartet mich zuhause."

Als er ihren Namen sagte, leuchtete der Bildschirm seines Handys mit einem Anruf von Jess, seiner geliebten Frau, auf. „Hey Liebling."

„Hey meine Schöne, ich hatte gehofft, dich zu erwischen. Laz hat mich eben angerufen."

„Oh, ja?"

„Sie sind schwanger!"

Teddys Augenbrauen gingen in die Höhe. „Wow."

„Ich weiß, oder? Aber, wie auch immer, Tigers Coffee-Shop eröffnet bald, und sie wollten wissen, ob wir zur Feier kommen. Indy hat bereits zugestimmt. Kannst du dir freinehmen?"

„Hey, ich bin nach dem hier frei wie ein Vogel, das weißt du. Kannst du dir freinehmen?"

Jessica kicherte. Sie besaß ihre eigene Anwaltskanzlei, und sie und Teddy jonglierten ihre Zeit, um so viel davon wie möglich mit ihrer wachsenden Kinderbrut zu verbringen. „Zum Teufel, ja. Und DJ sagte, sie wäre mehr als glücklich, während der ganzen Zeit der Babysitter zu sein."

„Ha, keine Chance. Wir nehmen sie alle mit, aber ja, wir sollten hingehen. Ich habe Tiger schon immer gemocht."

Er sah auf, als ein verprügelt aussehender Mann in den Raum geführt wurde. „Liebling, ich muss gehen."

„Okay, Süßer. Ich liebe dich."

„Ich liebe dich auch. Ruf Tiger zurück und sag ja. Richte ihnen beide meine Glückwünsche aus."

Teddy bemerkte, wie ihn der Journalist aufmerksam beobachtete. Er schob sein Handy in seine Tasche und schüttelte dem anderen Mann die Hand. „Hey. Ich glaube nicht, dass wir uns zuvor schon einmal getroffen haben. Sie sehen aus, als könnten Sie ein paar Schmerztabletten vertragen. Können wir diesem Mann ein wenig Wasser, ein etwas Paracetamol besorgen?"

„Es geht mir gut."

Aber das Gesicht des Mannes war eine einzige Ansammlung aus Blutergüssen und Wunden, und Teddy empfand Mitgefühl für ihn. „Bitte, immer mit der Ruhe, Kumpel."

„Ich muss mit Ihnen reden. Unter vier Augen."

Teddy trat zurück, sah aber die Verzweiflung in den Augen des anderen Mannes und nickte. „Okay."

„Ted, nein." Sowohl sein Assistent als auch Milly sahen

besorgt aus, aber er schickte sie weg. Er schenkte ein Glas Wasser von dem Tisch neben sich ein und reichte es dem Mann, der es trotz seiner Worte dankbar annahm.

„Mr. Tiberius, richtig? Was ist los? Wie kann ich helfen?"

Guy Tiberius atmete tief ein. „Mr. Hood, ich bin dankbar, dass Sie mich empfangen. Ich brauche Informationen über einen Produzenten hier in Los Angeles. Jemand, den Sie vielleicht kennen."

Teddy war jetzt völlig verwirrt. „Was?"

„Ich denke, er ist vielleicht nicht der, der er behauptet zu sein … und ich denke, dass er vielleicht gefährlich ist."

* * *

„Dex Loomis?" Jess runzelte die Stirn, als Teddy ihr von der merkwürdigen Begegnung erzählte, die er gehabt hatte. Sie aßen gemeinsam spät zu Abend, Pasta von Tellern, die sie auf ihren Knien balancierten. Die meisten der Kinder waren bereits im Bett, ihr ältestes Kind DJ war mit Freunden unterwegs.

Der Abend war warm und mild, sie saßen auf der Dachterrasse, mit dem rhythmischen Klang des Meeres unter ihnen. Jess stach in ihre Pasta. „Ich muss sagen, dass ich den Namen gehört habe, aber ich könnte ihn aus einer Aufstellung nicht auswählen. Warum dachte dieser Kerl, dass du irgendetwas über ihn wissen würdest?"

„Ich habe keine Ahnung. Als ich ihm sagte, dass ich Loomis nicht kenne, hat er mich gefragt, ob er ihm irgendwo einen Anhaltspunkt geben könnte. Die ganze Unterhaltung war seltsam, und ich denke, dass er vielleicht eine Gehirnerschütterung hatte."

„Wie hat er überhaupt einen Presseausweis bekommen, um dich zu interviewen?"

Teddy zuckte die Achseln. „Er war harmlos, nur merkwürdig."

„Hast du ihm irgendetwas versprochen?"

„Gott, nein … nur hat er Tiger erwähnt. Er sagte, dass er versuchen würde, die Verbindung zwischen Tiger und Dex Loomis herauszufinden. Als ich nachgehakt habe, hat er nichts mehr gesagt."

Jess verzog das Gesicht. „Ich glaube, das lässt du besser sein. Ich meine, wir könnten Tiger fragen, aber scheint das nicht ein unerfahrener Journalist zu sein, der nach einer Story gräbt, die nicht existiert?"

„Tut es", stimmte Teddy zu. „Vielleicht war er zu ehrgeizig. Sollten wir Tiger wirklich damit belästigen?"

„Wir könnten sie fragen, ob sie einen Dex Loomis kennt, aber das bezweifle ich. Ich arbeite dauernd mit den Studios und habe kaum von ihm gehört. Tiger ist jetzt schon seit fast dreieinhalb Jahren da raus."

„Ich denke, du hast recht. Ich bin sicher, dass sie bessere Dinge zu tun haben."

ABER ZWEI TAGE SPÄTER RIEF GUY TIBERIUS ERNEUT AN, UM ZU fragen, ob Teddy ihm dabei helfen könnte, an die richtigen Leute heranzukommen, und aus Nettigkeit — und dem Verlangen, den Kerl loszuwerden — kontaktierte Teddy jemanden, den er in dem Studio kannte, in dem Loomis arbeitete, und fragte sie nach dem Mann.

„Loomis? Ja, er ist mittlerer Angestellter. Um ehrlich zu sein, habe ich ihn jetzt seit Wochen nicht mehr gesehen, aber das ist nicht ungewöhnlich. Er ist kein großer Wurf. Was ist mit ihm?"

„Dieser Journalist will wissen, wer er wirklich ist. Anscheinend ist er davon überzeugt, dass Loomis nicht derjenige ist, der er behauptet zu sein."

„Wer ist das in dieser Stadt schon? Gib mir die Nummer von dem Kerl. Er ist wahrscheinlich nur ein weiterer Verrückter, aber ich schulde Loomis nichts. Der Kerl ist ein Widerling."

Teddy fühlte sich erleichtert, als er der Frau die Nummer von Tiberius gab. „Danke, Bree. Wenigstens kann ich den Kerl loswerden. Hey, hör zu … weiß du, ob Loomis je an einem Film mit Tiger Rose gearbeitet hat?"

„Tiger? Nein, ausgeschlossen. Tigers letzter Film mit uns war vor über zehn Jahren, selbst schuld, und Loomis arbeitet noch nicht so lange hier. Hör zu, Kumpel, wenn du mit Tiger redest, sag ihr, dass wir sie zurück brauchen. Die Liste von Schauspielern, die ich mir für meinen nächsten Film ansehe, ist schmerzhaft. Ich nehme nicht an, dass du in der zweiten Hälfte des nächsten Jahres frei bist?"

Teddy lachte. „Keine Chance, Bree, entschuldige."

„Verdammt. Na ja, was soll's, bis dann, Kumpel."

„Bis dann, Liebes, und nochmals danke."

. . .

Teddy verdrängte den Mann aus seinen Gedanken, bis Jessie erneut die Reise auf die San Juan Islands erwähnte, um ihre Freunde zu sehen. Eines Nachts im Bett, während er den unglaublichen Körper seiner Frau streichelte und sie küsste, fragte er, ob sie mit Tiger über Dex Loomis gesprochen hatte.

Jess nickte. „Flüchtig. Ich habe gefragt, ob sie von ihm gehört hat, und sie meinte, das hätte sie nicht. Ich denke, sie ist mit der Eröffnung und dem Baby ziemlich abgelenkt. Ich habe sie noch nie so glücklich gehört, Ted. Es ist wundervoll." Sie lachte leise. „Warum sind wie nie auf die Idee gekommen, sie und Lazlo miteinander zu verkuppeln? Es erscheint jetzt so offensichtlich."

„Ich glaube nicht, dass einer von beiden da mitgemacht hätte. Es ist so passiert, wie es passieren sollte, seien wir einfach dankbar dafür." Teddy war vom Heben und Senken von Jessies Brüsten abgelenkt, während sie atmete, woraufhin sie ihn angrinste.

„Perversling."

„Allerdings." Er drehte sie auf den Rücken. Selbst nach drei Kindern war Jessies Körpers unglaublich — lange Beine und volle Brüste — und sie lächelte zu ihm auf.

„Na, fang schon an, Hood", befahl sie, und er lachte, dann legte er ihre Beine um seine Hüften und drang in sie ein.

Sie liebten einander langsam, nahmen sich Zeit und dämpften die lauteren ihrer Schreie, da die Kinder schliefen. Selbst nach all dieser Zeit waren sie nicht nur Geliebte, sondern beste Freunde, und als sie beide den Höhepunkt erreicht hatten, duschten sie gemeinsam und gingen ins Bett, wo sie noch redeten.

Gerade als Jess kurz vor dem Einschlafen war, schüttelte Teddy den Kopf. „Ich will nicht immer die gleiche Platte abspielen ..."

Jess stöhnte. „Nicht wieder dieser Journalist."

„Ich kann einfach nicht aufhören, mich zu fragen, warum er Tiger und diesen Loomis zusammenbringt. Es nervt mich."

Jess seufzte und drehte sich zu ihm um. „Liebling ... wenn es dich nervt, ruf Tiger an. Ruf Lazlo an. Sie werden dir nur sagen, was ich dir gesagt habe. Persönlich würde ich eher Fragen über diesen Journalisten stellen. Was macht ein Kerl von der *Baltimore Sun* hier und stellt Fragen über einen einfachen Produzenten?"

AM NÄCHSTEN MORGEN WURDEN TEDDYS SCHLIMMSTE Befürchtungen bewahrheitet, als er schließlich direkt bei der *Baltimore Sun* anrief und ihm gesagt wurde, sie hätten nie von einem Guy Tiberius gehört. Jess' Gesichtsausdruck, als er es ihr sagte, gab ihm ein elendiges Gefühl. Er rief Lazlo an und erklärte alles.

„Ein Journalist?" Lazlos Stimme war wie Eis. „Ein Journalist, der nach Tiger fragt." Er seufzte. „Ted ... ich werde dir ein Foto schicken, und ich möchte, dass du mir sagst, ob das der Kerl ist."

Teddys Handy vibrierte, und er seufzte, als er das Bild öffnete. „Oh, verdammt ... warum habe ich ihn nicht erkannt? Ich muss sagen, sein Gesicht war eingeschlagen, und er sieht verdammt anders aus, aber ja. Das ist er. Guy Tiberius, von wegen. Es ist Grant Waller."

· · ·

TIGER STRICH DAS LETZTE MÖBELSTÜCK, DAS SIE UND SARAH IN
einem Antiquitätenladen entdeckt hatten. Sie hatten entschieden, dem *Wharf* ein heimisches Gefühl zu geben, indem sie
die nicht zueinander passenden Stühle und Tische anmalten
und örtliche Quellen nutzten, um den Ort so sehr zu füllen,
wie sie konnten.

Und jetzt war es genau eine Woche vor der Eröffnung. Sarah
war zu dem Kaffeehändler gegangen, von dem sie ihre
Getränke bezogen, und jetzt wo die Handwerker ihre Arbeit
erledigt hatten, war sie allein in dem alten Theater.

Sie beendete ihre Aufgabe, stand auf und ging zum Waschbe-
cken, um ihre Hände und den Farbpinsel zu waschen.
Während sie dort stand, spürte Tiger, wie sie eine Welle der
Müdigkeit überkam und sich ihr Kopf zu drehen begann.
Meine Güte, reiß dich zusammen. Sie trocknete ihre Hände ab
und setzte sich auf das Sofa im Belegschaftsraum. Ja, sie hatte
hart gearbeitet, aber nicht, bis sie erschöpft war — weder
Sarah noch Lazlo würden das dulden, und sie wollte auch
alles tun, was sie konnte, um ihr ungeborenes Kind zu
schützen.

Aber während der letzten zwei Tage hatte sie mehr
Schmerzen gehabt und fragte sich, ob sie wieder zum Arzt
gehen sollte. Sie hatte immer noch keinen Termin für eine
Ultraschalluntersuchung gemacht — sehr zu Lazlos Verärge-
rung. Sie schüttelte den Kopf. Verdammt sture Frau. Als der
Schwindel nachgelassen hatte, stand sie auf und ging wieder
in den Hauptraum. Sie zuckte leicht zusammen, als sie ein

Klopfen an der Tür hörte, lächelte aber, als sie sah, dass es Sarahs Freund Johan war. Sie ließ ihn hinein. Während der letzten Wochen war er eine riesige Hilfe gewesen und ein guter Freund geworden. „Hey, Sarah ist nicht hier, aber komm rein."

„Ich will nicht stören, ich dachte, sie wäre mittlerweile wieder zurück." Johan lächelte sie an und hielt eine Tüte hoch. „Ich habe warme Zimtschnecken. Schade, sie zu verschwenden."

„Ha, Pech für sie." Tiger grinste ihn an. „Komm schon. Ironischerweise habe ich nur Instantkaffee, bis Sarah zurückkommt. Wird das reichen?"

„Natürlich."

Sie nickte in Richtung des Belegschaftsraumes, und er folgte ihr hinein. „Darf ich etwas sagen? Nicht böse gemeint?"

„Natürlich."

„Tiger, du siehst müde aus. Schön wie immer, natürlich, aber müde."

„Bin ich auch, ein bisschen. Es ist nur das Baby." Während sie sprach, bekam sie wieder Schmerzen und atmete aus.

„Alles gut?" Johan war sofort an ihrer Seite. Tiger nickte.

„Ja, nur Wachstumsschmerzen. Die des Babys, nicht meine." Sie machte den Kaffee und reichte ihm eine Tasse. Sie drehte sich um, um sich ihm am Tisch anzuschließen, als ein schneidender, qualvoller Schmerz durch ihren Bauch zog, woraufhin sie die Tasse fallen ließ, nach Luft schnappte und sich vornüber beugte.

Diesmal klang der Schmerz nicht ab. „Tiger? Tiger!"

Sie hörte Johans schockierten Aufschrei, aber es klang, als käme er vom Ende eins sehr langen Flurs. Tigers Augen drehten sich nach innen, und sie spürte kaum noch, wie Johan sie fing. Sie merkte, wie er sie in die Arme nahm und trug, dann wurde alles dunkel.

KAPITEL EINUNDZWANZIG – SAY YOU WON'T LET GO

The Island, San Juan Islands, Washington State

LAZLO UND SARAH RANNTEN DURCH DIE KORRIDORE DES Krankenhauses, wobei Sarah kaum mit Lazlos langen Schritten mithalten konnte. Johan hatte Sarah panisch angerufen. „Tiger ist zusammengebrochen. Ich bringe sie gerade ins Krankenhaus ... kannst du Lazlo erreichen?"

Sarah hatte Lazlo angerufen und versucht ruhig zu bleiben, sodass sie ihm keine Angst machen würde, aber Lazlo hatte nur gebellt: „Wir treffen uns dort."

Er fühlte sich, als könne er nicht atmen, aber Lazlo brachte sein Gesicht zu einem nichtssagenden Ausdruck, als er sah, dass Johan auf sie wartete. Der andere Mann war blass. „Der Arzt ist bei ihr. Sie warten auf dich."

Lazlo nickte und betrat das Zimmer. Der Arzt sah auf. „Mr. Schuler?"

„Lazlo?"

Die Welle der Erleichterung, als er Tigers Stimme hörte, war überwältigend. „Tig?"

Er kam an ihre Seite. Sie war blass, zu blass, und ihr reizendes Gesicht war vor Schmerzen verzerrt. „Mit dem Baby ist etwas nicht in Ordnung."

Sie umklammerte seine Hand, ihr Blick war flehend. Lazlos Brust zog sich erneut zusammen, und er bückte sich, um ihre Stirn zu küssen. Tiger hielt ihren Kopf an seinen.

„Na, jetzt ziehen wir mal keine voreiligen Schlüsse, Mrs. Schuler." Der Arzt aktualisierte ihre Unterlagen und kontrollierte ihren Herzmonitor.

„Oh!" Tiger schnappte nach Luft, und er drehte sich um. „Ich blute, ich kann es fühlen."

Lazlo blickte am Bett hinab, um sich sammelndes Blut zu sehen—sehr viel Blut. Tiger machte ein merkwürdiges Geräusch und fiel mit geschlossenen Augen zurück auf das Bett. Lazlo brach in völlige Panik aus. „Doktor!"

Der Arzt drückte einen Knopf. „Sie blutet aus. Wir müssen sie sofort in den OP bringen."

Lazlo hielt Tigers kalte Hand, während sie zur chirurgischen Abteilung rasten, aber als eine Krankenschwester ihn aufhielt und sich sanft weigerte, ihn weiterzulassen, konnte er ihnen nur hinterherstarren, wie sie Tiger, seine Liebe, in einen Raum rollten, aus dem sie es vielleicht nicht wieder herausschaffen würde.

Er stand erstarrt vor den Türen, bis eine nette Krankenschwester ihm sagte, dass es eine Weile dauern würde, bis es

Neuigkeiten gab, und warum holte sie ihm nicht einen Kaffee? Er lehnte höflich ab und ging stattdessen langsam wieder dorthin zurück, wo er Sarah und Johan zurückgelassen hatte. Sarah sah verweint aus, Johans Arm lag tröstend um sie. Lazlo wollte sich zu ihnen setzen, aber bevor er das tat, hielt er Johan die Hand hin. „Danke. Danke, dass du Tiger ins Krankenhaus gebracht hast. Ich bin nicht sicher, ob sie es ansonsten geschafft hätte."

Johan stand auf und schüttelte die ausgestreckte Hand. „Ich bin nur froh, dass ich da war, als es passiert ist." Er nickte Sarah zu. „Ich habe darauf gewartet, dass Sarah vom Kaffeehändler zurückkommt …"

„Ich war spät dran." Sarah wischte sich über die Augen. „Laz, wird sie wieder gesund?"

„Ich weiß es nicht. Sie denkt, es ist das Baby, und sie hat angefangen zu bluten. Stark. Sie ist jetzt im OP." Er ließ sich schwer neben Sarah fallen, die seine Hand ergriff. Johan legte seine Hand auf Lazlos Schulter.

„Ich hole uns Kaffee."

EIN PAAR STUNDEN SPÄTER KAM DER ARZT ZU IHNEN. „SIE IST stabil. Es war eine Eileiterschwangerschaft, Mr. Schuler. Es hat so angefangen, und schließlich musste es so kommen. Wir haben die Blutung gestillt und sie sollte wieder genesen. Wir werden sie für ein paar Tage hierbehalten." Er sah Lazlo mitfühlend an. „Es tut mir leid um den Fötus, aber er hätte es nie geschafft. Es tut mir leid."

„Danke, dass Sie sie gerettet haben", erwiderte Lazlo, dessen Stimme brach. „Kann ich sie sehen?"

„Sie ist im Moment im Aufwachraum, aber ja, in ungefähr einer Stunde, wenn wir sie in ein Zimmer gebracht haben."

„Danke."

TIGER ÖFFNETE DIE AUGEN UND SPÜRTE DIE LEERE SOFORT. SIE legte eine Hand auf ihren Bauch und wusste, dass ihr Baby weg war. „Oh, verdammt."

Ihre Stimme war kaum mehr als ein Flüstern, aber sie hörte einen Stuhl auf dem Linoleumboden, dann kam Lazlo in ihr Blickfeld. „Liebling."

Er sagte nichts, er legte nur seine Stirn auf ihre, und sie weinten gemeinsam leise. Tiger zog ihn zu sich auf das Bett, und er zog sie nah an sich, um sie in die Arme zu nehmen. „Es tut mir so leid, Lazlo ... es tut mir leid, dass ich unser Baby verloren habe."

„Sag das nie wieder." Seine Stimme war barsch, aber sie wusste, dass es liebevoll gemeint war. „Es war die Chance von eins zu einer Million, und wir hatten Pech." Er küsste ihre Tränen weg und strich ihr das Haar aus dem Gesicht. „Ich liebe dich so sehr, und wir haben all die Zeit der Welt, um Kinder zu bekommen. Hunderte."

Tiger lachte und schluchzte zugleich. „Vielleicht nicht Hunderte ..."

„Aber wir werden unsere Familie haben, Liebling."

„Vielleicht hätte etwas getan werden können, wenn ich früher zum Arzt gegangen wäre."

Lazlo schüttelte den Kopf. „Nein. Der Arzt hat mir alles

erklärt. Es war ausgeschlossen, dass dieser ... Embryo es geschafft hätte."

Tiger stöhnte leise und qualvoll auf. *Embryo.* Aber sie wusste, warum Lazlo das sagte. Es war wesentlich schmerzhafter, ihren Verlust als Baby zu betrachten. Es zu benennen. Gott sei Dank hatten sie noch nicht einmal begonnen, sich für Namen zu entschieden. Gott sei Dank.

SIE SCHLIEF UNBESTÄNDIG, BIS DIE KRANKENSCHWESTER IHR eine Schlaftablette gab. Während der nächsten Tage wurde Tiger ruhelos, und als der Arzt sie endlich entließ, brachte sie Lazlo dazu, dass er für eine Weile um die Insel fuhr, damit sie die frische Luft einatmen konnte, bevor sie nach Hause gingen.

Fizz schien gedämpft zu sein, als verstünde er, dass etwas verloren war. Anstatt an Tiger hochzuspringen, kletterte er neben ihr auf die Couch und rollte sich ein, sein Kopf auf ihrem Bein.

Später, nachdem sie mit Fizz auf dem Sofa eingeschlafen war, machte sie sich auf die Suche nach Lazlo. Er war in der Küche, ihr den Rücken zugewandt, und starrte aus dem Fenster. Tiger ging zu ihm und ließ ihren Arm um seine Taille gleiten, aber bevor sie sprechen konnte, bemerkte sie das Fenster. Oder besser ... das Schloss am Fenster.

„Wann ist das da hingekommen?"

Lazlo folgte ihrem Blick. „Während du im Krankenhaus warst. Ich habe ein Sicherheitsteam bestellt, welches das Haus durchgegangen ist und alles verstärkt hat."

Tiger starrte ihn an, ihr Herz hämmerte schmerzhaft gegen ihre Rippen. „Warum?"

„Liebling, setz dich. Ich muss dir etwas sagen."

Tiger setzte sich, wobei ihr Blick nie ihren Mann verließ. Lazlos Gesichtsausdruck war grimmig. „Laz, du machst mir Angst."

Lazlo setzte sich und nahm ihre Hände. „Liebling, vor ein paar Tagen hat Teddy Hood mich angerufen. Es schien, als würde er von einem Journalisten geplagt, der sich Guy Tiberius nannte. Tiberius hat Fragen gestellt, wollte unbedingt über diesen Produzenten namens Dex Loomis wissen. Sagt dir der Name irgendetwas?"

Tiger schüttelte den Kopf. „Nein, überhaupt nicht. Sollte er das?"

„Tiberius hat behauptet, er würde versuchen, eine Verbindung zwischen dir und diesem Loomis zu finden. Er hat nicht gesagt, warum."

Tiger runzelte die Stirn. „Naja, ich habe nie von dem Kerl gehört, also warum ist das wichtig?"

„Tiger, Guy Tiberius ist Grant Waller."

Tiger fühlte sich, als hätte man ihr einen Schlag in die Magengrube versetzt. „Nein."

Lazlo nickte. „Teddy sagte, er hätte sich … wie besessen verhalten. Er hat ihn nicht sofort erkannt, da Waller sein Aussehen geändert hat und so schlimm verprügelt worden war, dass sein ganzes Gesicht deformiert war. Teddy fühlt sich grauenvoll, dass er nicht erkannt hat, wer er war."

Tiger schüttelte den Kopf. „Er ist …"

„Von dir besessen. Ja. Deshalb die Vorsichtsmaßnahmen. Das Letzte, was ich will, ist, dir Konditionen vorzuschreiben, aber ich hatte das schon einmal. Wir waren unachtsam, und Indy wäre beinahe gestorben. Also gehe ich keine Risiken mit deiner Sicherheit ein."

„Ich verstehe." Tiger fühlte sich kalt. „Scheiße, ich dachte, Waller hätte mehr Verstand."

„Hör zu, er hat dich in einem vollen Hotel mit haufenweise Security angegriffen. Der Kerl ist nicht richtig im Kopf. Ich hasse es, dich das zu fragen, aber weißt du, wie man eine Waffe benutzt?"

„Nein, und das will ich auch nicht." Tiger stand auf. „Nicht verhandelbar. Keine Waffen in diesem Haus. Allem anderen stimme ich zu, aber keine Waffen."

Lazlo seufzte. „Gut, aber bis er inhaftiert ist, gehst du nicht alleine raus."

„Meine Güte." Tiger legte die Arme um sich. „Das ist alles, was wir jetzt verdammt nochmal brauchen."

Lazlo brachte ein halbes Lächeln zustande. „Schmutziges Mundwerk."

„Entschuldige. Wahrscheinlich Hormone."

Lazlo streichelte ihr Gesicht. „Es tut mir leid, Liebling, aber bis wir ihn finden ... wenn es dir damit besser geht, die Polizei ist dran."

„Tut es nicht, aber okay." Sie legte für einen Moment den Kopf in die Hände. „Denkst du, Waller hat Apollo wehgetan?"

„Es besteht eindeutig die Möglichkeit. Er scheint ... verstört zu sein." Lazlo sah mehr als wütend aus. „Wenn er dir auch nur auf fünf Meilen nahekommt, werde ich …"

„Beende diesen Satz nicht." Tiger sah auf und griff seine Hände. „Tu es nicht. Dazu wird es nicht kommen."

Keiner von beiden konnte in dieser Nacht schlafen, und Tiger wusste, dass Lazlo jedem Knarren und jedem Geräusch lauschte, das das Haus machte, in voller Alarmbereitschaft für einen Eindringling. Er hatte ihr seinen Plan umrissen. „Im Coffee-Shop, wenn er eröffnet, werden entweder Johan oder ich bei dir und Sarah sein. Jetzt wirf mir nicht diesen Blick zu — es ist nicht, dass ich denke, du oder Sarah könntet euch nicht verteidigen. Es sind Johan und ich — oder ein verdammter Bodyguard. Entscheide."

Sie hatte mit den Augen gerollt, konnte aber nicht widersprechen. Der Gedanke an Grant Waller, der da draußen und davon besessen war, ihr wehzutun … nein. Scheiß auf ihn. Er würde nicht das glückliche Leben zerstören, das sie hier hatte. „Gut."

Aber die Anspannung blieb, selbst während sie einander im Bett hielten. Sie schlief schließlich ein, im Wissen, dass Lazlo hellwach war.

Er schüttelte sie ein paar Stunden später. „Jemand ist im Haus."

Angst ergriff ihr Herz, aber etwas war nicht in Ordnung. Lazlo sah nicht verängstigt aus — er lächelte. „Komm mit mir."

Er führte sie die Treppe hinunter, anscheinend nicht besorgt wegen des Eindringlings im Haus. In der Küche schien das

Mondlicht durch das Fenster, und am Ende des Raumes stand eine Gestalt im Schatten.

„Du hast sie hergebracht."

„Natürlich."

Verwirrt erlaubte Tiger Lazlo, ihre Hand zu nehmen und sie in die des Eindringlings zu legen, der ins Licht trat.

Tiger schrie, als Grant Waller sie anlächelte und Lazlo lachte. Grant hob das Messer in seiner Hand. „Jetzt schneiden wir das Baby aus dir heraus …"

„TIGER! TIGER, WACH AUF! ES IST OKAY, DU BIST OKAY … Liebling!"

Tiger öffnete die Augen und realisierte, dass sie schrie. Lazlo hielt sie, sein Blick war alarmiert. Sie schnappte nach Luft, versuchte verzweifelt, sich zu beruhigen.

Schließlich verlangsamte sich ihr Herzschlag, und sie ließ sich in Lazlos Umarmung sinken. „Es tut mir leid … ich hatte einen Albtraum."

„Es ist meine Schuld. Ich habe dir mit der Sache mit Waller Angst gemacht."

„Nein, Liebling, es ist in Ordnung." Sie rieb sich ihr Gesicht, sie fühlte sich albern. „Ich bin kein Kind, ich muss es wissen. Verdammte Albträume."

„Willst du mir davon erzählen?"

„Nicht wirklich." Sie erschauderte, als sie den Schrecken erneut erlebte. Lazlo küsste sie.

„Alles gut?"

Sie nickte und legte ihren Kopf an seine Schulter. „Aber ich will nicht wieder schlafen." Sie sah ihn an. „Hast du überhaupt geschlafen?"

„Nicht wirklich."

Sie seufzte. „Naja, Liebling, ich kann dich im Moment nicht mit Sex ablenken. Kann ich dein Interesse für einen Mitternachtsschmaus und eine gute Flasche Bourbon wecken?"

Lazlo lachte. „Gute Idee."

Sie gingen nach unten, gefolgt von einem verwirrten Fizz, und kampierten im Wohnzimmer. Sie zündeten Kerzen an, nahmen sich eine Flasche Alkohol und spielten Karten. Es lenkte Tiger völlig von ihrem Albtraum ab.

Als das Morgengrauen über der Insel anbrach, schlief Tiger endlich in Lazlos Armen ein, während sie gemeinsam auf der Couch kuschelten.

In einem Haus ein paar Blocks entfernt sah Dex Loomis ihnen zu. Es fiel ihm schwer, den Blick von Tiger abzuwenden, während sie in den Armen ihres Liebsten schlief. Sie hatte keine Ahnung, was auf sie zukam, und das machte Dex Loomis sehr glücklich.

Wirklich sehr glücklich.

KAPITEL ZWEIUNDZWANZIG – NO LIGHT, NO LIGHT

❧

The Island, San Juan Islands, Washington State

SARAH HATTE DARAUF BESTANDEN, DIE ERÖFFNUNG VON *THE Wharf* zu verschieben, bis Tiger sich vollständig von dem minimalinvasiven Eingriff zur Entfernung der Eileiterschwangerschaft erholt hatte, und so dauerte es noch weitere sechs Wochen, bevor *The Wharf* seine Türen endlich für die Kunden öffnete.

Zu sowohl Tigers als auch Sarahs Erleichterung war volles Haus, obwohl das vielleicht von der Anwesenheit von India Blue und Massimo Verdi unterstützt wurde. Tiger umarmte ihre Freunde. „Vielen Dank, dass ihr gekommen seid."

„Es ist umwerfend", sagte India mit einem Lächeln zu ihr, dann senkte sie die Stimme. „Geht es dir gut?"

Tiger nickte. „Es sollte nicht sein." Sie legte ihre Hand auf Indias Kugel. „Wie lange noch?"

„Ein paar Monate. Ich muss zugeben, ich bin ein wenig nervös. Nicht wegen der Geburt, aber danach."

Tiger lächelte ihre Freundin an. „Ich glaube nicht, dass du ansonsten bereit wärst. Komm und lern Johan kennen, Sarahs Freund. Er ist ein Schatz."

Apollo, Nell und Daisy erschienen kurz darauf, und Tiger war beschäftigt damit, ihnen das Kino zu zeigen und sich um die Kunden zu kümmern, die Tag für Tag kommen würden — hoffentlich.

Der Tag schien wie im Fluge zu vergehen, und bald, als die meisten Kunden begannen, sich zu verabschieden, wurde alles etwas ruhiger, und Tiger und Sarah begannen mit dem Aufräumen.

Tiger nahm ein paar Müllsäcke zusammen und ging nach draußen zum Container. Während sie die Säcke in den Müll warf, spürte sie, wie sich die Haare in ihrem Nacken aufstellten. Sie ließ den Deckel des Abfallcontainers mit einem Knallen los und wirbelte herum. Niemand war hinter hier und sie suchte die Bäume am Straßenrand nach irgendeinem Anzeichen von Bewegung ab. Ein wenig paranoid? Sie schüttelte den Kopf und drehte sich um, um wieder hineinzugehen, wobei sie hoffte, dass Lazlo nicht darüber verärgert sein würde, dass sie alleine hinausgegangen war. Sie seufzte. Sie hasste das, alles daran. Gerade als ihr Leben zu etwas geworden war, wovon sie nicht einmal zu träumen gewagt hatte …

Tiger ging zur Hintertür, aber bevor sie hineinging, spähte sie zum Ende der Gasse, da sie aus dem Augenwinkel eine Bewegung wahrnahm.

Sie sah die Gestalt eines Mannes, von Schatten verdeckt, der ihr zugewandt dastand — zumindest suggerierte das seine Haltung. Starrte er sie an? Ihre Haut kribbelte erneut, und sie griff die Türklinke, riss daran und ging hinein. Sie schloss die Hintertür ab. Es war vermutlich nichts — der Mann hatte vielleicht nicht einmal in ihre Richtung gestanden, wahrscheinlich nur jemand, der eine Zigarette rauchte.

Lazlo redete mit Johan, als sie zurück in den Hauptraum ging, und sie legte einen Arm um seine Taille. Lazlo lächelte zu ihr hinab. „Da ist sie ja."

„Ich habe gerade zu Lazlo gesagt, dass das eine wirklich tolle Sache ist, die du und Sarah hier erreicht habt."

Tiger strahlte ihn an und war überrascht, zwei pinkfarbene Flecken hoch auf Johans Wangen zu entdecken. „Danke, Kumpel. Hör zu, warum gehen du und Sarah nicht, und ich mache den Rest? Es ist nur noch ein wenig aufzuräumen."

„Ich kann helfen."

„Nah, ich schicke Lazlo an die Arbeit."

Lazlo grinste sie an. „So eine strenge Arbeitgeberin."

Tiger zwinkerte ihm zu. Sarah, die erschöpft aussah, kam zu ihnen und war dankbar, dass sie nach Hause gehen konnte. „Bist du sicher?"

Tiger scheuchte sie und Johan aus dem Coffee-Shop. „Wir sehen uns morgen."

Sie zog die Jalousien an den großen Panoramafenstern und der Tür herunter und drehte sich wieder zu Lazlo um. „Na … das war vielleicht ein Tag."

Lazlo breitete die Arme aus, und sie trat in sie hinein, wobei sie ihr Gesicht nach oben neigte, sodass er sie küssen konnte.

Seine Lippen waren zuerst zärtlich, dann, als sie ihren Körper an seinen presste, wurde der Kuss tiefer. Lazlo hob sie hoch, und sie legte die Beine um seine Taille, während er sie zu den großen, weichen Sofas in der Ecke des Raumes trug.

„Wird auch Zeit, dass wir die Räume hier einweihen", sagte Lazlo, während seine Finger ihre Jeans öffneten und sie ihr auszogen. Tiger lächelte zu ihm auf, und Verlangen durchströmte ihren Körper, als Lazlo ihre Unterwäsche auszog und sein Gesicht in ihrem Schritt verbarg.

Sie atmete scharf ein, als seine Zunge ihre Mitte fand. Sie hatten einander seit ihrer Operation nicht mehr geliebt, und sie realisierte jetzt, wie sehr sie das Gefühl seiner Berührungen vermisst hatte. Sie streichelte sein Haar, während er mit seiner Zunge spielte, bis sie erschauerte, beinahe an ihrem Höhepunkt. „Laz, ich brauche dich in mir ..."

Lazlo öffnete seine Hose und befreite sich, dann drückte er grob ihre Beine auseinander und drang in sie ein, seine Augen voller Lust, purer Liebe. „Du bist so schön, Tiger ..."

Sie liebten einander, schnell und beinahe animalisch, völlig auf einander konzentriert. Ihre Küsse waren wild, Tiger schmeckte Blut, als Lazlo seinen Mund auf ihren presste. Gott, das war alles, was sie je wollte, dieser Mann und Momente wie dieser.

Lazlo konnte den Blick nicht von ihr abwenden, während sie sich unter ihm wand. Als sie kam, sah er zu, wie sich ihr Rücken wölbte und fuhr mit einer Hand über ihren weichen Bauch, als er sich zu ihm drückte. Die Röte ihrer Haut und das leichte Schimmern ihres Schweißes waren für ihn unwiderstehlich.

Er kam tief in ihr, und während sie sich erholten, wollte sie, dass er für eine Weile in ihr blieb.

Schließlich räumten sie fertig auf, wobei sie kicherten wie liebestolle Teenager, dann gingen sie nach Hause. Als sie zum Haus kamen, fiel Lazlo eine Bewegung an der Seite ins Auge, und er hielt an, wobei er Tiger automatisch hinter sich schob.

„Was ist?"

Er antwortete nicht sofort, stattdessen suchte er mit den Augen die dunklen Bäume an der Ecke ihres Zuhauses ab. „Nein. Nichts. Entschuldige, Liebling, mein Fehler."

Sie gingen hinein, und Tiger lächelte ihn an. „Es scheint ansteckend zu sein. Die Paranoia, meine ich. Ich habe vorhin Müll nach draußen gebracht —"

„— allein?"

Tiger rollte mit den Augen. „Ja, allein. Ich brauche nicht vierundzwanzig Stunden am Tag einen Babysitter."

„Entschuldige."

„Aber — und werde nicht selbstzufrieden — ich habe gedacht auch etwas gesehen zu haben. Wir werden zu den Leuten mit Hüten aus Alufolie."

Lazlo zuckte die Achseln. „Waller liegt in der Luft und ist besessen von dir. In diesem Szenario ist Wachsamkeit keine Paranoia."

„Wenn du das sagst. Wie auch immer, genug von diesem Idiot. Gehen wir ins Bett, Liebling, ich bin fix und fertig."

Los Angeles

· · ·

Ihre Paranoia war allerdings deplatziert. Grant Waller war nicht einmal in der Nähe der Insel, als *The Warf* eröffnete. Er war immer noch in Los Angeles, wo er bei Freunden auf dem Sofa schlief. Jemand aus Loomis' Studio hatte ihn angerufen, angewiesen durch Teddy Hood, der sich seither weigerte, seine Anrufe entgegenzunehmen. Grant hatte einen weiteren Anruf riskiert, und es war sofort klar, dass Teddy wusste, wer er war. „Lassen Sie Tiger in Ruhe, Waller, oder so wahr mir Gott helfe, Sie werden es bereuen."

Verdammt. Aber die Lakaien vom Studio rief ihn trotzdem an. „Sie wollen über Dex Loomis hören?"

„Will ich."

Das meiste, was sie ihm erzählte, wusste er bereits. Loomis war Anfang vierzig, unverheiratet und war dem Studio von einem höheren Tier empfohlen worden. Niemand wusste viel von ihm, und Grant konnte vor der Arbeit im Studio keinerlei Einträge über einen Dexter Loomis finden. „Wer war das höhere Tier?"

Sein Kontakt zögerte, dann sagte sie es ihm, wobei sie den Namen eines großen Produzenten fallen ließ. Das war seine einzige Verbindung, und er würde ein Treffen mit dem Mann organisieren müssen. Das Problem war ... besagter Produzent versteckte sich, da er vor kurzem als Serien-Missbrauchstäter junger Männer geoutet worden war. Das war ein Anhaltspunkt. Vielleicht war Dex einer seiner Liebhaber gewesen und hatte gedroht, ihn zu outen, wenn er ihm nicht half, ins Studio zu kommen.

Grant telefonierte herum, forderte ein paar Gefallen ein und fand den Behandlungsort, in der der Mann, Edgar Higham, ‚behandelt' wurde. *Mehr wie ein Kurort*, dachte Grant schnaubend, als er die Neuigkeiten erfuhr. All diese Widerlinge, die plötzlich auftauchten und immer eine nicht entschuldigende Entschuldigung vorbrachten: ‚Es tut mir leid, Sie gekränkt zu haben' — alle von ihnen buchten sich eine ‚Behandlung'.

„Bockmist." Grant schüttelte den Kopf. „Wenigstens habe ich meine Zeit abgesessen." Als würde das seinen Angriff auf Tiger entschuldigen.

Etwas veränderte sich in Grant Waller. Ein Gefühl, das ihm neu war. Scham. Er war kein guter Mann, das wusste, aber wenn er an den Zorn zurückdachte, der ihn bei seinem Angriff auf Tiger aufgefressen hatte ... er konnte es kaum glauben. Und jetzt wusste er, dass sein Leben nie so sein würde, wie er es gewollt hatte. Er würde immer einer dieser Widerlinge sein. Ein Missbrauchstäter. Er konnte nichts tun, was auch nur ansatzweise das wiedergutmachen würde, was er getan hatte. Nichts.

Aber vielleicht kann ich wenigstens Dex Loomis schlagen. Der Welt etwas, so klein es auch ist, zurückgeben. Grant fand die Adresse des Behandlungszentrums, mietete ein Auto und fuhr los.

THE ISLAND, SAN JUAN ISLANDS, WASHINGTON STATE

INDIA SCHLIEF, ALS IHRE FRUCHTBLASE PLATZTE, UND SIE wachte auf, erschrocken über die plötzliche Nässe. Es war zu früh. Das Baby war erst im siebten Monat ...

Sie kämpfte gegen die Panik an und rüttelte Massimo wach. „Massi ... meine Fruchtblase ist eben geplatzt."

„Was?" Massimo setzte sich alarmiert auf, die Augen aufgerissen, die Haare in alle Richtungen stehend. „Okay, einfach atmen, Liebling, wir fahren ins Krankenhaus."

Als sie die Klinik auf der Insel erreicht hatten, kamen Indias Wehen schnell, und sie keuchte durch den qualvollen Schmerz hindurch. Der Frauenarzt untersuchte sie. „Na, dieses Baby hat es eilig, wie es scheint. Wir kriegen das hin, Indy, keine Sorge."

„Ist er oder sie nicht zu früh?"

„Na ja, ja, aber keine Sorge. Es ist nicht ungewöhnlich, dass Babys in der vierunddreißigsten Schwangerschaftswoche geboren werden, und es besteht immer die Möglichkeit, dass die Daten nicht ganz gestimmt haben. Ist das Ihre erste Schwangerschaft?"

India schüttelte den Kopf. „Nein … ich hatte vor siebzehn Jahren ein Kind." Sie schluckte schwer, im Versuch, sich nicht daran zu erinnern. Die Tochter ihrer Vergewaltigers, der Mann, der versucht und beinahe Erfolg damit gehabt hätte, sie zu töten … zweimal. Die Tochter des Mannes, den sie umgebracht hatte, um ihr Leben zu retten.

India fühlte Massimos Hand auf ihrer Schulter. „Doc … gibt es irgendwas, das wir tun können? Können die Wehen gestoppt werden?"

„Jetzt nicht mehr. Jetzt, wo die Fruchtblase geplatzt ist, müssen wir den kleinen Jungen oder das kleine Mädchen rausholen." Er lächelte sie an. „Sie weiten sich normal, India, und sowohl Ihre Werte als auch die des Babys sind gut. Halten Sie durch. Ich bin bald wieder zurück."

India umklammerte Massimos Hand in dem Moment, in dem sie alleine waren. „Es wird alles gut werden, oder?"

„Natürlich wird es das." Massimos Stimme war beruhigend für ihre aufgeriebenen Nerven. „Soll ich Lazlo anrufen? Er wird es wissen wollen."

„Ja, bitte." Sie fühlte sich besser in dem Wissen, dass von ihnen beiden wenigstens Massimo ruhig war. Sie streichelte ihren Babybauch. So lange war sie wegen dieses Kindes hin- und hergerissen gewesen, aber jetzt wollte India nur, dass er oder sie gesund geboren wurde. Sicher und gesund. Ihre erste Tochter war glücklich gewesen, hatte ein glückliches, sicheres, geborgenes Leben mit ihren Adoptiveltern geführt, bis die Krankheit sie ihnen genommen hatte, und obwohl India die Risiken kannte, ein Leben in diese Welt zu setzen, das sie eines Tages vielleicht verlieren würde …

„Hör auf, zu viel nachzudenken", sagte Massimo zu ihr, der in ihre Träumerei einbrach. „Wir wissen nicht, ob es deine Gene waren, die deiner Tochter die Krankheit gegeben haben, die sie getötet hat. Es war vielleicht … er."

„Ich weiß." Sie sah zu Massimo auf, in seine strahlend grünen Augen. „Liebling, das ist es, weißt du. Wir werden Eltern."

Massimos Lächeln war blendend. „Ich weiß. Ich kann es kaum erwarten."

KAPITEL DREIUNDZWANZIG – ALIVE

he Island, San Juan Islands, Washington State

LUCIANA PRIYA VERDI WURDE SECHS STUNDEN SPÄTER geboren, und auch wenn sie winzig war, teilten die Ärzte ihren erschöpften, aber freudigen Eltern mit, dass es ihr gutging, dass sie eher im achten Monat als im siebten gewesen war, dass sie gut atmete. „Wir behalten Sie beide für ein paar Tage hier, um sicherzustellen, dass alles in Ordnung ist."

India hielt ihre Tochter in den Armen, unfähig dazu, den Blick von ihrem winzigen, perfekten Gesicht abzuwenden. Sie hatte bereits dicke, dunkle Locken auf ihrem kleinen Kopf, wie Massimos, aber sie hatte Indias zarte Züge: die Mandelaugen, die molligen Wangen. „Sie ist so schön." India konnte nicht aufhören zu weinen, vor Glück und vor den Hormonen, die durch ihren Körper rasten.

Massimo war ebenfalls ganz außer sich, machte endlose Fotos von Frau und Kind, schickte sie seiner Mutter in Italien, seinen Geschwistern in Rom und Gabe, Indias Bruder in New York.

Lazlo und Tiger kamen im Krankenhaus an, als India kurz vor der Geburt stand und warteten im Raum für Familienangehörige auf Neuigkeiten. Massimo holte sie, um das Baby zu sehen, sobald es der Frauenarzt erlaubte. Lazlos Augen waren groß, als er seine frischgeborene Nichte erblickte, und India spürte Tigers Konflikt. Freude für India und Massimo, Trauer über den Verlust ihres eigenen Kindes. India gab Tiger das Baby, damit sie es halten konnte, und sah zu, wie sich ihre Augen mit Tränen füllten, als sie auf Lucy hinabblickte. „Sie ist perfekt."

„Ja, oder?" India ergriff Tigers freie Hand. „Bald wirst das du sein, das weiß ich einfach."

Tiger, überwältigt von ihren Gefühlen, küsste Indias Wange. „Ich freue mich so für dich, Liebes, wirklich. Das sind Freudentränen."

India drückte die Hand ihrer Schwägerin. „Ich weiß."

LAZLO WAR EBENFALLS VÖLLIG ÜBERWÄLTIGT VON DER LIEBE, die er für seine Nichte empfand. Er schlug Massimo auf den Rücken, dann überlegte er es sich anders und zog ihn in eine Umarmung. „Glückwunsch, Mann. Wirklich."

Massimo, der sein Herz immer auf der Zunge trug, grinste, wobei seine eigenen Augen vor Tränen glänzten. „Sag es nicht India, aber sie hat mir eine höllische Angst eingejagt, indem sie so früh Wehen bekommen hat. Ich dachte, mein Gott, nicht das, nimm uns das nicht weg." Er sah Lazlo entschuldigend an. „Entschuldige, das war unsensibel."

„Überhaupt nicht", versicherte Lazlo ihm. „Was uns passiert ist, war dummes Pech. Die gute Neuigkeit ist, dass es Tiger gutgeht und wir es erneut versuchen können, wenn wir bereit dazu sind. Ich weiß von dem Warten, das ihr hattet. Ich freue mich so für euch."

DER ARZT HATTE INDIA GESAGT, SIE SOLLE SICH AUSRUHEN, aber sie konnte nicht für lange Zeit den Blick von ihrer Tochter abwenden. Massimo war auf dem Stuhl neben Indias Bett eingeschlafen, und sie grinste über sein leises Schnarchen. Sie stand auf und nahm das schlafende Kind aus seinem Bett. Sie war dankbar, dass Lucy nicht an irgendwelche Schläuche oder Sauerstoffgeräte angeschlossen werden musste, dass sie absolut gesund zu sein schien. Das Baby schlief gut, und India hielt sie eng an sich, Haut an Haut, da sie die Verbindung so stark wie möglich machen wollte.

Sie stillte ihre Tochter, als diese aufwachte und nach ihrem Essen verlangte, und die Liebe, die sie für ihre Tochter empfand, war wie nichts, was sie je zuvor gespürt hatte. India blickte zu Massimo, der aufgewacht war und ihnen zusah, wobei die Liebe in seinen Augen tief und grenzenlos war. Sie lächelte ihn an. „Kannst du glauben, dass dieser kleine Schatz unserer ist?"

Massimo stand auf und kam zu ihr, um die Arme um sie beide zu legen. „Kann ich." Er presste seine Lippen an ihre Schläfe. „Wir haben es geschafft, Indy. Wir haben es geschafft."

TIGER LAG WACH, ABER NICHT AUS TRAURIGKEIT. SIE DACHTE immer wieder an ihre winzige Nichte, an das Glück ihrer Eltern, und es machte sie glücklich. Sie gewöhnte sich an den

Gedanken, dass sie und Lazlo in naher Zukunft keine Eltern werden würden, aber in ihrem Herzen wusste sie, dass sie es werden würden. Eines Tages.

„Was denkst du?"

Sie drehte sich auf die Seite und sah Lazlo an, dann erzählte sie ihm, woran sie gedacht hatte. Er nickte. „Allerdings."

„Wie fühlt es sich an, Onkel zu sein?"

Er lächelte. „Überwältigend."

Tiger streichelte sein Gesicht und fuhr mit den Fingerspitzen leicht über seine Stoppeln. „Laz ... wenn ich etwas sage, wirst du mir versprechen, es mir nicht übel zu nehmen?"

„Klar. Was liegt dir auf dem Herzen?"

„Es ist nur ... ich glaube an Schicksal. Ich denke, dass unser Baby ... die Schwangerschaft — es ist weniger schmerzhaft, es so zu sehen — nicht hatte sein sollen. Nicht, bis wir komplett befreit sind von ... äußeren Mächten, die uns vielleicht nicht das Beste wünschen."

„Das ist aber ein ziemlich verschachtelter Satz. Sag einfach seinen Namen."

„Grant."

Lazlo küsste sie. „Wir werden uns um diesen degenerierten Loser kümmern, aber ich lege unser Leben wegen ihm nicht auch nur eine Sekunde auf Eis."

Tiger lächelte ihn dankbar an. „Gut. Das ist gut. Scheiß auf ihn."

„Genau." Er zog sie nah an sich. „Nichts wird uns jetzt verletzen."

· · ·

Eine Woche später war Tiger früh beim Coffee-Shop, und obwohl sie überrascht war, Sarah nicht bereits beim Öffnen zu sehen, zuckte sie die Achseln, schloss die Tür auf und schloss sie hinter sich. Sie öffnete die Vorhänge und schaltete all die Kaffeemaschinen ein. Für die nächste Stunde war sie beschäftigt damit, alles für den Tag vorzubereiten und mit dem Lieferjungen zu plaudern, der ihnen von einer der eigenständigen Bäckereien auf der Insel Backwaren lieferte.

Als die Öffnungszeit näher rückte, sah sie auf die Uhr. Es war ungewöhnlich für Sarah, so spät zu sein. Tiger holte ihr Handy hervor und wollte ihre Freundin gerade anrufen, als sie Johan an der Tür sah. Sie ließ ihn hinein. „Hey du."

„Hey Tiger. Es tut mir leid, aber ich habe schlechte Neuigkeiten. Sarah ist krank. Sie hat sich gestern Abend nicht wohlgefühlt und hat den Großteil der Nacht damit verbracht, sich zu übergeben."

„Oh, die Arme. Sag ihr, sie soll sich keine Sorgen machen, ich komme alleine klar."

„Na ja, eigentlich hat sie mich geschickt, um auszuhelfen, wenn das in Ordnung ist?"

Tiger war überrascht. „Wirklich? Du kannst die Zeit erübrigen?"

„Kann ich. Ich bin momentan ohne Aufträge."

Geistig fragte Tiger sich, ob Johan insgeheim vermögend war, da er immer ‚ohne Aufträge‘ zu sein schien, aber das ging sie wirklich nichts an. Sie mochte den Mann sehr, aber sie hatte nie Zeit mit ihm alleine verbracht und fühlte sich ein wenig unbehaglich. Trotzdem wäre es schwierig, sein Angebot abzulehnen, ohne ungehobelt zu wirken, also lächelte sie einfach und nickte. „Wenn du magst."

Man musste ihm lassen, Johan lernte schnell und schien sich damit wohlzufühlen, mit Leuten umzugehen, selbst wenn seine Unterhaltung ein wenig gestelzt wirkte und er nicht so herzlich war, wie Tiger sich erhofft hatte.

Er ist schüchtern, dachte sie überrascht, und Tigers Theorie wurde bestätigt, als sie sah, wie er knallrot wurde, als eine Horde Studentinnen bei ihm Kaffee und heiße Schokolade bestellte. Sie beäugten ihn anerkennend, und Tiger grinste, als er mit flammenden Wangen zurück zur Theke kam.

„Du hast Fans gewonnen." Sie stieß ihn mit der Schulter an, und er rollte mit den Augen.

„Sie sind jung genug, um meine Kinder zu sein." Er schüttelte den Kopf, während er die heiße Schokolade machte.

Tiger sah ihn neugierig an. „Du hast noch nie zuvor Familie erwähnt, Johan. Hast du Kinder?"

Er schüttelte den Kopf. „Nein. Vor Sarah habe ich nie eine Frau getroffen, mit der ich Kinder haben wollte."

„Was ist mit deinen Eltern? Hast du sie noch?"

Johan war einen Moment stumm und obwohl er sich auf seine Arbeit zu konzentrieren schien, konnte Tiger das Zögern in seinen Augen sehen, als er schließlich zu ihr aufsah. „Nein. Mein Vater ist gegangen, als ich ein Kind war. Meine Mom ist vor ein paar Jahren gestorben."

„Tut mir leid."

Johan nickte ein wenig steif. „Danke. Entschuldige mich für einen Moment, ich serviere nur die Getränke."

Tiger fragte sich, ob sie ihn verärgert hatte, aber als er zurückkam, lächelte er sie sanft an. „Es tut mir leid, es ist schwer, darüber zu reden."

„Es ist okay, ich hätte nicht schnüffeln sollen."

„Hast du nicht, es ist eine absolut normale Frage. Wir lernen einander immer noch kennen. Hast du noch deine Eltern?"

Tiger schüttelte den Kopf. „Nein. Sie sind bei einem Autounfall gestorben, als ich achtzehn war."

„Dann tut es mir auch leid. Wir beide ... na ja. Meine Mutter ... sie hat sich umgebracht, nachdem mein Vater die Familie verlassen hat."

„Oh Gott, das ist fürchterlich, Johan." Tiger legte ihre Hand auf seinen Arm, bereute es aber, als sein Gesicht rot wurde. Oh, nein. Johans Blick wurde zärtlich, als er sie ansah.

„Danke." Seine Stimme war beinahe ein Flüstern. Tiger zog vorsichtig ihre Hand zurück und wandte sich wieder ihrer Arbeit zu, um die merkwürdige Anspannung zwischen ihnen aufzulösen. Lazlo hatte sie damit aufgezogen, dass Johan in sie verknallt war, aber sie hatte nicht wirklich Beweise dafür gesehen.

Bis jetzt. Sie kannte diesen Blick. Scheiße. Das war das Letzte, was sie jetzt brauchte.

Zu ihrer enormen Erleichterung ging Johan weg, um ein paar Tische sauberzumachen, und der plötzliche Andrang von Kunden bedeutete, dass sie für die nächsten Stunden viel zu beschäftigt waren, um irgendetwas anderes zu sein.

Als Tiger Lazlo durch die Tür kommen sah, als der Abend hereinbrach, strahlte sie ihn an. „Du bist besser nicht los, um ohne mich das Baby zu sehen."

Er lachte. „Nein, ich habe gearbeitet. Tomas Meir hat sich wieder gemeldet."

„Hast du Ja gesagt?" Tiger war begeistert, als Lazlo lächelnd nickte.

„Habe ich. Unsere Anwälte besprechen manche Dinge noch genauer, aber ja. Ich bin jetzt Partner in der *Quartet Recording Company*."

Tiger jubelte und ging zu ihm. Er hob sie hoch und wirbelte sie umher. „Ein neuer Teil unseres neuen Lebens, Liebling."

„Was feiern wir?"

Lazlo setzte Tiger ab und drehte sich beim Klang von Johans Stimme um. „Oh, hey Mann ..." Er sah ein wenig verwirrt aus, als er sah, wie Johan ein Tablett dreckiger Tassen trug. „Habe ich etwas verpasst?"

„Sarah ist krank. Johan hilft mir aus."

Lazlo nickte, sein Lächeln verblasste. „Oh, ich verstehe."

Johan nickte und schenkte Lazlo ein freundliches Lächeln, aber Lazlos Augen waren schmaler geworden, und Tiger bemerkte es. Sie fragte ihn nicht danach, bis sie viel später gemeinsam nach Hause fuhren. „Was ist los mit dir und Johan?"

Lazlo seufzte. „Nichts. Ich meine, er ist ein guter Kerl, er hat dir dein Leben gerettet, und trotzdem ..."

„Und trotzdem?"

Lazlo lächelte sie verlegen an. „Er ... er ist in dich verknallt, und es ist ärgerlich. Verständlich, aber ärgerlich." Er lächelte, um seine Worte sanfter zu machen, aber Tiger fühlte sich unwohl.

„Ich weiß." Sie seufzte und schüttelte den Kopf. „Ich habe es heute endlich gesehen, aber es fühlt sich so falsch an, es zu sagen. So eingebildet."

„Nicht, wenn es die Wahrheit ist."

„Ich bin sicher, es geht vorbei. Er hat mir heute ein paar Dinge über seine Familie erzählt. Ziemlich tragische Dinge." Tiger erzählte ihm die Dinge, die Johan über seine Eltern gesagt hatte. Lazlo nickte.

„Hartes Zeug. Trotzdem ... bekommst du je den Eindruck, dass er dir nur das sagt, von dem er will, dass du es weißt, und sonst nichts? Ich meine, wir kennen den Kerl jetzt seit Monaten, und das ist das erste Mal, dass wir überhaupt eine Sache über ihn erfahren haben. Wir wissen, dass er Innenarchitekt ist, aber um ehrlich zu sein, habe ich keine Beweise dafür gesehen, du? Als wir *The Wharf* aufgebaut haben?"

Tiger dachte zurück. „Das ist vielleicht gar nichts. Immerhin waren Sarah und ich ziemlich entschlossen, was wir wollten. Du könntest sagen, dass er nur Grenzen respektiert hat."

„Vielleicht."

Tiger legte ihre Hand auf Lazlos Oberschenkel. „Reden wir nicht mehr über Johan. Ich werde Sarah nach dem Abendessen anrufen und nachsehen, ob es ihr gutgeht."

. . .

ABER SARAH GING NICHT RAN, UND ERST ALS ES BEINAHE ZEIT zum Schlafengehen war, bekam Tiger eine Nachricht von ihr.

HEY SÜßE, ES TUT MIR LEID, DASS ICH VORHIN NICHT ABGENOMMEN habe. Die Grippe hat mich fertiggemacht. Ich hoffe, Johan hat nicht gestört? Ha ha. Er hat angeboten, morgen wieder zu helfen — ich glaube nicht, dass ich es schaffen werde, tut mir leid.

LAZLO LAS DIE NACHRICHT ÜBER IHRE SCHULTER UND GRUNZTE. „Sag ihm, er soll sich nicht bemühen. Ich werde morgen dein Kaffee-Leibeigener sein."

Tiger grinste, als sie zurückschrieb.

HEY LIEBES, GUTE BESSERUNG. SAG JOHAN DANKE, ABER LAZLO markiert sein Revier und hilft mir. MÄNNER. :D Hab dich lieb, T x

„HEY", PROTESTIERTE LAZLO, ALS ER IHRE NACHRICHT LAS, lachte dann aber. Tiger legte ihr Handy weg und kitzelte ihn.

„Du bist so ein eifersüchtiger kleiner Mochi."

„Mochi?"

Tiger zuckte die Achseln. „Was auch immer. Jelly Belly Boy."

„Nicht eifersüchtig."

„Schwachsinn."

Lazlo lachte und zog sie an sich. „Ich bin auch nur ein Mensch."

Tiger sah zu ihm auf. „Du musst nie wegen irgendjemandem eifersüchtig sein, Mr. Schuler. Ich bin dein, für immer."

DEX LOOMIS LÄCHELTE, ALS ER DIE NACHRICHT BEKAM. TIGER hatte immer noch keine Ahnung, keine. Er legte Sarahs Handy weg und nahm das Tablett mit Essen und Getränk hoch, wobei er es vorsichtig balancierte, als er die Holztreppe hinunterging.

Sarah saß auf dem Bett und sah mit entsetztem Blick zu ihm auf. Die Handschelle an ihrem rechten Handgelenk, die sie an der Wand festmachte, rasselte, als sie versuchte, nach ihm zu greifen.

Dex stellte das Tablett vorsichtig ab, gerade außerhalb ihrer Reichweite. „Wirst du dich dieses Mal benehmen? Denn wenn ich einen weiteren Teller voller Essen ins Gesicht bekomme, Sarah Liebling, wird es das letzte sein, was du für eine Weile siehst."

„Warum? Warum tust du das? Johan …"

„Mein Name ist nicht Johan, und ich glaube, das weißt du, meine süße Sarah."

Er setzte sich neben sie auf das Bett und nahm ihr Gesicht in die Hände. „Denke nicht, dass das daran liegt, dass ich nicht für dich schwärme. Denn das tue ich. Aber du bist nicht der Grund, aus dem ich hier auf der Insel bin. Ich brauche sie alleine, Sarah. Ich brauche sie isoliert."

Sarah schüttelte den Kopf. „Aber warum? Wer ist Tiger für dich, Johan? Wer?"

Sein Lächeln war ohne jeden Humor, als er ihr Kinn mit den

Fingern kniff, bis sie ihren Kopf wegzog. „Weil", sagte er leise, „weil sie der Grund ist. Sie ist der Grund, aus dem mein Vater mich verlassen hat. Sie ist der Grund, aus dem sich meine Mutter umgebracht hat. Tiger Rose wird die Hölle kennenlernen, Sarah. Sie wird sie sehen, denn das ist das, was mir ihre Existenz bedeutet. Und sie wird die Hölle kennenlernen, bevor sie stirbt, Sarah. Sie wird die Hölle kennenlernen."

KAPITEL VIERUNDZWANZIG – SECRETS

❧

The Island, San Juan Islands, Washington State

TIGER BEENDETE DEN ANRUF FRUSTRIERT. JOHAN BESTAND darauf, dass Sarah zu krank war, um Besuch zu empfangen, um den Anruf entgegenzunehmen, aber sie musste es ihm lassen. Er klang völlig krank vor Sorge. „Die sprechen davon, sie zu isolieren, Tiger, aber sie weigert sich, ins Krankenhaus zu gehen. Die denken, sie hat vielleicht eine Lungenentzündung."

„Ich sollte kommen und dir helfen."

„Sie will niemanden sehen." Johan klang so aufgebracht, wie sie sich fühlte. „Es tut mir so leid, Tiger, sieh mal, warum stellst du nicht vorübergehend jemand anders ein? Ich werde selbst dafür aufkommen."

„Nein, sei nicht albern, ich komme klar. Sag Sarah nur, dass ich sie lieb habe und dass sie sich erholen soll, bevor sie es überhaupt in Erwägung zieht, zurückzukommen."

„Werde ich. Ruf mich an, wenn du irgendetwas brauchst."

Irgendetwas stimmte nicht, aber Tiger konnte nicht herausfinden, was es war. Beim Abendessen bemerkte Lazlo ihre Stimmung und fragte sie, was los war. Sie erzählte ihm von ihrer Unterhaltung mit Johan. „Ich verhalte mich wahrscheinlich wie eine Idiotin, aber irgendetwas scheint nicht zu stimmen. Sarah kann wirklich nicht telefonieren?"

Sie seufzte und legte ihre Gabel hin, dann schob sie ihren Teller von sich. „Es tut mir leid, Liebling, ich habe keinen Appetit."

„Du wirst doch nicht auch krank?" Lazlo legte eine Hand auf ihre Stirn, aber sie schüttelte den Kopf.

„Nein, es geht mir gut." Sie lachte kurz auf. „Ich nehme an, so ist es, wenn man Leute liebt. Man macht sich Sorgen."

„Das tun wir. Sieh mal ... warum machen wir nicht eine kleine Fahrt über die Insel, und wenn wir zufällig an Sarahs Haus vorbeikommen und die Lichter an sind ..."

Tiger grinste Lazlo an. „Raffiniert. Gefällt mir."

SIE WARTETEN, BIS ES DUNKEL WURDE, DANN STIEGEN SIE INS Auto. Lazlo nahm die Küstenstraße, bis sie in den Teil der Stadt kamen, in dem Sarah wohnte. Als sie in ihren Straßenzug abbogen, legte Tiger ihre Hand auf Lazlos Arm. „Halt an. Park hier und mach das Licht aus."

Lazlo runzelte die Stirn, tat aber wie befohlen. Tiger zeigte die Straße hinauf. „Sieh mal."

Lazlo blickte in die Richtung, in die Tiger zeigte und sah, wie Johan aus Sarahs Haus herauskam. Er stieg in sein Auto und wendete. Er schaltete die Scheinwerfer ein, wodurch er Lazlos Auto beleuchtete, und Tiger und Lazlo glitten instinktiv auf ihren Sitzen hinab, bis Johan an ihnen vorbeigefahren war.

Dann setzte Tiger sich auf und sah hinaus, um sicherzustellen, dass das Auto weg war. „Wo zur Hölle fährt er zu dieser Zeit hin?"

„In Ordnung, beruhige dich, Sherlock. Er fährt vielleicht zur Apotheke, um Medizin für Sarah zu holen."

Tiger biss sich auf die Lippe. „Ich werde an die Tür klopfen."

„Was?"

„Ich weiß, was Sarah gesagt hat, aber was, wenn … ich weiß nicht. Ich fühle mich einfach besser, wenn ich selbst gesehen habe, dass es ihr gut geht. Du hältst Ausschau."

Lazlo seufzte. Tiger war eindeutig auf einer Mission. „In Ordnung."

Sie stiegen aus und gingen die Straße hinunter zu Sarahs Haus. Es lag im Dunkeln. Tiger klopfte an die Tür, und sie warteten. Nichts. Sie wollte durch die Fenster spähen, schüttelte aber den Kopf. „Ich kann nichts sehen."

„Du wirst sie aufwecken." Lazlo kontrollierte die Straße, plötzlich nervös. Tiger hatte recht, irgendetwas an der Sache war verdächtig.

Tiger ging um das Haus herum. „Was tust du da? Tiger!"

Sie machte ein zischendes Geräusch und winkte ihn herbei.

„Sarah hat mir gesagt, ihre Hintertür würde nicht richtig schließen. Du hältst Ausschau."

Er realisierte auf einmal, was sie tun wollte und griff ihren Arm. „Im Ernst? Du willst einbrechen?"

„Jap." Tiger grinste ihn an. „Wie gesagt, halte Ausschau. Ich will nur sichergehen, dass sie da drin noch lebt."

Sie öffnete mit Leichtigkeit die Hintertür und verschwand mit einem letzten Grinsen im Inneren des Hauses.

„Fuck, fuck, fuck!", zischte Lazlo und schüttelte den Kopf. Aber er hatte keine andere Wahl, als Ausschau zu halten, und als er weniger als fünf Minuten später Johans Auto in die Straße biegen sah, sprang ihm das Herz in den Hals.

Er ging zur Tür. „Tiger! Tiger! Johan ist zurück ... Tiger!"

Tiger erschien im Flur und eilte zu ihm. Hinter ihr begann sich die Haustür zu öffnen und das Licht der Veranda schien hindurch. Lazlo griff Tiger und zog sie aus dem Blickfeld, als die Hauptbeleuchtung eingeschaltet wurde, dann gingen sie in gekauertem Gang wieder zurück durch die Hintertür, wobei sie kaum atmeten. Hatte Johan irgendetwas bemerkt? Sie lauschten nach irgendeinem Anzeichen dafür, dann schlich sich Lazlo um die Seite des Hauses, weg von der Hintertür. Sie hörten Johans Schritte auf der Veranda und spähten um die Ecke. Er stand da und starrte in den Garten. Die Art, wie er absolut bewegungslos war, ließ Lazlo einen Schauer über den Rücken laufen. In seiner Hand lag ein Montiereisen. Lazlo schloss die Augen, ihm wurde übel. Noch ein paar Sekunden, und Johan hätte Tiger gefunden, und wenn er sie für einen Einbrecher gehalten hätte ... nein. Nein.

Er zog Tiger weg, und sie gingen still und leise an der Vorderseite des Hauses vorbei und die Straße hinunter. Als sie ins Auto stiegen, atmete Lazlo erleichtert aus, aber Tiger legte einen Finger auf ihre Lippen und schüttelte den Kopf, wobei sie ihm signalisierte, er solle sich erneut ducken.

Eine Sekunde später war wieder Johans Auto zu hören, das ein weiteres Mal vom Haus wegfuhr. Tiger setzte sich auf. „Folge ihm", sagte sie sanft, aber ihr Blick war hart, und Lazlo nickte.

Während er wendete und begann, in die Richtung zu fahren, in die Johan verschwunden war, sah er seine Frau an. „Was? Was ist, Tiger?"

Sie drehte sich zu ihm um, und er sah, dass ihre Augen groß vor Sorge waren. „Sie ist nicht da. Sie ist nicht im Haus. Die Schlafzimmer waren leer. Jedes Zimmer war leer, Lazlo. Wo zur Hölle geht er so spät abends hin? Und wo zum Teufel ist Sarah?"

* * *

Dex bemerkte nicht, dass ihm ein Auto folgte, bis er beinahe an seinem Ziel war, und als er sah, wie es langsamer wurde, als er es tat, erhaschte er einen flüchtigen Blick auf das Nummernschild. Lazlos Auto. Fuck …

Er hielt am Straßenrand an, nahm sein Handy und tat so, als würde er einen Anruf entgegennehmen. Sie hatten keine andere Wahl, als an ihm vorbeizufahren, und aus dem Augenwinkel sah er, wie sich Lazlo von ihm abwandte. Also folgten sie ihm? Was zur Hölle?

Erkenntnis traf ihn. Sie waren im Haus gewesen. Er hatte es so eilig gehabt — er hatte umdrehen müssen, um Sarah ein paar saubere Klamotten mitzubringen, frische Unterwäsche, gewaschene Jeans. Er war kein solches Monster, dass er ihr diese Dinge verweigern würde. Ihm war gar nicht der Gedanke gekommen, dass irgendjemand im Haus gewesen sein könnte, obwohl er einen durchwehenden Luftzug gespürt hatte. Sarahs Hintertür. Sie schloss nicht richtig.

War es ein Fehler gewesen, Sarah so früh aus dem Spiel zu nehmen? Er hatte den rechten Augenblick abgepasst und es tatsächlich genossen, sie zu daten, während er am Bunker gearbeitet hatte. Vielleicht hatte er voreilig gehandelt, aber jetzt, wo er gebaut war, wollte er wissen, ob er jemanden dort über einen längeren Zeitraum hinweg festhalten konnte, bevor ...

Es war eine Schande. Er mochte Sarah sehr. Sie war schön und nett und lustig ... und entbehrlich. Dex sah zu, wie die Rücklichter von Lazlo Schulers Auto verschwanden. Er wartete, um zu sehen, ob sie wenden und zurückkommen würden, um ihn zu finden, aber nach zwanzig Minuten wusste er, dass sie aufgegeben hatten. Gut. Aber seine Geschichte bezüglich Sarahs Aufenthaltsorts würde sich ändern müssen, und zwar schnell. Er war immer noch nicht bereit, seinen Plan in die Tat umzusetzen.

Er fuhr zurück zu dem Gelände, wo er den Bunker gebaut hatte. *Bunker*, dachte er spöttisch. Drei Räume unter der Erde, völlig schallisoliert und außer ihm konnte niemand von dort fliehen. Ein Ort, an dem Leichen versteckt werden konnten, damit sie nie gefunden wurden. Es hatte Monate gedauert, ihn zu bauen, aber glücklicherweise, bevor er Produzent geworden war — und überhaupt, was zur Hölle war der Job eigentlich? — hatte er das Handwerk von einem seiner vielen Freier in Chehalis gelernt.

Gott, wie war nochmal sein Name? Glenn? Garrett? Ja, das war es. Er war einer von Dex' Stammkunden gewesen, ein massiger Bär von Mann, verheiratet mit einer Frau, so tief verkappt, dass er Dex an den seltenen Gelegenheiten, zu denen er wegkam, bezahlen musste, sodass dieser ihn vögelte. Dex hatte dies damals zu seinem Vorteil genutzt. Garrett hatte ihm einen Job in seinem Team verschafft, Hausbau, und der junge Dex hatte das erste von vielen Handwerken gelernt.

Was bedeutete, dass Garrett, als Dex sich vor ein paar Monaten auf der Suche nach Material und Know-how gemeldet hatte, zugänglich gewesen war. Er war jetzt der Stadtbürgermeister und wollte definitiv nicht, dass jemand von seiner Bisexualität erfuhr. Er stellte nicht einmal Fragen, als Dex ihm sagte, er wolle einen sicheren Untergrundbunker, was bei jedem anderen die Augenbrauen in die Höhe hätte schießen lassen.

Jedem, der kein Geheimnis hatte, das gelüftet werden konnte. Ohne ein Wort der Beschwerde hatte Garrett ihm das Knowhow und die Materialien gegeben, die Dex brauchte, und keine Fragen gestellt.

Dex parkte das Auto am versteckten Eingang und stieg aus. Er würde nicht lange bleiben. Er konnte Sarahs weinerliches Flehen, sie gehen zu lassen oder ihre konstanten Fragen nach dem Warum nicht ertragen. Warum tat er ihr das an?

Ich tue es nicht dir an, liebste Sarah. Nicht du bist diejenige, der ich wehtun möchte. Du bist nur ... begleitend.

Da kam ihm eine Idee, und bevor er in den kleinen Raum ging, in dem er Sarah festhielt, ging er in die Küche. Er öffnete den Schrank, in dem er die Medikamente aufbewahrte, die er für eine Weile angehäuft hatte, nur für den Fall, dass er einen Ausweg für sich selbst brauchte.

Ein paar Sekunden später schloss er die Tür auf. Sarah saß auf dem Bett, ihr Gesicht war rot und abgespannt vom ganzen Weinen. Dex warf einen Blick auf die Handschelle an ihrem Handgelenk. Glücklicherweise hatte sie mit ihren Versuchen aufgehört, sich dagegen zu wehren. Wie würde er die Blutergüsse erklären?

„Hier. Trink das." Er reichte ihr das Glas Wasser, und wie immer erwartete er, es würde ihm zurück ins Gesicht geworfen werden. Stattdessen leerte sie das Glas in einem Zug.

„Kann ich noch etwas mehr haben? Bitte, Johan? Das Wasser schmeckt seltsam."

Er konnte gerade so das Grinsen aus seinem Gesicht halten. *Du denkst, das Wasser ist schlecht?* „Natürlich", sagte er. „Weißt du, das muss für keinen von uns unangenehm sein, Sarah."

Er ging zurück in die Küche und goss ein weiteres Glas Saft ein, wobei er den Rest der Pillen darin auflöste. Solch eine Schande, aber er musste sichergehen.

Eine Stunde später fühlte er Sarahs Puls. Schwach, aber immer noch da. Er schüttelte sie, schlug ihr ins Gesicht, aber sie wachte nicht auf. Ein klein wenig Spucke lief ihr aus dem Mundwinkel ... und Dex lächelte.

Tiger und Lazlo waren nach Hause gefahren und fühlten sich sowohl verwirrt als auch beunruhigt. Sie hatten da gesessen und all die Möglichkeiten durchgesprochen, wo Sarah sein könnte, wie zwielichtig Johan sich verhielt ... und gelangten zu keinerlei Schlussfolgerung.

Schließlich streichelte Lazlo ihr Gesicht. „Gehen wir ins Bett, Süße. Das tut niemandem gut. Es könnte eine völlig rationale Erklärung für all das geben. Morgen früh gehen wir zurück und bitten Johan darum, uns sie sehen zu lassen. Dann werden wir es wissen."

Tiger hatte zugestimmt, aber während sie im Bett lagen, Tiger in Lazlos Armen, konnte sie nicht schlafen. Ihr Magen drehte sich, es war eine Furcht, die sie nicht bestimmen konnte.

Um vier Uhr morgens klingelte ihr Handy. Sarahs Nummer. „Sarah?"

„Tiger?" Es war Johan. Tiger setzte sich auf und Lazlo wurde neben ihr wach. Johan klang aufgeregt.

„Was ist, Johan? Wo ist Sarah?"

„Sie ist im Krankenhaus, Tiger. Sie war vorhin so verärgert... wir haben gestritten. Ich dachte, sie wäre zu krank, um raus-zugehen, aber sie hat darauf bestanden. Ich wusste nicht ... sie hat etwas genommen, Tiger. Sie war bewusstlos, als ich sie gefunden habe ... die wissen nicht, ob sie es schafft ..."

KAPITEL FÜNFUNDZWANZIG – MISERY IS THE RIVER OF THE WORLD

The Island, San Juan Islands, Washington State

TIGERS HAND LAG IN DER VON LAZLO, ALS SIE DURCH DIE Haupttür der Klinik traten. „Wir waren in letzter Zeit viel zu oft hier", sagte Lazlo finster, aber Tiger fühlte sich taub.

Sarah lag im Koma. Sie hatte zu viel Erkältungsmittel genommen, das hatte Johan gesagt, aber er hatte keine Ahnung, ob es mit Absicht geschehen war oder nicht. „Warum würde Sarah versuchen ..." Sie brachte die Worte nicht heraus. Nichts hiervon ergab Sinn.

Johan schien außer sich zu sein, als sie ihn fanden. „Die pumpen ihr jetzt den Magen aus, aber sie will einfach nicht auf die Behandlung reagieren."

„Ich verstehe nicht, wie sie von krank zu vermisst zu hier gekommen ist." Tiger hatte nicht beabsichtigt, dass die Worte so barsch herauskamen, und sie bereute es, als sie die Schuld in seinen Augen sah, das Schimmern von Tränen. „Entschuldige, Johan, so habe ich es nicht gemeint." *Habe ich* ... Sie schob den Gedanken beiseite. Er war offensichtlich bestürzt, aber sie konnte nichts für den Argwohn in ihrem Herzen. Was zur Hölle ging vor sich?

„Können wir uns setzen?" Lazlo führte Johan zu einem Stuhl und warf Tiger einen Blick zu. „Jetzt werden wir alle mal ruhig. Johan, warum hast du uns nicht gesagt, was vor sich geht?"

Johan atmete tief ein. „Sie war wirklich krank, ein Virus. Sie hat sich geweigert, zum Arzt zu gehen, sagte, es würde vorübergehen. Ich habe vor ein paar Tagen gemerkt, dass sie aufgehört hatte, sich zu übergeben, aber sie sah so ... geschlagen aus. Ich habe sie gefragt, ob es ihr gut geht, und sie hat Stein und Bein geschworen, dass es nur ein Virus sei, dass sie Schmerzen hätte, aber bereit wäre, wieder zur Arbeit zurückzukehren. Sie hatte geplant, morgen zurückzukommen, sagte, sie würde ausgehen, um sich mit Erkältungsmedizin zu versorgen und dass sie das Schlimmste überstanden hätte. Wir haben gestritten. Ich habe ihr gesagt, dass ich finde, sie solle es ruhiger angehen lassen. Sie hat mir vorgeworfen, ich würde versuchen, sie zu kontrollieren.

Tiger, Lazlo, ich habe sie noch nie so gesehen. Sie ist normalerweise ruhig und gefasst, aber ich weiß nicht. Vielleicht ist es der Schlafmangel oder etwas anderes. Sie ist gestern Abend los, als ich duschen war, hat ihr Auto genommen. Sobald ich gesehen habe, dass sie weg war, bin ich in alle Apotheken auf der Insel gegangen. Ich bin regelmäßig zum Haus zurückgekehrt, um zu sehen, ob sie wiedergekommen war. Sie hat meine Anrufe nicht entgegengenommen. Dann, als ich zu denen auf der anderen Seite der Insel wollte, habe ich einen

Anruf bekommen. Ein Kerl hatte sie zusammengebrochen auf der Straße gefunden. Ich bin sofort hin und habe sie bewusstlos vorgefunden. In ihrem Auto waren leere Medikamentenverpackungen. Gott."

Er bückte sich nach vorne und legte die Hände vor sein Gesicht. Tiger warf Lazlo einen Blick zu, er schien es ihm ebenfalls nicht abzukaufen. Aber bevor sie weitere Fragen stellen konnten, kam der Arzt zu ihnen. „Wir haben Ms. Knowles den Magen ausgepumpt, aber ich befürchte, dass sie immer noch nicht ansprechbar ist. Sie muss eine große Dosis dessen genommen haben, was auch immer es war. Vielleicht hat sie in ihrem fiebrigen Zustand nicht realisiert, was sie tut, aber wir werden nicht wissen, wie schlimm es ist, bis sie aufwacht. Wenn sie aufwacht. Es tut mir leid, der Überbringer schlechter Neuigkeiten zu sein, aber sie ist wirklich sehr krank."

„Doktor … Sarah, sie ist alleine, sie hat keine Familie. Bitte, wenn sie uns noch irgendetwas sagen können …"

„Das ist im Moment alles. Mr. Zimmerman hat bereits erklärt, dass er Ms. Knowles einziger nächster Angehöriger ist. Ich teile ihnen mit, wenn es Neuigkeiten gibt."

Tiger setzte sich wieder und ihre Schultern sackten zusammen. Sie wusste, dass sie Johan trösten sollte, aber da war etwas so komisch an dieser ganzen Sache, dass sie sich nicht dazu überwinden konnte.

STUNDEN VERGINGEN, UND ES GAB KEINE WEITEREN Neuigkeiten. Ihnen wurde erlaubt, in Sarahs Zimmer zu gehen, und Tiger konnte das leise Keuchen der Qual nicht unterdrücken, das ihr beim Anblick ihrer Freundin entwich, so blass, so aschfahl. Johan setzte sich, nahm Sarahs Hand in seine und presste sie an seine Lippen.

Nach einer Weile stand Lazlo auf. „Sieh mal, ich werde Tiger für den Moment mit nach Hause nehmen, Johan …"

„Warte." Tiger stand auf. „Vielleicht sollten wir zurück zu ihrem Haus gehen, eine Tasche mit allen Notwendigkeiten für Sarah zusammenpacken." Sie hielt den Atem an und wartete darauf, dass er widersprach, dass er verstecken wollte, was auch immer in diesem Haus vor sich gegangen war. Aber Johan nickte und kramte in seiner Tasche nach den Schlüsseln.

„Hier. Danke, das wäre hilfreich."

Tiger nickte steif, und sie und Lazlo gingen. Die Fahrt zu Sarahs Haus war still, da sie beide in ihren eigenen Gedanken verloren waren.

Aber als sie dort ankamen, sah Tiger Lazlo an. „Kontrolliere alles."

Er nickte, der Ausdruck in seinen Augen war so erbittert wie ihrer.

Eine Stunde später stieß Tiger einen Schrei der Frustration aus und Lazlo fuhr sich mit einer Hand durchs Haar. „Verdammt."

„Es muss irgendetwas geben …" Tiger sah sich im Schlafzimmer um, aber es sah genauso aus, wie Johan es beschrieben hatte, als hätte jemand für ein paar Tage krank im Bett gelegen. Der Mülleimer war voller benutzter Taschentücher und auf dem Nachttisch lagen leere Verpackungen von Erkältungsmedikamenten und halb ausgetrunkene Flaschen Wasser.

„Komm schon. Fahren wir uns nicht in irgendwelchen Verschwörungstheorien fest. Sarah ist sicher, wenn auch nicht gesund. Packen wir ihre Tasche und fahren zurück ins Krankenhaus."

Tiger drehte sich um, um ihren Mann anzusehen, der ihr ein sanftes Lächeln schenkte. „Wir haben einfach keine Beweise, dass er lügt, Liebling."

„Ich weiß. Gott, vielleicht bin ich nur ... meine Güte, Lazlo, das ist fürchterlich."

„Ist es. Machen wir die Dinge nicht noch schlimmer, indem wir uns etwas vorstellen, das vielleicht gar nicht ist."

SIE GABEN DIE TASCHE IM KRANKENHAUS AB. JOHAN KAM ZU ihnen, um sie zu treffen. „Sie ist noch nicht aufgewacht, und es gibt keinerlei Neuigkeiten."

Tiger empfand letztendlich doch ein klein wenig Mitleid mit dem Mann. Er sah am Boden zerstört aus. „Ruf uns an, wenn du irgendetwas brauchst. Wenn Sarah irgendetwas braucht. Versprich es."

„Versprochen." Johan rieb sich die Augen. „Hör mal, der Coffee-Shop."

„Darum kümmern wir uns, Johan, keine Sorge."

Johan nickte. „Danke."

ZUHAUSE DUSCHTEN TIGER UND LAZLO GEMEINSAM, DANN gingen sie zu Bett. Es war erst früher Nachmittag, aber sie waren beide erschöpft, als also ein paar Stunden später das

Telefon klingelte, dauerte es eine Minute, bis das Geräusch in Tigers Schlaf durchdrang.

„Hallo?"

„Tiger."

Tiger runzelte die Stirn. „Wer ist da?"

„Wir müssen reden."

Ein Kribbeln der Angst wanderte ihren Rücken hinauf. „Wer ist da?"

Der Anrufer legte auf und ließ Tiger mit stummen Mundbewegungen zurück. Lazlo öffnete die Augen. „Wer war das?"

Tiger blickte ihn einen langen Moment an, dann raste sie ins Badezimmer, wo sie sich immer und immer wieder über der Toilette übergab. Lazlo kam ihr sofort zur Hilfe, rieb ihr den Rücken und hielt ihr das Haar aus dem Gesicht.

„Liebling, was ist? Wer war das?"

Endlich hörte das Erbrechen auf, und Tiger begann leise zu weinen. Lazlo legte die Arme um sie und fragte sie erneut, wer der Anrufer gewesen war.

„Er hat es nicht gesagt", brachte sie heraus. Ihr ganzer Körper zitterte. „Aber ich glaube … oh Gott, Lazlo … es war Grant Waller."

KAPITEL SECHSUNDZWANZIG – WHITE FLAG

Seattle

GRANT HATTE KEINE AHNUNG, WARUM ER SICH PLÖTZLICH DAZU entschieden hatte, der gute Kerl zu sein und Tiger vor Dex Loomis zu warnen. Warum seine Persönlichkeit plötzlich eine einhundertachtzig-Grad-Wende gemacht hatte, davon, Tiger Rose unbedingt dafür wehtun zu wollen, dass sie ihn hinter Gitter gebracht hatte, zu der Warnung davor, dass Dex Loomis hinter ihr her und sie in ernster Gefahr war.

Vielleicht lag es daran, dass Loomis' Schlägertypen das Motelzimmer durchwühlt hatten, das er während des letzten Monats benutzt hatte. Er war von einem Gespräch mit Edgar Higham zurückgekommen, der auffallend gesprächig gewesen war ... und verbittert. Und jetzt kannte Grant Dex Loomis' richtigen Namen.

Ein kurzer Abstecher zum Staatsarchiv staataufwärts und er

hatte alles gefunden, was er brauchte. Und er hatte den Grund gefunden, aus dem Dex Loomis die Rose Familie hasste.

Sobald er in sein Motelzimmer zurückgekehrt war und es durchgewühlt vorgefunden hatte, war er sofort von dort verschwunden. Glücklicherweise hatte er seinen Laptop und sein Handy mitgenommen und musste nur seine persönlichen Dinge einpacken — jedenfalls die wenigen, die diese Arschlöcher nicht zerstört hatten.

Das neue Motel war exklusiver, mit Security an den Toren und der Hauptrezeption. Er fragte nach einem Zimmer weg von der Straße und sorgte dafür, dass sie verstanden, dass er nicht gestört werden wollte.

Also lud er seine Sachen ab und ging unter die Dusche, bestellte sich Essen und ruhte sich aus. Am nächsten Morgen setzte er sich an den Tisch in seinem Zimmer und schrieb Notizen, viele Notizen. Diese ganze Situation war so beschissen wie nur irgend möglich und würde eine tolle Story abgeben. Eine tolle Story.

Seine sofortige Reaktion war gewesen, dass wenn Dex Loomis seinen Plan durchzog, Tiger zu töten, sich die Story global ausbreiten würde. Aber ... der Verstand siegte. Die Polizei würde in diesem Fall viel zu viele Fragen für ihn haben. Zu viele.

Aber wenn er sowohl die Verschwörung, Tiger umzubringen, sowie die Story enthüllen würde ... nicht nur würde dadurch sein Ruf zumindest teilweise wiederhergestellt, aber er hätte Tigers Dankbarkeit, und das wäre noch befriedigender für ihn. Dass sie ihm etwas schuldete. Er könnte den Einfluss nutzen, den ihm das geben würde, um sein Leben wieder in die richtigen Bahnen zu lenken, das stand fest.

Während der nächsten Tage sammelte er noch mehr Informationen über Dex Loomis. Ein Tipp brachte ihn nach Chehalis und weitere Fragen brachten ihm einen weiteren Namen. Der Name des Bürgermeisters einer kleinen Stadt kurz vor Chehalis, die Stadt, in der Dex Loomis aufgewachsen war.

Garrett Squires sah nicht gerade freundlich aus, als Grant seine Hand schüttelte, und der Bürgermeister schickte seine Sekretärin weg und schoss die Tür hinter ihr. „Wie ich bereits am Telefon gesagt habe, Mr. Waller, ich habe nicht viel Zeit."

„Das ist in Ordnung, Bürgermeister Squires, ich brauche nicht viel. Ich muss nur etwas über ihren Freund Lincoln erfahren."

Squires seufzte. „Hören Sie … Ich weiß nicht, was ich Ihnen sagen kann. Ja, Linc war mein Liebhaber — vor langer Zeit. Ich rede von über zwanzig Jahren. Ich habe jetzt eine Familie. Eine Frau. Ich weiß nicht, was ich Ihnen sagen kann."

„Lincoln nennt sich jetzt Dexter Loomis."

„Und?"

Grant lächelte. „Ich will wissen, warum er Sie vor kurzem kontaktiert hat."

Das schockierte den Bürgermeister. „Wie haben Sie das herausgefunden?"

„Ich bin Journalist. Warum hat er Sie, nach all den Jahren, kontaktiert?"

Bürgermeister Squires rollte mit den Augen. „Ob Sie es glauben oder nicht, er wollte Ratschläge für den Bau."

Das brachte Grant aus dem Konzept. „Ratschläge für den Bau? Was zur Hölle?"

„Ich nehme an, das ist eine Überraschung für Sie? Vielleicht dachten Sie, er würde mich um Geld anpumpen?"

„Dex Loomis—oder Lincoln—braucht kein Geld. Er ist wohlhabend. Anscheinend hat er einen reicheren Mann als Sie gefunden, der ihn für das ganze Leben versorgt hat. Nein, ich bin mehr interessiert daran, warum er von Tiger Rose besessen ist."

Daraufhin sah Squires unwohl aus. „Ist sie James Roses Kind?"

„Ich denke, Sie wissen, wer sie ist. Sie kannten James?"

„Flüchtig."

„Er hat eine Menge Zeit in ihrer Stadt verbracht, bevor er Tigers Mutter geheiratet hat. Nicht wahr?"

Squires starrte ihn nur an und Grant wusste, dass er ihn hatte. „Und nachdem er Tigers Mutter geheiratet hat, hat er viel Zeit hier verbracht, oder nicht?"

Der Bürgermeister seufzte. „Ja. Ja, hat er."

„Mit seiner anderen Familie. Seiner Frau. Seiner ersten Frau, entschuldigen Sie. Und seinem erstgeborenen Kind, Lincoln."

Squires nickte und rieb sich das Gesicht. „Wenn Linc herausfindet, dass sie das wissen …"

„Wie ist Lincolns Mutter gestorben?"

„Selbstmord. Nachdem James eines Tages endgültig gegangen ist. Er hat sich nicht einmal verabschiedet, er ist einfach gegangen. Er hat sich für seine neue Familie entschieden. Angela ist nie darüber hinweggekommen. Sie hat sich drei Tage vor Lincolns sechzehntem Geburtstag umgebracht. Bei der Beerdigung … Linc war einfach nur stumm. Wollte niemanden an sich heranlassen. Dann ist er für eine Weile weg, und als er wiederkam, war er mehr als wütend, aber wir konnten nie verstehen, warum."

„Er hat von James Roses anderer Familie erfahren?"

„Das nehme ich an. Mann … welche Art Mann tut sowas?"

Grant lächelte düster. „Ich glaube nicht, dass Tiger oder Apollo von der Bigamie ihres Vaters wissen."

„Es hält Lincoln nicht davon ab, Rache zu wollen, nehme ich an." Der Bürgermeister seufzte. „Hören Sie, Linc konnte immer von Dingen besessen sein. Es gab eine Zeit, in der ich eine einstweilige Verfügung in Betracht ziehen musste, aber trotzdem … ich hätte nur ungern, dass ihm etwas zustößt."

Grant war für einen Moment stumm. „Denken Sie, er ist des Mordes fähig?"

Der Bürgermeister sah Grant an und nickte. „Ohne Zweifel."

GRANT DACHTE IMMER NOCH DARÜBER NACH, WAS GARRETT Squires ihm gesagt hatte und war abgelenkt, als er die Tür seines Motelzimmers aufschloss. Das nächste, was er registrierte, war, wie er durch das Zimmer flog und an eine Wand geknallt wurde. Für eine Sekunde dachte er, es wären wieder Dex' Schlägertypen, aber als er eine andere Stimme hörte, ein wütendes, tiefes Knurren in seinem Ohr, wusste er, dass er falschlag.

„Was zum Teufel tun Sie in Seattle, Waller? Nein, antworten Sie nicht … ich weiß genau, was Sie tun …"

Er wurde zu Boden geworfen und hatte die Chance, seinem Angreifer ins Auge zu sehen. Lazlo Schuler. Grant schmeckte Blut an seiner Lippe und wischte es weg, in Erwartung des nächsten Angriffes.

„Wenn es Sie irgendetwas angeht …"

Lazlo packte ihm am Revers und zog ihn hoch. Grant war ein großer Mann, kam aber gegen Lazlos Größe und Kraft nicht an. „Wenn Sie ihr nahekommen, wenn Sie auch nur ihren Namen denken, werde ich Sie zerstören. Wenn Sie irgendetwas mit Apollos Unfall zu tun hatten, werde ich Sie zerstören."

„Ich hatte damit nichts zu tun." Grant schaffte es schließlich, die Worte auszuspucken, und er sah Lazlos angewiderten Blick, als sein Speichel das Gesicht des anderen Mannes traf.

Lazlo ließ ihn los und trat zurück. „Verschwinden Sie aus Seattle, Waller. Es gibt hier nichts für Sie."

Grant grinste. „Und was, wenn das, was ich hier tue, Tiger helfen wird?"

Lazlos Faust traf hart auf Grants Schläfe. Meine Güte, der Mann konnte zuschlagen. Grant blinzelte, während er versuchte, wieder auf die Füße zu kommen.

„Ich habe Ihnen gesagt … denken Sie ihren Namen nicht einmal. Nichts, was Sie sagen können, könnte mich je davon überzeugen, dass sie irgendetwas anderes als die schlimmsten Absichten gegenüber Tiger haben. Sie ist jetzt meine Frau, und sie ist geschützt …"

Grant begann zu lachen. „Sie haben keine Ahnung, was auf sie zukommt. Keine, Arschloch. Ich könnte Ihnen helfen … aber gehen Sie doch zum Teufel. Scheiß auf diese Schlampe. Sie verdient alles, was auf sie zukommt."

Er erwartete, wieder geschlagen zu werden und wurde auch nicht enttäuscht. Lazlos Stiefel traf auf sein Gesicht. Seine Nase brach, Schmerz explodierte in ihm, und dann wurde alles dunkel.

KAPITEL SIEBENUNDZWANZIG – BEAUTIFUL PEOPLE, BEAUTIFUL PROBLEMS

The Island, San Juan Islands, Washington State

TIGER WAR WÜTEND UND FRUSTRIERT MIT SICH SELBST. SIE hasste es, dass sie eine so instinktive Reaktion auf Grant Wallers Anruf hatte. *Es ist immer dasselbe ... man denkt erst danach an die besten Erwiderungen,* dachte sie. Warum hatte sie ihm nicht einfach gesagt, er solle sich zum Teufel scheren? Gott, sie hasste es, dass er immer noch so viel Einfluss auf ihre Gefühlslage hatte. Es war drei, fast vier Jahre her. *Du bist verheiratet, glücklich, geliebt. Sicher.*

Also warum zum Teufel rief er sie an? Als Tiger am nächsten Tag zur Arbeit ging, um aufzuschließen, sah sie sich immer wieder um, obwohl Lazlo bei ihr gewesen war. Er hatte darauf bestanden, einen Kerl einzustellen, der bei ihr im Coffee-Shop war, wenn er bei der Arbeit war und als er einen Tag später plötzlich nach Seattle hatte gehen müssen.

Glücklicherweise war *The Wharf* voll genug, damit Tiger sich ablenken konnte. Johan war vorbeigekommen, und obwohl ihr Verdacht in Bezug auf ihn nicht komplett ausgeräumt war, war sie dankbar, jemanden zu haben, den sie kannte.

Er sagte ihr, dass Sarah immer noch bewusstlos sei. Johan sah erschöpft aus, und Tiger ließ ihn sich hinsetzen, während sie ihm Sandwiches und einen Kaffee machte. „Ich weiß, dass ich sie nicht alleine lassen sollte, für den Fall, dass sie aufwacht, aber ich musste duschen und mir saubere Klamotten holen."

„Du kannst nicht die ganze Zeit dort sein. Nach der Arbeit werde ich mich eine Weile zu ihr setzen."

„Bist du sicher? Ich brauche nur ein paar Stunden Schlaf."

Tiger tätschelte ihm die Schulter. „Natürlich bin ich das."

Später, mit ihrem ‚Bodyguard' im Schlepptau, schloss sie den Coffee-Shop früher und fuhr ins Krankenhaus, um sich zu ihrer komatösen Freundin zu setzen. Sie musterte Sarahs unbewegtes Gesicht und fragte sich, was ihre Freundin dazu getrieben hatte, zu viele Tabletten zu nehmen. Vielleicht hatte sie einfach den Überblick darüber verloren, wann sie was genommen hatte. Sowas passierte. Man musste sich nur Heath Ledger ansehen. Eine versehentliche Überdosis.

Tiger konnte sich das Leben jetzt nicht mehr ohne ihre Freundin vorstellen. Sie hielt Sarahs kalte Hand und küsste sie. „Bitte werde gesund, Sazzle. Du bist meine Schwester, und ich liebe dich. Bitte geh nicht."

Tiger fühlte sich ausgelaugt. So viel war in solch kurzer Zeit passiert, sowohl Erfreuliches als auch Niederschmetterndes. Lazlo, Fizz und der neue Coffee-Shop, Hochzeit … denn Apollos Unfall und der Verlust des Babys. Vielleicht taumelte sie nur durch alles und war deshalb Johan gegenüber so argwöhnisch. Der Mann war nichts als liebevoll zu Sarah und ein guter Freund für Tiger gewesen.

Jetzt empfand sie Scham. „Verdammt, reiß dich zusammen, Mädel."

Sie verschränkte ihre Finger mit Sarahs und schloss die Augen. Sie lauschte dem gleichmäßigen Piepsen der Maschinen und Sarahs Atmung, ein, aus, ein aus …

DER KRANKENHAUSFLUR WAR KALT UND LEER. FLACKERNDE Lichter ließen ihn unheimlich wirken, das blasse Gelb der Lichter wurde immer schwächer, sodass der Ende des Flurs in der Dunkelheit lag, und Tiger wusste, dass wenn sie in diese Schwärze ging, sie nie wieder zurückkommen würde, aber sie merkte, wie ihre Füße sich den Anweisungen ihres Gehirns widersetzten, sich nicht zu bewegen.

Die Türen auf jeder Seite des Korridors waren geschlossen, und während sie lief, versuchte sie in jedes Zimmer zu blicken, aber alles, was sie sah, waren mit Blut beschmierte Wände und ein Meer aus Leichen, von denen sie manche als die Gesichter derjenigen erkannte, die sie liebte. Lazlo … Apollo … Nell … Sarah … Daisy, oh Gott, nein, nicht Daisy …

Tiger spürte das Blut ihres eigenen Körpers aus den vielen Wunden tropfen. Wo sie herkamen, wusste sie nicht, aber sie wusste, dass nichts die Blutung stoppen konnte. Jetzt, am Ende des Korridors, sah sie eine Gestalt aus der Dunkelheit kommen. Sein Gesicht veränderte sich ständig, von Grant Wallers käsiger Visage zu Johans weichen, ausdruckslosen, aber gutaussehenden Zügen, aber die eine Konstante war das steife Grinsen, viel zu groß für einen menschlichen Mund,

und jetzt öffnete er ihn weiter und weiter, ein entsetzlicher Schlund mit viel zu scharfen Zähnen …

TIGER WACHTE ERSCHROCKEN AUF UND KEUCHTE LEISE. EINE dünne Schicht Schweiß lag auf ihrer Stirn, und sie wischte sich mit dem Ärmel darüber.

„Geht es dir gut?"

Tiger versuchte nicht zu schreien, als sich Johan aus der Ecke des Raumes ins Licht lehnte. Sie starrte ihn an. „Gott, du hast mich erschreckt."

„Entschuldige. Du hast geschlafen, als ich reinkam, und du sahst so friedlich aus, da wollte ich dich nicht wecken."

„Das ist paradox." Tiger kam wieder zu Atem. „Wie viel Uhr ist es?"

„Kurz nach zwanzig Uhr. Ich bin erst vor kurzem hergekommen. Hat es irgendeine Veränderung gegeben?" Johan sah jetzt nicht mehr Tiger an. Er schob seinen Stuhl näher an Sarahs Seite und nahm ihre freie Hand. Tiger fühlte sich schuldig.

„Keine, von der ich weiß. Es tut mir so leid, dass ich eingeschlafen bin."

„Das muss es nicht." Johan streichelte Sarahs Gesicht. „Es ist manchmal schwer zu glauben, dass sie je wieder aufwachen wird."

„Das wird sie. Denk nicht so." Tiger wurde schmerzhaft daran erinnert, vor ein paar Monaten eine ähnliche Unterhaltung mit Nell gehabt zu haben, als Apollo bei dem Unfall verletzt worden war.

„Entschuldige. Es ist nur ... ich liebe sie, weißt du?" Johan sah so trostlos aus, und Tiger stand auf, um ihn zu umarmen. Er tätschelte ihre Hand, während sie dies tat, und sie verharrten für ein paar Sekunden so.

„Hallo."

Tiger sah auf und lächelte. Lazlo stand im Türrahmen, halb im Schatten. Tigers Lächeln verblasste, als sie seinen Gesichtsausdruck sah. Sie ließ Johan los und ging zu Lazlo. „Wir fühlen uns nur ein wenig hoffnungslos. Und nutzlos."

„Tiger war ein Trost", sagte Johan leise, und Lazlo nickte, wenn auch ein wenig steif. „Warum bringst du Tiger nicht nach Hause, Laz? Ich übernehme ab hier."

Im Auto auf dem Weg nach Hause war Lazlo still, und Tiger spürte die Anspannung tief in ihrem Bauch. „Er war aufgebracht. Ich wollte nur, dass es ihm besser geht."

„Also im einen Moment ist er total dubios und im nächsten hängst du an ihm dran?"

Heiße Wut durchfuhr sie. „Ich habe mich nicht an ihn drangehängt. Ich habe einem Freund eine Umarmung gegeben. Das ist, was ich tue. Was jeder tun würde, Lazlo."

Sie wandte sich mit Tränen in den Augen von ihm ab. Was zur Hölle? Lazlo war nie so. Er wusste, dass er keinen Grund dazu hatte, eifersüchtig zu sein. Oder nicht? Plötzlich traf es sie. Wie gut kannten sie einander wirklich? Gott, es tat weh, das zu denken, aber es war wirklich weniger als ein Jahr gewesen, und sie hatten geheiratet, waren schwanger geworden und hatten ein Kind verloren. Es war beängstigend.

Sie redeten nicht, als Lazlo parkte, aber als Tiger ihre Haustür öffnete, griff er ihre Hand. „Es tut mir leid, Liebling. Es ist nur … ich weiß nicht."

sie nickte und erlaubte ihm, sie in seine Arme zu ziehen. „Geht es dir gut?" Sie sah zu ihm auf, und er nickte, sein Blick war nicht zu lesen. Er presste seine Lippen auf ihre.

„Tut es … ich brauche nur dich."

Tiger küsste ihn erneut. „Ich sorge dafür, dass es dir besser geht, Liebling."

Sie wurden von einem aufgeregten und hungrigen Fizz unterbrochen und lachten beide. „Liebestöter", grummelte Lazlo den Hund an, fütterte ihn aber, während Tiger nach oben ging.

Bald schloss er sich ihr im Badezimmer an, öffnete die Tür der Dusche und kam zu ihr hinein. Tiger drehte sich ihm um und presste ihren feuchten Körper an seinen. „Ich liebe dich", flüsterte sie über das Geräusch des laufenden Wassers, dann landete Lazlos Mund auf ihrem.

Tiger griff nach unten, um ihn zu streicheln. „Nimm mich", sagte sie, den Blick auf ihn gerichtet. „Genau hier, genau jetzt."

Lazlo hob sie mit Leichtigkeit in seine starken Arme hoch und sie legte ihre Beine um ihn. Er drang in sie ein, und sie begannen, sich in der rutschigen Dusche zu lieben, aber bald waren sie so erregt, dass es ihnen egal war, dass sie überall hin rutschten. Schließlich holte Lazlo sie aus der Dusche und nahm sie auf den kühlen Fliesen des Badezimmerbodens, dann erneut im Bett, wobei sein Körper ihren jeder Sekunde dominierte, und Tiger liebte ihn dafür.

„Ich bin dein", murmelte sie ihm zu, als er an ihr hinab küsste. „Oh Lazlo, ich bin für immer dein …"

SIE SCHLIEFEN BEIDE ERSCHÖPFT IN DEN FRÜHEN Morgenstunden ein, und erst als sie ein paar Stunden später durstig aufwachte, bemerkte sie die Schrammen auf Lazlos Fingerknöcheln. Waren sie zu grob gewesen? Tiger runzelte die Stirn, zuckte aber die Achseln.

Erst als am Morgen die Polizei erschien, erfuhr sie, wie Lazlo zu seinen Verletzungen gekommen war. Die Polizisten schienen halbwegs amüsiert von der Tatsache zu sein, dass sie hier waren und mit dem Mann von Tiger Rose sprachen, aber trotzdem hatten sie Arbeit zu erledigen.

„Wir hatten eine Meldung, dass Sie Grant Waller in seinem Hotel angegriffen haben, Mr. Schuler."

Lazlos Gesicht war versteinert, während Tiger ihn anstarrte. „Ich hatte eine Unterhaltung mit Mr. Waller. Sie hat vielleicht eine Wendung genommen, ja. Er hat meine Frau belästigt."

„Das wissen wir. Wir kennen seine Geschichte." Die Beamten tauschten einen Blick aus. „Er erstattet keine Anzeige … diesmal, sagt er. Aber wir mussten Ihre Seite der Geschichte hören."

„Sie nehmen Lazlo nicht fest?"

„Nein, Ma'am."

Tiger spürte, wie ihr Körper vor Erleichterung zusammensackte. „Er hat mich angerufen. Wollte reden. Angesichts dessen, was er mir angetan hat …"

„Wir wollen eine dauerhafte einstweilige Verfügung bekommen. Ich bin zu seinem Motel gegangen, um ihm das zu sagen, aber er schien, äh, etwas gegen meine Anwesenheit zu haben."

„Er sagt, Sie hätten ihn angegriffen, bevor er auch nur ein Wort herausbringen konnte."

„Und Sie glauben ihm?"

Einer der Polizisten grinste. „Nicht besonders. Hören Sie, wir sind dazu verpflichtet, der Sache nachzugehen, Sie vor weiterem Kontakt mit ihm zu warnen."

„Das ist das Letzte, was wir wollen", sagte Tiger heftig, und der Beamte lächelte sie an.

„Ich verstehe. Na ja, danke für Ihre Zeit, Mr. Schuler, Miss Rose."

„Mrs. Schuler", korrigierte Tiger leise.

„Mrs. Schuler. Danke nochmal."

Tiger schloss die Tür hinter den Polizisten und drehte sich langsam mit ernstem Gesicht zu Lazlo um. „Lazlo Schuler … du böser, böser Mann."

Aber sie konnte sich das Grinsen nicht verkneifen und lachte. Lazlo schien ein wenig erstaunt über ihre Reaktion zu sein, aber dann grinste er verlegen. „Entschuldige. Ich bin wie ein Höhlenmensch auf ihn losgegangen."

„Mein eigener Neandertaler." Sie küsste ihn. „Aber danke. Du hast getan, was ich schon seit Jahren tun wollte, und ich weiß, dass es nicht moralisch oder erwachsen ist, sich das zu wünschen, aber … er hat mir etwas genommen. Etwas, das du mir wieder zurückgegeben hast."

„Was?"

„Selbstachtung. Wenn mich jemand wie dich liebt, dann gibt es nichts, was ich nicht tun kann." Sie küsste ihn. „Und wenn du mich der Schwesternschaft dafür meldest, dass ich das gesagt habe, werde ich dir nie vergeben."

Lazlo grinste. „Ich verspreche, dass ich es nicht tun werde. Ich liebe dich, Tiger Rose. Tiger Rose Schuler."

Tiger lachte. „Das ist jetzt mein Name. Ich würde Rose gerne als zweiten Namen behalten — eine Verbindung zu meinen Eltern. Mit ihrem und deinem Namen fühle ich mich komplett."

GRANT WALLER LEHNTE SICH AN DIE SEITE DER FÄHRE. LAZLOS Angriff war ein Ärgernis, aber er wünschte, er hätte es nicht der Polizei gemeldet. Er hätte es vorgezogen, unter dem Radar zu fliegen, während er hieran arbeitete, der größten Story seiner Karriere.

Und verdammt ... trotz Lazlos Aggression wusste Grant trotzdem, dass es richtig war, Tiger vor Dex Loomis zu warnen.

Lincoln Rose. Mann, der Kerl hegte schon viel zu lange einen Groll, aber er nahm an, dass Psychopathen das taten. Er hatte bereits versucht, Apollo Rose zu töten, und jetzt hatte er Tiger anvisiert.

Worauf zur Hölle wartest du, Dex? Sie ist da, ungeschützt, und arbeitet in einem verdammten Coffee-Shop. Warum hatte er sie nicht einfach durch das gottverdammte Fenster hindurch erschossen?

Es sei denn … es war viel zu persönlich für eine bloße Ermordung – eindeutig. Dex wollte Tiger leiden lassen, aber wie zur Hölle würde er an ihrem Wachhund-Ehemann vorbeikommen?

Meine Güte. Grant schüttelte den Kopf. Er konnte ums Verrecken nicht herausfinden, was Dex' Plan war. Er wusste nur, dass Tiger Rose in Schwierigkeiten steckte, und so lange sie ihm nicht zuhörte, würde sie am Ende tot sein.

Und zu seiner endlosen Überraschung hatte Grant entschieden, dass er damit nicht leben konnte.

KAPITEL ACHTUNDZWANZIG – BADBYE

The Island, San Juan Islands, Washington State

TIGER SAH AUF, ALS JOHAN DEN COFFEE-SHOP BETRAT. „ICH wurde geschickt, um dich nach Hause zu fahren", sagte er mit einem Lächeln. Tiger war überrascht.

„Lazlo ist ins Krankenhaus gekommen. Er hat mir gesagt, ich solle nach Hause fahren und schlafen. Er hat gefragt, ob ich dich zuvor nach Hause bringen könnte."

Tiger nickte. „Okay, das ist in Ordnung. Lass mich hier nur fertig machen. Wie geht es Sarah?"

Johan schien abgelenkt zu sein. „Was? Oh, entschuldige, keine Veränderung."

„Geht es dir gut?"

Sein Lächeln war dünn. „Ja, danke. Nur müde."

„Ich brauche nicht lange, dann können wir gehen."

Tiger ging in das Hinterzimmer und schaltete die Spülmaschine ein. Sie drehte sich um, um ihre Tasche zu nehmen, und hielt inne. Die Hintertür war offen und knallte leicht durch die Brise von draußen. Ihre Haut kribbelte. Sie war sich sicher, dass sie sie geschlossen hatte, aber jetzt stieß sie die Tür zu und schloss sie ab. *Dämliche Frau, lässt du sie einfach offen* ... Es ärgerte sie immer noch, dass Grant so nah war, in Seattle, obwohl sie nichts mehr von der Polizei gehört hatten. Hoffentlich hatte er die Nachricht verstanden und war wieder zurück zu der Brücke gegangen, unter der er lebte.

Sie grinste vor sich hin, als sie zurück in den Hauptraum ging.

„Was ist so lustig?"

Tiger sah auf. Heute Abend war irgendetwas an Johan komisch, aber sie tat es mit einem Achselzucken ab. *Ich nehme ihm beim Wort: er ist müde.* Sie folgte Johan nach draußen zu seinem Auto, gerade als ihr Handy klingelte. Lazlo.

„Hey Liebling. Ich habe gehört, du sitzt für Sazzle Wache."

Lazlo lachte dieses tiefe, kehlige Lachen, das sie liebte. Der Klang verursachte bei ihr immer Schmetterlinge. „Ich bin vorbeigekommen, und Johan sah aus, als wäre er zum Umfallen müde. Die Ärzte sagen, dass Sarah Anzeichen des Aufwachens zeigt."

Tiger schnappte leise nach Luft. „Wirklich? Johan sagte, es gäbe keine Veränderung." Sie warf einen Blick zu Johan, der sich auf die Straße konzentrierte und sie nicht ansah.

„Naja, er wollte dir vermutlich keine Hoffnungen machen. Es ist immer noch in der Schwebe. Er ist bei dir?"

„Bringt mich nach Hause, deiner Anweisung gemäß."

Lazlo war für einen Moment still, und Tiger runzelte die Stirn. „Was?"

„Nein, nichts. Ich bin froh, dass du jemanden bei dir hast. Ich bin immer noch nicht davon überzeugt, dass wir den Bodyguard nicht doch hätten behalten sollen."

Tiger stöhnte auf. „Nein, danke. Ich habe Jahre damit verbracht, von diesem Leben wegzukommen."

„Verständlich. Sorg nur dafür, dass Johan dich zur Tür bringt, ja? Da er schon bei dir ist."

Tiger bemerkte etwas in seiner Stimme, das sie nicht verstand. „Geht es dir gut?"

„Ja, Liebling. Ich bin bald zuhause. Ich liebe dich."

„Ich liebe dich auch."

Sie legte auf und steckte ihr Handy in ihre Tasche. Johan neben ihr war stumm. „Lazlo sagt, die Ärzte …"

„Die haben gesagt, dass sie vielleicht aufwacht, nicht, dass sie es tun würde." Johan drehte sich zu ihr um und lächelte, aber Tiger bemerkte, dass es nicht seine Augen erreichte. „Ich wollte dir keine falschen Hoffnungen machen, bis etwas bestätigt ist."

„Okay." Tiger fühlte sich jetzt unwohl, aber sie atmete erleichtert aus, als sie in ihre Straße bogen. „Würdest du gerne auf einen Drink reinkommen?"

Sag nein, sag nein. Zu ihrer Erleichterung schüttelte Johan den Kopf. „Ich bin erledigt. Ein andermal?"

„Natürlich. Danke, dass du mich gefahren hast."

„Ich rufe dich an, wenn es wegen Sarah Neuigkeiten gibt."

„Danke."

TIGER GING IN IHR HAUS, IMMER NOCH EIN WENIG VERWIRRT. Warum hatte Johan ihr nicht von Sarah erzählt? Es fühlte sich an, als würde er etwas vor ihr verheimlichen oder als würde er sie nicht als gut genug empfinden, um es zu sagen ... nein, das war es nicht.

Tiger seufzte und zog ihren Mantel aus. Sie würde Abendessen für sich und Lazlo machen, irgendetwas Einfaches, vielleicht würde das ihr Unbehagen erleichtern. In letzter Zeit passierten zu viele merkwürdige Dinge, und es ärgerte sie. Sie wollte das Leben, das immer gerade außer Reichweite zu sein schien — Lazlo und sie und Fizz und ihre Familie und Freunde, alle glücklich und sicher.

Sie entschied sich für Lasagne und begann, Zwiebeln und Paprika zu schneiden. Sie schaltete das Radio ein, um ihr Gesellschaft zu leisten, während sie das Gemüse schnitt und sang leise mit. Als sie die Schale der Zwiebeln einsammelte, um sie in den Biomüll zu werfen, drehte sie sich um und schnappte nach Luft.

Hinter ihr stand Grant Waller in der Tür ihres Zuhauses. Für eine Sekunde bewegte sich keiner von beiden, dann ließ Tiger die Schale fallen und schoss zur Hintertür.

Er holte sie ein, bevor sie dort ankam, und als seine Hände ihre Schultern griffen, schrie Tiger, drehte sich und schlug auf ihn ein.

„Tiger! Tiger! Ich bin nicht hier, um dir wehzutun …"

Aber in ihrer Panik konnte sie ihn nicht hören, und Grant musste ihren Mund mit seiner großen Handfläche bedecken und sie zu Boden ringen, bevor er wieder sprechen konnte.

Für Tiger lief jede Erinnerung an seinen ersten Angriff durch ihren Kopf und sie wand sich und trat, bis Grant es schaffte, sie zu unterdrücken. „Tiger! Beruhige dich, ich bin nicht hier, um dir wehzutun. Ich bin hier, um dir zu helfen."

„Mmmmm-scheiße …", murmelte sie, als er ihren Mund losließ. „Runter von mir."

„Ich kann nicht. Nicht, bis du mir zuhörst. Wirst du mir bitte nur für fünf Minuten zuhören, dann werde ich gehen und dich nie wieder belästigen, das schwöre ich. Aber was ich dir gleich sagen will, könnte dir das Leben retten."

Tiger verstand endlich, was er sagte. Grant keuchte schwer durch die Anstrengung, sie zurückzuhalten und sie sackte in seinen Armen zusammen. Er lockerte seinen Griff, und sie kroch weg, wobei er sie nicht aufhielt. Als sie sich zu ihm umdrehte, sah sie, wie er die Hände hob. „Fünf Minuten."

„Sie sind angebrochen."

„Ja. Das tut mir leid, aber das musste ich tun."

Tiger schnappte nach Luft und versuchte, das Verlangen zu unterdrücken, erneut zu schreien. „Was wollen Sie?"

„Es geht um den Mann, den du als Johan kennst, Tiger. Ich habe ihn zuerst als Dex Loomis kennengelernt."

Irgendwo klingelte bei dem Namen etwas, aber Tiger war mehr darum besorgt, ihren Erzfeind aus dem Haus zu bekommen. „Und?"

Grant starrte sie an, und sie sah etwas in seinen Augen, das sie darin zuvor noch nie gesehen hatte — Mitgefühl. „Tiger ... sein richtiger Name ist Lincoln Rose."

Tiger blinzelte. „Was?"

„Er ist dein Bruder."

„Was zur Hölle? Sind Sie verrückt?" Tiger sprang auf die Füße, und Grant stand mit ihr auf, die Hände vor sich ausgestreckt, um sie von einer Flucht oder einem Angriff abzuhalten.

„Er ist der Erstgeborene deines Vaters. Dein Vater hatte eine andere Familie, bevor er deine Mutter geheiratet hat ... bigamisch."

Tiger verlor die Beherrschung. „Raus. Wagen Sie es nicht, meinen Vater hier mit reinzuziehen. Das ist irgendein kranker Mist, den Sie sich hier ausdenken ..."

Aber irgendwo in sich wusste Tiger, dass er es sich nicht ausdachte. Sie spürte, wie ihr Tränen in die Augen stiegen.

„Tiger." Grants Stimme war jetzt leiser, sanfter. „Es tut mir leid. Es tut mir leid, was passiert ist, was ich getan habe. Ich habe keine Entschuldigung dafür. Aber ich sage die Wahrheit. Dex, oder Lincoln, oder Johan ... er will Rache dafür, dass dein Vater ihn verlassen hat. Dafür, dass seine Mutter Selbstmord begangen hat, weil dein Vater sie verlassen hat. Sieh mal ..." Er griff in seine Jackentasche, und Tiger bereitete sich auf eine Waffe vor. Stattdessen holte er ein Bündel Papiere hervor. „Es hat Wochen gedauert, all das zu finden, aber es erklärt so ziemlich alles. Dex Loomis will dir wehtun. Ich bin mir sicher, dass er derjenige ist, der Apollo angefahren hat. Dex, oder Johan, hat sich auf eine Art in euer Leben geschlängelt, auf die er euer Vertrauen hatte. Damit du es nicht erwartest, wenn er auf dich losgeht." Er verstummte und atmete tief ein.

„Warum sollte ich Ihnen glauben?" Tigers Stimme zitterte, aber sie starrte ihn unentwegt an. Er sah irgendwie kleiner aus als die Version von ihm in ihrem Kopf. Sein Gesicht war stark lädiert, zweifelsohne von Lazlos Angriff, und er sah schäbiger, müder und älter aus, trotz der Tatsache, dass er nicht viel älter war als sie.

Und warum der Sinneswandel? Warum jetzt der Versuch, sie zu beschützen? Das fragte sie ihn jetzt.

„Ich bin kein guter Mann, Tiger, das weiß ich. Ich weiß, dass ich nie wieder gutmachen kann, was ich getan habe. Glaub mir, wenn ich sage, dass ich mich selbst anwidere. Ich bilde mir nicht ein, dass das hier irgendwie hilft, es wiedergutzumachen, aber du musst die Wahrheit über deine Familie kennen. Dein Vater ... war Bigamist. Dein Halbbruder ist ein Psychopath, der dich tot sehen will. Er wird niemals aufhören, Tiger. Bitte ... besteht irgendeine Möglichkeit, dass du mir glaubst?"

Tiger starrte ihn für eine Weile an. Irgendwo in ihr drin, obwohl es schmerzhaft war, gab es einen Teil, der ihm glaubte. Dass sie es irgendwie von ihrem Vater, ihrem geliebten Papa gewusst hatte. Gott. Sie öffnete den Mund, um zu sprechen, als sich die Tür hinter ihr öffnete und Grants Augen groß wurden.

Tiger drehte sich um, um Johan ... Lincoln ... ihren Bruder in der Tür stehen zu sein, sein Blick auf Grant fixiert. In seiner Hand lag eine Waffe. Seine Augen schossen zu Tiger, und er grinste. „Hi Schwesterherz ..."

„Tiger, lauf!"

Grant warf sich auf Lincoln, als Tiger durch die Küche rannte, aber sie kam rutschend zum Stehen, als sie den Schuss hörte. Sie drehte sich um und sah, wie Grant langsam auf die Knie sank, während Blut sein T-Shirt durchtränkte. Sie sah ihn entsetzt an, und er schüttelte den Kopf. „Es tut mir leid ... ich habe es versucht ..."

Er sank zu Boden, und Tiger hob den Blick, woraufhin sie erkannte, wie Johan/Lincoln die Waffe auf sie richtete. Seine Augen waren kalt. „Versuch gar nicht erst zu rennen, Tiger. Ich werde dich, ohne zu zögern, erschießen." Er schritt durch die Küche und griff ihren Arm, wobei er die Mündung in ihren Bauch drückte. „Es ist Zeit, dass wir einander kennenlernen, Schwesterherz. Gehen wir."

* * *

Lazlo sah, wie Sarah die Augen öffnete, woraufhin er lächelte. Der Arzt beugte sich über sie und kontrollierte ihre Werte, während sie blinzelte und um sich blickte. Ihr Blick landete endlich auf Lazlos Gesicht, und ihre Augen wurden groß. „Lazlo ..." Ihre Stimme war kaum ein Flüstern, aber dringlich. Er nahm ihre Hand und lehnte sich zu ihr.

„Es ist okay, Liebes, ich bin hier. Gott, Sarah, wir hatten solche Angst. Johan war ganz außer sich ..."

„... Nein, hör mir zu ..." Sie schüttelte den Kopf und der Arzt runzelte die Stirn.

„Versuch nicht ..."

„Hör mir zu!" Obwohl ihre Stimme kratzig war, war die

Dringlichkeit darin unverkennbar. „Johan ... er ist verrückt ... Lazlo ... er wird Tiger umbringen ..."

Ihr Kopf fiel zurück, ihre Augen schlossen sich, und die Maschinen zeigten eine Nulllinie, und während Lazlo sie entsetzt anstarrte, brach die Hölle los.

KAPITEL NEUNUNDZWANZIG – JUMPSUIT

The Island, San Juan Islands, Washington State

TIGER LAG AUF DER RÜCKBANK VON JOHANS — *LINCOLN*, SAGTE sie sich, *Lincoln* — Auto, Hände und Füße gefesselt und Klebeband über dem Mund. Der Schrecken dessen, was mit ihr geschah, begann sich über sie zu legen und sie fühlte sich hoffnungslos. Grant Waller. Ausgerechnet er hatte die Wahrheit gesagt, und jetzt war sie in den Händen eines Mannes, der ihre halbe DNA teilte und der eindeutig keine Gewissensbisse wegen Mordes hatte.

Beruhige ihn. Rede mit ihm. Das ist deine einzige Chance. Bevor sie ihr Haus verlassen hatten, hatte er sie ein paar Tabletten schlucken lassen, mit der Waffe an ihren Bauch gepresst, und sie wusste, dass es das war, was er mit Sarah getan hatte. „Warum? Warum Sarah wehtun?"

„Ich brauchte einen Probelauf."

Gott, er war ein Bastard. Sie hatte daran gedacht, sich auf das Schneidemesser zu stürzen, das sie auf ihrer Küchenanrichte sehen konnte, aber die Mündung der Waffe war kalt durch ihr T-Shirt hindurch, und sie wusste, dass sie es nie schaffen würde.

Und jetzt, während Lincoln durch die Nacht fuhr, merkte Tiger, wie sich ihr Kopf benebelt anfühlte und ihre Konzentration nachließ. *Versuch dich an die Details zu erinnern*, dachte sie, *alles, das helfen könnte, um dich zu finden.* Sie schaffte es, ihren Ring vom Finger zu ziehen, um ihn in Lincolns Auto fallen zu lassen—Beweis dafür, dass sie hier gewesen war. Nicht ihren Ehering—sie konnte sich nicht dazu bringen, sich davon zu trennen, besonders wenn ...

Gott. Der Gedanke daran, Lazlo nie wiederzusehen, ließ ihr den Mut schwinden und ihr entwich ein unfreiwilliges Wimmern, gedämpft durch das Klebeband.

„Wir sind fast da, Tiger."

Lincolns Stimme war beinahe zärtlich, aber es machte ihr Angst. Er klang, als würde er ihr sagen, es wäre fast vorbei, und vielleicht war es das auch. *Oh Lazlo, es tut mir leid ... ich liebe dich ...*

LAZLO STAND VOR SARAHS ZIMMER, WÄHREND DIE ÄRZTE versuchten, sie zu reanimieren. Sein Herz hämmerte vor Angst, und sein Handy klebte an seinem Ohr. Tiger ging nicht ran, und er brauchte alles in sich, um nicht sofort aus dem Krankenhaus zu rennen. Aber Sarah auf ihrem Totenbett zurücklassen? Tiger würde ihn umbringen ...

„Wir haben sie wieder." Der Arzt, schwitzend und atemlos, fand Lazlo.

„Ist sie bei Bewusstsein?"

Der Arzt schüttelte den Kopf. „Nein, aber sie ist stabil … Mr. Schuler, Sie sehen aus, als würden sie gleich zusammenbrechen."

„Es geht mir gut, hören Sie … ich muss los. Was Sarah gesagt hat, bevor sie einen Herzstillstand hatte … es bedeutet vielleicht, dass das Leben meiner Frau in Gefahr ist."

Der Arzt nickte, sein Gesichtsausdruck war ernst. „Natürlich … sollen wir die Polizei rufen?"

„Bitte … und beschützen Sie Sarah. Wenn Johan der Psychopath ist, wie sie behauptet …"

„Gehen Sie." Der Arzt nickte. „Wir beschützen sie."

LAZLO ÜBERSCHRITT JEDE GESCHWINDIGKEITSBEGRENZUNG, ALS er zurück nach Hause fuhr, und als er die Haustür offenstehen sah, zerbrach sein Herz. *Oh Gott, nein …*

Er rannte hinein. „Tiger!" Es kam keine Antwort, aber er kam zum Stehen, als er das Blut auf dem Küchenboden sah. Seine Knie gaben nach, und er fiel zu Boden. „Oh nein, nein, nein …"

„Schuler."

Lazlo wirbelte beim Klang der Männerstimme herum. Zusammengesunken in der Ecke, seine Kleidung blutdurchtränkt, lag Grant Waller. „Was zur Hölle?"

Lazlo ging zu dem angeschlagenen Mann, aber Grant hob

eine Hand. „Bitte … wir haben nicht viel Zeit. Er hat sie, Schuler. Er hat Tiger. Lincoln Rose …"

Lazlo blinzelte verwirrt. „Wer?"

„Sie kennen ihn als Johan …" Grant hustete, und eine Ladung Blut brach aus seinem Mund hervor.

„Meine Güte." Lazlo ging ein kaltes Tuch für den Mann holen. Es war klar, dass Waller starb. Er wischte ihm den Mund ab.

„Er ist ihr Bruder. Halbbruder. Ihr Vater war Bigamist. Tiger wusste es nicht." Grants Stimme wurde schwächer. „Er wird sie umbringen, Lazlo. Er ist wahnsinnig. Reden Sie mit einem Mann namens Garrett Squires in Chehalis. Er weiß mehr, als er sagt … Schuler …"

Sein Atem stockte und rasselte, und Lazlo wusste, dass er beinahe tot war. „Was ist, Grant? Was wollen Sie sagen?"

„Sagen Sie ihr … sagen Sie ihr, es tut mir leid … sagen Sie ihr …" Grants Augen wurden glasig, und ein langer finaler Atemzug entwich seinem Mund. Er war tot.

Lazlo stand auf und fluchte, da er nicht wusste, was er tun sollte. Er ging zu seinem Auto und rief die Polizei, während er losfuhr — in welche Richtung wusste er nicht.

Die Polizei versicherte ihm, dass sie unterwegs seien. „Da ist ein toter Mann in meinem Haus. Der Mann, der meine Frau entführt hat, hat ihn erschossen." Gott, es war schmerzhaft, das zu sagen.

Tiger. Bitte kämpfe, bitte. Warte auf mich.

Tiger hatte keine Ahnung, wo sie waren, als Lincoln sie

304

aus dem Auto zerrte. Sie landete auf weichem Boden, grasbedeckt, und Lincoln warf sie über seine Schulter. Obwohl es dunkel war, war sie überrascht, als sie unter die Erde zu gehen schienen, und sie realisierte schließlich, dass sie in einer Art Bunker waren. Ihr Herz rutschte ihr in die Hose. Er musste gut versteckt sein, von der Straße aus nicht sichtbar. Irgendwo, wo niemand sie so leicht finden konnte.

Tiger kniff die Augen zusammen. War es wirklich so hoffnungslos?

Lincoln ließ sie auf ein Stockbett fallen, und sie zuckte aufgrund des Schmerzes in ihren Schultern zusammen, als sie auf ihren gefesselten Händen landete. Er machte keinerlei Anstalten, sie zu befreien. Der Raum, in dem sie waren, war minimal ausgestattet, errichtet aus billigen Zementblöcken. Sie hatte den unpassenden Gedanken der Hoffnung, dass sie nicht allzu tief unter der Erde waren und dass alle Stützbalken ihre Arbeit verrichteten. Das Stockbett war das einzige Möbelstück im Raum, aber vor ihr stand ein Stativ mit einer Kamera, die direkt auf sie gerichtet war.

Lincoln schenkte ihr ein kaltes Lächeln. „So wird es laufen. Ich werde dir alles sagen, alles über unseren Bastard von Vater, alles über die Hölle, die er über mir und meiner Mutter hat hereinbrechen lassen. Was deine Mutter uns angetan hat. Du wirst dir alles anhören. Dann", er tätschelte die Kamera, „werde ich eine Kugel in deinen Bauch jagen und zusehen, wie du langsam verblutest. Das hier wird es sowohl für mein eigenes Vergnügen aufnehmen als auch dafür, dass ich es Lazlo schicken kann, damit er deine Ermordung immer und immer wieder durchleben kann."

Er kam zu ihr, und Tiger kroch von ihm weg. Er nahm ihr Kinn zwischen seine Finger. „Ich kann keine Ähnlichkeit zwischen uns erkennen, Schwesterherz." Er riss ihr das Klebeband vom Mund, und Tiger keuchte aufgrund des plötzlichen Schmerzes.

„Warum hast du es mir nicht gesagt? Wir hätten Familie sein können." Der Gedanke machte sie krank, aber sie musste ihn beruhigen. Tiger hatte keinerlei Zweifel daran, dass er seinen abscheulichen Plan durchführen würde, dass sie hier sterben würde.

Lincoln lachte. „Ich glaube nicht. Weißt du, wie lange ich dir zusehen musste, Tiger, wie du gefeiert, als eine Art Vorbild dargestellt wurdest? So beschützt zu sein. Als du dich zurückgezogen hast, habe ich meine Chance auf Rache gesehen, aber du bist verschwunden. Ich musste Grant Waller bezahlen, um dich zur Strecke zu bringen. Er war ein Narr. Als er dich angegriffen hat, konnte ich es nicht glauben. Ich wollte derjenige sein, der dich verletzt, nicht er."

Tigers Augen wurden schmal. „Du hast ihn umgebracht. Ich würde sagen, ihr wart quitt."

Lincoln grinste. Tiger musterte ihn, versuchte irgendwelche Züge ihres Vaters in seinem Gesicht zu erkennen. Sie konnte nichts sehen. „Woher weiß ich, dass du die Wahrheit erzählst? Du könntest einfach so sagen, mein Vater sei deiner gewesen."

„Könnte ich, aber was wäre der Sinn darin? Was wäre der Sinn all dessen?"

„Du wärst nicht der erste Besessene, mit dem ich es zu tun habe."

„Schmeichle dir nicht, Tiger. Ich würde dich nicht einmal vögeln, wenn du nicht meine Schwester wärst."

„Gleichfalls, Arschloch."

Lincoln lachte. „Die Tatsache, dass ich eine Frau vögeln musste, selbst eine so nette wie Sarah, um eine Deckung aufzubauen, war vielleicht eine der schlimmsten Sachen daran."

„Du bist schwul?"

„Nein. Ich bin asexuell. Sex treibt mich nicht an, aber ich habe in meinem Leben erkannt, dass Sex Dinge erledigt bekommt. Er kann benutzt werden." Er setzte sich vor sie. „Immerhin ist es im Grunde genommen genau das, was du tust, nicht? Schauspieler, Schauspielerinnen, sie verkaufen hauptsächlich Sex, selbst wenn es nicht ausdrücklich ist. Sieh dir dein Gesicht an ... der Inbegriff von Schönheit. Denkst du wirklich, dass die Leute, die sich deine Filme angesehen haben, hingegangen sind, um die Darstellung der Rollen zu sehen, die du gespielt hast? Nein. Die wollten dich entweder vögeln oder du sein. Ich will dich nur umbringen."

Tiger fühlte sich plötzlich ruhig. „Mein Vater und meine Mutter wurden getötet, als ich achtzehn war. Denkst du nicht, das war genug Rache?"

„Oh, ich weiß alles darüber." Jetzt lachte er offen über sie. Er setzte sich auf seinen Stuhl, sein Blick verließ sie nie. „Alles."

Tiger erstarrte. „Was?"

„Was denkst du, wer sie von der Straße gedrängt hat, Tiger?"

Tiger fühlte sich, als hätte ihr jemand mit dem Vorschlaghammer auf die Brust geschlagen. „Was? Du lügst."

Lincolns Lächeln wurde breiter. „Ich denke, du weißt, dass ich das nicht tue. Dein Vater — unser Vater — ist sofort gestorben, und er hat richtig gut gebrannt, Tiger. Deine Mutter ...

sie ist aus dem Auto gekrochen. Hat versucht wegzukommen, aber ihre Verletzungen … Meine Güte, sie war auch eine schöne Frau, Tiger, sah genauso aus wie du. Umwerfende Augen. Als ich meine Hand über ihre Nase und ihren Mund gehalten habe, sind sie richtig groß geworden."

Tiger konnte sich das Keuchen entsetzter Trauer nicht verkneifen. „Du hast sie ermordet?"

„Ich habe sie erstickt. Sie hätte es vielleicht überlebt, und das konnte ich nicht zulassen. Sie hat gesehen, was ich getan habe."

Tiger konnte die Tränen nicht zurückhalten. Ihre Mama … „Ich hoffe, dass du in der Hölle verrottest, Johan, Lincoln, Dex, was auch immer dein gottverdammter Name ist."

„Ich bin bereits dort, Tiger. Wo unser Vater mich hingebracht hat. Meine eigene Mutter … sie konnte es nicht ertragen, als er endgültig gegangen ist. Ohne Abschied. Kein Wort, niemals. Also … musste ich ihr Frieden schenken."

„Du hast gesagt … oh Gott, du hast mir gesagt, sie hätte Selbstmord begangen."

„Weil das im offiziellen Bericht steht. Ein alter Trick, jemandes Saft mit zu vielen Tabletten zu versetzen, aber sehr effektiv. Hat bei Sarah funktioniert. Leider anscheinend nicht gut genug."

„Sie wacht auf. Sie wird dich entlarven."

Lincoln nickte. „Ja. Weshalb ich diesen Ort gebaut habe. Niemand wird uns hier finden, Tiger, jedenfalls nicht rechtzeitig. Das wird keine lange, sich schleppende Angelegenheit sein."

„Du wirst nicht von der Insel kommen. Überall am Hafen wird Polizei sein."

„Oh Tiger ... du denkst, ich hätte im Voraus keine Pläne getroffen? Was denkst du, warum ich so lange den richtigen Augenblick abgewartet habe? Ich habe mir meinen Weg in das Inselleben geschlängelt, in dein Leben, in Sarahs Leben. Ich weiß alles." Er lehnte sich nach vorne, sodass sein Gesicht nur Zentimeter von ihrem entfernt war. „Selbst das Gesicht, das du machst, wenn du kommst."

Tiger verlor die Beherrschung, und sie verpasste ihm einen Kopfstoß, der hart genug war, um ihn zurückspringen zu lassen. „Du verdammte kleine Schlampe."

„Fick dich, du Mistkerl." Tiger war ein wenig zufrieden, dass sie auch nur den kleinsten Effekt gehabt hatte. Lincoln stand auf.

„Genieß die Nacht, Tiger. Es ist die letzte, die du siehst. Nächstes Mal, wenn ich diesen Raum betrete, werde ich dich umbringen."

Er verließ den Raum, und eine Sekunde später gingen die Lichter aus, wodurch Tiger in völliger Dunkelheit zurückblieb.

KAPITEL DREISSIG – DECODE

he Island, San Juan Islands, Washington State

LAZLO KONNTE SICH KAUM ZUSAMMENREIßEN. WÄHREND DIE Polizei ihn befragte, wollte er nur wieder los und Tiger finden. Aber er hatte keinerlei Ahnung, wo Johan sie hingebracht haben könnte. Der Hafen war abgeriegelt und die Wasserflugzeuge hatten Startverbot, aber es war immer noch möglich, dass Johan Tiger von der Insel geschafft haben konnte.

Die Polizei dachte das allerdings nicht, und eine Flotte von ihnen war geschickt worden, um die Insel abzusuchen. Lazlo führte sie zu Sarahs Haus, *The Wharf*, überall hin.

Währenddessen wurde er darum gebeten, an einem Ort zu bleiben, und da er nirgendwo anders hin konnte, ging er zurück ins Krankenhaus und hoffte, dass Sarah wieder aufwachen würde, um ihm mehr zu erzählen, irgendeinen Hinweis darauf zu geben, wo Tiger sein könnte.

Auf Anfrage des leitenden Detectives hatte Lazlo die Papiere durchgesehen, die sie auf dem Küchenboden gefunden hatten, besprizt mit Wallers Blut. Es stimmte: Johan alias Dex Loomis alias Lincoln Rose war Tigers älterer Halbbruder. Waller hatte alles ausgegraben, was es über die Rose Familie zu finden gab — beide. Meine Güte, was für ein Chaos.

„Lazlo!" Lazlo drehte sich vom Fenster weg, aus dem er starrte, um Apollo zu sehen, immer noch im Rollstuhl, der von einem der Polizisten zu ihm gerollt wurde. Hinter ihm trug eine weinende Nell Daisy in den Armen.

Lazlo ging zu ihnen und umarmte Apollo und Nell. „Ich habe euch holen lassen, sobald ich es erfahren habe."

„Was zur Hölle ist passiert? Die haben uns gesagt, Tiger würde vermisst und dass irgendein Kerl behauptet, unser Bruder zu sein?" Apollo sah blass und abgespannt aus, er hatte schreckliche Angst um seine Schwester.

Der Chefarzt, erschreckt durch das Drama, kam zu ihnen. „Wir haben einen der privaten Räume für Sie vorbereitet. Wenn Sie irgendetwas brauchen, sagen Sie es nur."

Es war die Hölle, auf irgendwelche Neuigkeiten zu warten. Lazlo fühlte sich hin- und hergerissen, sich um Apollo und Nell zu kümmern und nach Sarah zu sehen. Jede Zelle in seinem Körper schrie ihn an, das Krankenhaus zu verlassen und sie zu finden, aber die Polizei ließ ihn nicht.

Am Morgen nach Tigers Entführung starrte er aus dem Fenster des Krankenhauszimmers, in dem Sarah schlafend dalag. „Wo bist du?", flüsterte er in den Ether, während er angestrengt auf die Antwort lauschte, von der er wusste, dass sie nie kommen würde. Gott, Tiger ...

„Lazlo?"

Für den Bruchteil einer Sekunde dachte Lazlo, es wäre Tigers Stimme, die auf sein Flehen antwortete, aber dann traf ihn die Realität. Er drehte sich um, um zu sehen, dass sich Sarahs Augen geöffnet hatten, und kam an ihre Seite. „Hey ... hey Sarah ... Schwester? Sarah ist wach."

Die Krankenschwester kam herein, während Lazlo Sarahs Hand hielt. Sarahs Augen waren aufgerissen. „Lazlo ... Johan ..."

„Wir wissen es, Sarah. Es tut mir leid, aber es war zu spät. Er ist weg ... und er hat Tiger."

Sarah stöhnte auf, und die Schwester warf Lazlo einen gereizten Blick zu, aber es war ihm egal. „Sarah, ich frage dich das nur ungern, kurz nachdem du aufgewacht bist, aber jede Sekunde zählt."

„Mr. Schuler ..."

„Nein, es ist in Ordnung." Sarah kämpfte sich trotz der Proteste der Krankenschwester in eine sitzende Position. „Lazlo ... er hat mich irgendwo auf die Insel gebracht. Ein Bunker. Er hat ihn gebaut ... hallo."

Sie sah an Lazlos Schulter vorbei, um den zuständigen Detective hereinkommen zu sehen.

„Es tut mir leid, ich wollte nicht stören, aber ..."

„Jede Sekunde zählt." Sarah nickte. Sie sah erschöpft aus, aber aufmerksamer als das letzte Mal. „Wie gesagt, er hat mich dorthin gebracht. Es war dunkel, und meine Augen waren verbunden, aber ich kann sagen, dass es eine ungefähr zwanzigminütige Fahrt von meinem Haus aus war."

„Wie hat er dich ins Auto bekommen?"

Sarah lächelte traurig. „Er hat mir gesagt, er hätte eine Überraschung für mich. Ich war krank gewesen ...

„Also warst du krank?"

„Ja, für ein paar Tage. Grippe. Ich war wirklich krank. Zuerst war er so aufmerksam, aber dann schien er sich zu verändern, wurde launisch." Sie schüttelte den Kopf. „Haben Sie Zeit hierfür?"

„Für alles, was Sie uns sagen können", sagte der Detective sanft. Lazlo nickte.

„Bitte, mach weiter."

„Wie gesagt, er hat mich ins Auto gebracht und darum gebeten, die Augenbinde aufzuziehen. Sagte, es sei eine Überraschung. Weißt du ... ich dachte, er würde mir einen Heiratsantrag machen und das sei einfach seine Art, es zu tun. Ich hätte nicht mehr falsch liegen können." Ihre Stimme brach, und sie wandte für eine Sekunde den Blick ab, bevor sie sich räusperte. „Aber es war eine zwanzigminütige Fahrt. Er hat mich die Augenbinde nicht ausziehen lassen, als wir aus dem Auto gestiegen sind, aber bald standen wir auf Gras — weicher Boden. Ich hörte Vogelgezwitscher. Dann gingen wir eine Treppe hinunter. Es roch neu, aber muffig, wie eine Baustelle, kurz nachdem das Gebäude fertig ist, weißt du? Es ist unter der Erde. Das ist alles, was ich darüber weiß, wo es ist.

Der Detective nickte und ging raus, um Anweisungen in sein Handy zu bellen. Lazlo hielt Sarahs Hand, während sie sich dafür entschuldigte, nicht mehr zu wissen. Lazlo stoppte sie. „Sarah, woher hättest du es wissen sollen? Du hast uns mehr Informationen gegeben, als wir hatten und—"

Er hielt plötzlich inne, als ihm etwas einfiel. Sarah sah ihn neugierig an. „Was?"

„Wir sind ihm gefolgt ... von deinem Haus aus. Tiger hatte einen Verdacht. Sie dachte, dass an deiner Krankheit irgendetwas verdächtig sei, weil Johan sie von dir ferngehalten hat."

„Hat er das?"

Lazlo lächelte halb. „Du kennst Tiger. Wir sind eines Nachts zu deinem Haus, und Tiger, na ja, sie ist eingebrochen. Entschuldige. Diese nicht richtig schließende Hintertür. Als wir dich nicht finden konnten, haben wir beide etwas geahnt. Wir sind ihm für eine Weile gefolgt, und er hat angehalten ..." Er stand auf. „Sarah, ist es für dich in Ordnung, wenn ich zum Detective gehe?"

„Geh, geh. Ich bete, dass du sie findest."

ANSTATT ALLERDINGS ZEIT DAMIT ZU VERBRINGEN, DEN Detective zu finden, verließ Lazlo einfach das Krankenhaus. Sein Bauchgefühl sagte ihm, er solle derselben Straße folgen, auf der sie in dieser Nacht Johans Auto gefolgt waren. Er würde Haus und Hof darauf verwetten, dass Johan nahe dem Ort gewesen war, an dem sein Bunker war.

Lazlo schüttelte den Kopf. Monatelang, monatelang hatte er das geplant, natürlich. Die Geduld, die Psychopathie, die dafür nötig war ... Meine Güte. Diese Art von Besessenheit konnte er nicht begreifen. Er folgte derselben Route wie in jener Nacht. Von Sarahs Haus aus — das immer noch von der

Polizei durchkämmt wurde — folgte er der Straße, die Johan genommen hatte, wobei er ein Auge auf die Uhr gerichtet hielt. Sarah hatte gesagt, Johan wäre für ungefähr zwanzig Minuten gefahren.

Zwanzig Minuten später hielt Lazlo am Straßenrand an. Es kam ihm leicht bekannt vor, aber auf der anderen Seite waren hier überall Felder und es war schwer, sie zu unterscheiden. Es gab ein paar Stellen, wo er Wege sehen konnte, die in die Felder führten, und ging zu Fuß weiter, um denen zu folgen, die er sehen konnte. Er wollte nicht, dass das Auto Aufmerksamkeit erregte, wenn er den Bunker entdeckte — wenn möglich, dann wollte er Johan überraschen. Lazlo hatte keine Waffe — Tiger hatte sich geweigert, eine im Haus zu haben — aber vor dem Verlassen des Krankenhauses hatte er ein Skalpell gestohlen.

Es war ihm egal, ob er Johan persönlich umbringen musste, um Tiger zu retten — er würde es tun.

Er dachte daran zurück, als seine Schwester India dazu gezwungen gewesen war, ihren Stalker zu töten oder selbst zu sterben. Er hatte das immer unterstützt, sich aber gefragt, wie es Indy verändert hatte, jemandem das Leben nehmen zu müssen. Jetzt wusste er es. Es ging nicht um Moral, es ging um das Überleben, und er würde verdammt sein, wenn ihm seine Liebe, seine Frau, seine geliebte Tiger weggenommen werden würde.

Lazlo berührte das Skalpell in seiner Tasche, zögerte aber, bevor er losging. Er hatte sich an der Polizei vorbeigeschlichen, um herzukommen, aber jetzt überwog sein gesunder Menschenverstand. Sie hatten die Ressourcen, um die Gegend abzusuchen, also rief er den leitenden Detective an, bevor er sich aufmachte.

Der Detective war nicht glücklich mit ihm, versprach aber, Leute zu schicken. „Sie hätten es uns wirklich sagen sollen, bevor Sie dort hin sind. Bringen Sie sich nicht in Gefahr, Mr. Schuler."

„Würden Sie sich für die Person, die Sie lieben, in Gefahr bringen, Detective?" Lazlo wartete auf seine Antwort.

Stille. „Ich verstehe." Der Detective seufzte. „Nur … warten Sie auf uns."

Lazlo sagte ihm, dass er das tun würde, aber sie wussten beide, dass er log. Als Lazlo auflegte, sah er auf und blickte in der Gegend umher.

Tiger … halte durch. Ich komme zu dir.

KAPITEL EINUNDDREISSIG – LEAVE

incolns Bunker, The Island, San Juan Islands, Washington State

TIGER HATTE NICHT GESCHLAFEN, DA SIE KEINEN MOMENT verschwenden wollte, wenn diese Nacht alles war, was von ihrem Leben übrigblieb. Sie verbrachte die Zeit damit, an Lazlo zu denken, an ihren Bruder, ihre Familie, ihre Freunde und mit dem Versuch, sich eine Fluchtmöglichkeit auszudenken. Das Klebeband um ihre Handgelenke war fest, aber sie bewegte sie trotz der Tatsache, dass sie merkte, wie ihre Haut nachgab und Blut aus den Wunden tropfte. Bei Tagesanbruch spürte sie, wie das Klebeband leicht nachgab, was sie anspornte.

Sie hatte sich noch nicht richtig befreit, als Lincoln zurückkehrte und sie dazu brachte, etwas Wasser zu trinken. Zu ihrer Erleichterung kontrollierte er nicht ihre Fesseln, und das Wasser schmeckte nicht so, als hätte er es mit etwas versetzt. Ihre Augen waren auf die Waffe gerichtet, die er in den Bund seiner Hose gesteckt hatte. Warum schob er es hinaus, sie zu töten?

Das fragte sie ihn, und er lachte humorlos. „So viele Fragen. Warum zögere ich das Unausweichliche hinaus?" Er zog die Waffe aus seinem Bund, löste die Sicherung und drückte die Mündung an ihren Bauch. Sie konnte die Kälte des Metalls durch ihr dünnes T-Shirt spüren und spannte sich in Erwartung der Kugel an.

„Bang, bang, bang." Er lachte, als sie zusammenzuckte. „Das. Genau das ist der Grund, aus dem ich es hinauszögere. Die Folter für dich. Das Wissen, dass es kommt." Er zog die Waffe weg und sicherte sie. Er wedelte damit über seinem Kopf. „Hier drin sind sechs Kugeln. Du bekommst fünf davon, Tiger."

Sie kniff die Augen zusammen. „Warum nicht alle sechs? Warum nicht der Jackpot?"

Er kicherte. „Ich brauche eine, für den Fall, dass mein Plan den Bach runtergeht. Nur für den Fall. Oder falls dein Mann entscheidet, mich zu jagen."

Tigers Körper wurde bei seinen Worten kalt. „Halt ihn da raus. Das ist zwischen dir und mir. Du hast bereits meine Eltern getötet und meinen Bruder verletzt. Wenn du mich erschießt, ist dein Job erledigt."

„Wenn, Tiger. Wenn ich dich erschieße. Ich würde dir sagen, dass du dich ausruhen sollst, aber das macht nicht wirklich Sinn. Das nächste Mal, wenn du mich siehst, werde ich dich umbringen."

„Das hast du schon das letzte Mal gesagt."

Lincolns Mundwinkel zuckten nach oben. „Frech. Gefällt mir. Aber es wird dich nicht retten."

Diesmal ließ er das Licht an, als er den Raum verließ, und Tiger verlor keine Zeit. Sie zog und zog an dem gelockerten Klebeband an ihren Handgelenken und endlich spürte sie, wie es riss. Die Erleichterung, die sie durchfuhr, war greifbar, und sie rieb sich vorsichtig die Haut, wobei sie auf die Wunden pustete, um sie zu lindern. Dann machte sie sich an das Klebeband an ihren Knöcheln und riss es vorsichtig auseinander, sodass sie es noch einmal verwenden konnte, falls nötig. Für was, das wusste sie nicht, aber im Moment waren die einzigen Dinge, die ihr zur Verfügung standen, das Klebeband und die Kamera auf ihrem Stativ.

Sie konnte sehen, dass sie nicht eingeschaltet war, was sie überraschte. Warum würde er ihr nicht zusehen wollen, um sicherzustellen, dass sie gerade nicht genau das tat, was sie tat?

Arroganz. Johans — Lincolns — Sicherheit, dass sie hilflos war, gab ihr einen Funken der Hoffnung. Tiger stand vom Stockbett auf und ging zur Kamera, da sie sichergehen wollte, dass sie richtig lag. Sie seufzte erleichtert, als sie bestätigen konnte, dass die Kamera ausgeschaltet war. Sie nahm das Stativ—es war nicht gewichtig, aber trotzdem besser als nichts. Wenn sie Lincoln überraschen konnte, würde sie ihn vielleicht lange genug ablenken können, um aus diesem Raum herauszukommen.

Tiger blickte zu dem Licht an der Decke auf. Es war eine nackte Glühbirne, die sie zerschlagen konnte, aber selbst mit dem Stativ konnte sie sie nicht erreichen. Ihr Blick fiel auf das Stockbett. Es war aus schwerem Stahl gemacht und sie konnte versuchen, es zu bewegen ... aber das Geräusch wäre bestimmt laut und würde Lincoln alarmieren.

Sie ging hin und riskierte es, es hochzuheben. Meine Güte, es wog eine Tonne und sie war nicht sicher, ob sie es überhaupt bewegen, geschweige denn genug bewegen konnte, um ein Geräusch zu machen.

Fuck. Sie blickte wieder auf zur Lampe. Wenn sie sich auf die Kante des Bettes stellte, konnte sie die Birne vielleicht zerschlagen, aber sie müsste aufpassen, nicht das Gleichgewicht zu verlieren.

„Scheiß drauf." Sie würde es riskieren. Wenn sie wenigstens das Licht zerschlug, hätte sie eine Chance.

Sie griff das Stativ und kletterte auf das Bett. Wenn sie auf dem stählernen Kopfende stand, konnte sie sie fast erreichen ...

Sie stabilisierte sich so gut sie konnte an der Wand und holte ein paar Mal aus, verpasste die Glühbirne aber jedes Mal um ein paar Zentimeter.

Sie zischte frustriert. Sie hörte Bewegungen vor dem Raum, und mit einem letzten verzweifelten Versuch traf das Stativ auf die Glühbirne.

Sie zerbrach und ließ ihr Glas zu Boden fallen. Mit ihrem Schwung bewegte sich das Stockbett und Tiger fiel, wobei sie mit den Knien in das gebrochene Glas auf dem Boden fiel. Ihr entwich ein ungewollter Aufschrei, aber sie drehte sich auf den Rücken und sprang auf die Füße, als die Tür aufging.

Es war eine Millisekunde, die sie hatte, und sie nutzte sie, indem sie mit dem Stativ auf Lincoln losging und es in seine Brust schlug, was ihn zu Boden brachte.

„Verdammte Schlampe!" Er griff ihren Fuß, als sie versuchte, an ihm vorbeizukommen, woraufhin Tiger erneut mit dem Stativ auf ihn schlug. Lincoln griff es, bevor es sein Gesicht treffen konnte und drehte es. Tiger warf sich von Lincoln weg, wobei sie merkte, wie sich die Kamera vom Stativ löste. Sie war jetzt zwischen Lincoln und dem Ausgang und rannte los. Sie hörte den ersten Schuss und das Abprallen der Kugel an der Wand hinter ihr.

„Tiger!"

Ein weiterer Schuss. *Das war's*, dachte sie, während sie im Zickzack den langen Korridor entlangrannte.

Dann wurde alles dunkel und sie stolperte auf der ersten Stufe, wobei sie auf die Betontreppe knallte. Ein weiterer Schuss erhellte kurz den Korridor, als sie sich atemlos umdrehte.

„Du wirst nicht fliehen können, Tiger, es ist sinnlos, es zu versuchen."

„Fick dich!"

Sie hörte sein Lachen, wie es immer näher und näher kam … sie drehte sich um und hastete die Treppe hoch. Das Stativ lag in ihrer Hand und sie schlug wild um sich, als sie realisierte, dass die Tür verschlossen war.

Verschlossen, aber aus Holz … „Hilfe! Helft mir!" Sie schrie aus vollem Halse, in der Hoffnung, dass sie jemand, irgendjemand hören würde. Sie merkte, wie Lincoln aufholte, sein Atem war heiß in ihrem Nacken, und er griff sie, um sie die Treppe hinunterzuzerren.

Mit einer letzten verzweifelten Bewegung, als Lincoln die

Waffe an ihren Bauch presste, holte Tiger mit dem Stativ aus. Für einen Moment blieb die Zeit stehen, dann merkte sie, wie etwas auf sie spritzte.

Lincoln machte ein gurgelndes Geräusch, und sie wusste, dass sie ihn verletzt haben musste. Ein kurzer Hoffnungsschimmer entflammte in ihr, aber dann ein plötzliches Aufbrausen von Licht und Schmerz, so viel Schmerz. Der Blitz der feuernden Mündung erhellte den Raum, als er sie anschoss. Selbst in ihrer Qual, in ihrem Schrecken sah sie, dass seine Kehle durchgeschnitten war, vermutlich durch die offene Schraube an der Spitze des Stativs. Als er die Kamera abgerissen hatte, hatte Lincoln ihr eine Waffe gegeben, und sie hatte sie benutzt.

Trotzdem wusste Tiger jetzt, dass alles vorbei war. Lincoln feuerte willkürlich, jedes Mal wurde alles erhellt, jedes Mal erlitt sie neue Schmerzen. Tiger drehte sich auf die Seite und schrie auf, als eine weitere Kugel ihre Hüfte traf.

„Stirb … einfach …" Sie hörte sein gurgelndes Kreischen, dann fiel er, und sein Körper sackte zu Boden.

Stille. Für eine Sekunde hörte Tiger nichts, ihre Ohren klingelten durch das Knallen der Schüsse. Ihr Bauch war voller Qual, ihre Hüfte zertrümmert. Sie konnte spüren, wie das heiße Blut aus ihr gepumpt wurde, aber sie lebte. Sie tastete den Boden ab, auf der Suche nach der Waffe. Ihrer Rechnung nach zu urteilen, war noch eine Kugel übrig. Sie schleppte ihren Körper die Steintreppe hinauf zur Tür. Sie tastete nach dem Griff und verfolgte den Weg dorthin, wo sie verschlossen war.

Sie hatte keine Ahnung, ob es funktionieren würde, aber sie musste es versuchen. Wenn sie hier nicht herauskam, würde sie sterben — das war offensichtlich. Die gute Nachricht war, dass sie frische, kühle Luft spüren konnte. Es bedeutete, dass sie nicht allzu tief unten sein konnte. Sie presste die Waffe dorthin, wo sie den Schließmechanismus vermutete, und mit einem schmerzhaften Atemzug drückte sie den Abzug.

LAZLO VERLOR DIE HOFFNUNG. SELBST NACHDEM DIE POLIZEI angekommen war, um ihm bei der Suche zu helfen, dachte er, dass sie Lincoln Roses Bunker vielleicht nie finden und es zu spät sein würde, wenn sie es taten. Er schleppte sich über die Felder, auf der Suche nach irgendeinem Zeichen. Ein paar Mal hatten ihn Reifenspuren beinahe hibbelig gemacht, aber sie hatten nirgendwo hingeführt, und jetzt, was nicht half, war ein Sturm aufgezogen und Regen fiel, was jeden Anhaltspunkt wegwusch.

Wo bist du? Lazlo fühlte die Verzweiflung in jeder Zelle seines Körpers, hörte geistig das Ticken der Uhr, während ihm Tigers Leben entglitt. *Liebling ... bitte ...*

„Lazlo!"

Über das Knallen des Donners hinweg hörte er, wie ihn der leitende Detective rief. Und er drehte sich um, duckte sich unter einen Baum — nicht sehr überlegt während eines Gewitters, aber er war nicht bei sich — und der Detective kam zu ihm. „Wir müssen ausrücken." Der Detective sah blass und schockiert aus, und Lazlo schüttelte den Kopf.

„Was? Nein ..."

„Lazlo, es hat einen Vorfall am Hafen gegeben ... die denken, dass jemand Vorkehrungen getroffen hat. Der Fährhafen, manche der Orte auf der Hauptstraße. *The Wharf* ... dort brennt es ..."

„Er hat das getan", schrie Lazlo zurück. „Es ist eine Ablenkungstaktik."

„Vielleicht ... aber wir müssen dort sein. Hören Sie, wir bekommen Verstärkung, und sie kommen mit dem Hubschrauber, aber wegen des Sturms ... Lazlo, es tut mir leid."

Lazlo konnte nicht glauben, dass sie gingen. „Wir können sie nicht einfach verlassen! Das ist meine Frau ..."

„Es tut mir leid, aber wir haben nichts gefunden, das suggeriert, dass sie hier ist. Sie könnte überall sein. Lazlo, es tut mir leid, wir müssen gehen."

Lazlo sah hilflos zu, wie seine polizeiliche Unterstützung verschwand und ihn alleine ließ. „Fuck!", brüllte er in den Sturm hinein. Er war vom Regen durchnässt, und die Dämmerung brach herein, aber es war ausgeschlossen, dass er aufgab. Er wusste mit jeder Faser seines Körpers, dass sie in der Nähe war. Er spürte sie ... „Tiger ... bitte ... hilf mir hier draußen. Gib mir einen Hinweis."

Und dann hörte er die Schüsse.

KAPITEL ZWEIUNDDREISSIG – BORN TO DIE

he Island, San Juan Islands, Washington State

TIGER KONNTE IHRE UNTERE KÖRPERHÄLFTE NICHT LÄNGER spüren. Sie musste ihre ganze Kraft im Oberkörper nutzen, aber selbst so dauerte es eine Ewigkeit, sich jede Stufe hochzuziehen, und als sie die Treppen erreichte, die Lincoln in den Matsch geschnitten hatte, hatte sie der sintflutartige Regen zu einem rutschigen Albtraum gemacht. Tiger war wieder heruntergerutscht, und jetzt war sie durch die Anstrengung und den Blutverlust erschöpft.

Sie wollte nicht aufgeben, wollte nicht hier draußen alleine sterben, aber ihr Körper kam ihrem Willen nicht mehr nach, und sie begann zu weinen. *Ich will hier nicht sterben ...*

Schwarze Punkte begannen in ihren Augenwinkeln zu erscheinen, und sie wusste, dass das Ende nah war. *Oh Gott, Lazlo ... ich hätte dich noch mehr lieben sollen ...*

Ihre Brust fühlte sich eng an, ihre Atmung wurde flach, und Tiger schloss die Augen. *Akzeptiere es. Du wirst hier sterben* ...

Sie verlor das Bewusstsein und hörte nicht, wie die Liebe ihres Lebens ihren Namen rief.

Lazlo stolperte in Richtung der Schüsse und betete, dass er nicht wahnhaft genug war, sie sich nur eingebildet zu haben, aber er war trotzdem voller Angst, dass es bedeutete, dass Tiger tot war. Er rutschte auf dem matschigen Grund beinahe aus und ging durch die Bäume hindurch in ein kleines Wäldchen. Er sah sofort das Loch im Boden, sein Herz hüpfte, dann sah er die kleine, zusammengebrochene Gestalt am Boden. „Tiger!"

Lazlo dachte nicht nach — er musste einfach zu ihr gehen. Er glitt an der Seite herunter, wo er die Tür zum Bunker entdeckte, aber dann wurde seine ganze Aufmerksamkeit auf seine Frau gezogen. Er nahm sie in die Arme, dann stöhnte er entsetzt auf, als er die Schusswunden an ihrem Bauch und ihrer Hüfte sah. Ihre Kleidung war blutdurchtränkt, ihre Augen geschlossen, und als er sie hielt, war ihr Körper schlaff. Mit zitternden Fingern fühlte Lazlo ihren Puls.

Am Leben. Sein Atem verließ ihn stoßartig. Ihr Herzschlag war schwach, aber er war da. Lazlo presste seine Lippen auf ihre. „Bleib bei mir, Liebling."

Er sah sich um und bemerkte, in welchen Schwierigkeiten sie jetzt steckten. Der Regen hatte aus den Stufen im Boden eine Rutsche gemacht, und mit Tiger als Totgewicht in seinen Armen wäre es für Lazlo unmöglich, sie herauszutragen.

Totgewicht.

„Nein … nein. Komm schon Liebling, so endet es nicht." Er küsste sie erneut und während der nächsten Minuten tat er sein Bestes, um aus dem Loch zu klettern. Er schaffte es nicht. Gott…

Er blickte zurück in den Bunker. Dort konnte etwas sein, das helfen konnte. Er nahm an, dass Lincoln entweder gegangen war, oder…

Lazlo trug Tiger in den Bunker und legte sie vorsichtig in die Tür, wobei er das zerschossene Schloss bemerkte. Der Eingang zum Bunker lag im Dunkeln, und er nutzte sein Handy als Taschenlampe. Am Fuße der Stufen sah er ihn. Lincoln Rose lag auf dem Rücken, seine Augen waren offen und blicklos, seine Kehle durchgeschnitten. Lazlo starrte die Leiche lange an, dann trat er den Mann, um sich zu vergewissern, dass er wirklich tot war, aber es war offensichtlich. Tiger hatte ihn getötet, da war er sich sicher.

„Meine knallharte Frau." Er kickte Lincolns Leiche auf eine Seite und eilte den Korridor entlang, wo er die beiden Räume durchsuchte. Im hintersten entdeckte er ein Stockbett mit einem Laken. Das würde reichen müssen.

Irgendwie schaffte er es, das Laken zu benutzen, um Tiger nach oben zu befördern, und sobald er sie dort hatte, hob er sie hoch und trug sie zurück zum Auto. Sie waren beide voller Schlamm, und Lazlo zog sich bis auf die nackte Haut aus, dann warf er seine dreckige Jacke in den Kofferraum und nutzte sein relativ sauberes Hemd, um es auf ihre Wunden zu pressen. Tiger rührte sich, als er den Stoff auf ihren Bauch drückte, und zu seiner Freude öffnete sie die Augen.

„Bin ich tot?"

Lazlo konnte die Tränen nicht zurückhalten. „Nein, Liebling, du bist immer noch bei mir. Bitte … bleib bei mir …" Seine Stimme brach, und er legte seine Stirn auf ihre. „Ich habe keine Zeit, es zu erklären. Ich bringe dich ins Krankenhaus."

„Okay." Ihre Stimme war schwach, und ihre Augen schlossen sich wieder. Lazlo legte sie vorsichtig auf die Rückbank und stieg ein.

„Halt durch, Liebling … bitte …"

LAZLO ERINNERTE SICH NICHT AN DIE FAHRT INS Krankenhaus. Er konnte sich nur daran erinnern, wie er beinahe direkt in die Notaufnahme gefahren war und die Leute angeschrien hatte, sie mögen ihm doch bitte, bitte helfen. Er hatte Tiger in den Armen und konnte sich nicht einmal mehr an ihr Gewicht erinnern, während er in die Notaufnahme torkelte, dann die Leere, die erspürte, als sie sie ihm abnahmen und in den OP brachten. Er stand da, bedeckt mit Schlamm, nichtsahnend der verwirrten Blicke derer um ihn herum.

Schließlich berührte jemand seine Schulter, und er drehte sich um, benommen, um den Detective zu sehen. „Lazlo … Sie haben sie gefunden."

Lazlo nickte. „Sie wurde angeschossen. Er hat sie angeschossen. Er hat sie angeschossen, und sie hat ihn getötet. Sie hat versucht herauszukommen, aber der Schlamm und der Regen …"

Er war sich bewusst, dass er plapperte, und der Detective rief einen weiteren Arzt, mit dem er Lazlo zu einem Stuhl führte.

„Er hat einen Schock", sagte der Arzt, aber Lazlo schüttelte den Kopf.

„Nein. Ich … ich kann nur nicht denken. Werden die mir sagen, ob es ihr gutgeht?"

Der Detective erklärte dem Arzt, was passiert war, der daraufhin nickte. „Ich werde nachsehen. Währenddessen werden wir Sie untersuchen, Mr. Schuler."

„Es geht mir gut."

Aber so war es nicht. Sein Verstand war in einem Zustand der Verwirrung, und die Angst, der Schrecken, dass Tiger es nicht schaffen würde, war alles, woran Lazlo denken konnte.

Die Welt bewegte sich um ihn herum, während er auf Neuigkeiten über ihren Zustand wartete, und als Apollo und Nell gebracht wurden, erzählte er ihnen mit monotoner Stimme, was passiert war. Die Stunden zogen sich und obwohl der Chirurg eine Krankenschwester schickte, um Tigers Familie zu informieren, konnte sie ihnen nur sagen, dass sie „alles tun, was sie können".

Lazlo entschuldigte sich und rief India an, da er die Stimme seiner Schwester hören musste. India sagte ihm, dass die Nachricht landesweit ausgestrahlt wurde. „Wir fliegen rüber. Wir sind gerade auf dem Weg zum Flughafen."

Es lag ihm auf der Zunge, ihr zu sagen, sie solle nicht kommen, sich und Massimo keine Umstände machen, besonders nicht mit einem so kleinen Kind, aber etwas hielt ihn ab. Lazlo brauchte sie jetzt, brauchte seine Schwester dringend, also dankte er ihr stattdessen. „Ich besorge euch ein Auto."

„Laz, keine Sorge, das machen wir selbst."

Er lachte humorlos. „Das wird mich ablenken."

„Oh Laz …" Indias Stimme war sanft. „Du verdienst so viel mehr als diesen Schmerz. Ich bin bald da. Es wird ihr gutgehen … ich fühle das."

Lazlo war dankbar für Indias Worte, aber er wünschte, er könnte sich so hoffnungsvoll fühlen. Aller schlechten Dinge sind drei war alles, woran er denken konnte—er hatte beinahe India verloren, dann seine Freundin Jess und jetzt hing Tigers Leben am seidenen Faden. Die Furcht in ihm war beinahe überwältigend.

Er arrangierte ein Auto, das India und Massimo vom Flughafen abholen würde, dann ging er zu Sarah.

Sarah saß im Bett und sah zu seiner Erleichterung wesentlich besser aus. Die aschfahle Farbe ihres Gesichts war weniger geworden, und ihre Augen waren klar. Aber sie waren voller Trauer, und er setzte sich zu ihr. „Gibt es irgendwelche Neuigkeiten, Lazlo?"

Er schüttelte den Kopf, und Sarah seufzte. „Es tut mir so leid, Laz. Ich hätte es sehen sollen. Ich hätte ihn durchschauen sollen, aber …"

„Liebe ist blind."

Sie nickte. „Und ich habe ihn geliebt. Er war der erste Mann, den ich seit Bens Tod geliebt habe. Er hat mich völlig an der Nase herumgeführt. Ich fühle mich so … elend."

„Er hat uns alle an der Nase herumgeführt", versicherte Lazlo ihr. „Uns alle. Die Tiefen seiner Psychopathie … meine Güte, Sarah, Johan war wahnsinnig. Wahnsinnig. Er verdient, was ihm passiert ist. Du nicht." Er drückte ihre Hand. „Wie geht es dir?"

„Besser. ich meine, es wird mir bessergehen, wenn ich nicht an diesen Maschinen hänge ... aber die Ärzte sind optimistisch bezüglich meiner Nierentätigkeit." Sie seufzte. „Hast du von *The Wharf* gehört?"

Lazlo nickte. Es schien, als hätte Johan — Lincoln Rose — an verschiedenen Orten Vorrichtungen angebracht, die die Aufmerksamkeit von ihm ablenkten, während er versuchte, der Insel zu entfliehen. Sie waren darauf abgestimmt, zu einer bestimmten Zeit zu starten, wodurch Explosionen und Feuer verursacht wurden. Der leitende Detective vermutete, dass Rose geplant hatte, Tiger zu töten und dann die Verwirrung zu nutzen, um unentdeckt von der Insel zu fliehen. Der Fährhafen, der Bauernmarkt und *The Wharf* waren alle beschädigt worden, wobei *The Wharf* beinahe völlig ausgebrannt war.

Lazlo beruhigte Sarah jetzt. „Hör zu, mach dir keine Sorgen. Du musst dich um dich selbst kümmern, und Tiger ..." Seine Stimme brach, aber er räusperte sich. „Tiger wird durchkommen, und während ihr euch beide erholt, holen wir die besten Leute, um alles wieder aufzubauen. Ihr werdet *The Wharf* zurückbekommen, das verspreche ich dir."

Er blieb noch eine Weile bei Sarah, dann ging er zurück zu Apollo und Nell. Nell holte ihnen Kaffee, und Lazlo ging zu Apollo, der aus dem Fenster starrte. Er saß jetzt nicht mehr im Rollstuhl, aber er benutzte immer noch Krücken, und für Lazlo sah er älter aus.

Beschädigt. So viel Schaden. „Pol?"

Apollo drehte sich mit tränennassem Gesicht zu seinem Schwager um. „Hey, Laz. Wie geht es Sarah?"

Lazlo informierte ihn, dann legte er Apollo die Hand auf die Schulter. „Sie wird wieder. Tiger. Ich weiß es."

„Ich sehe den Konflikt in deinen Augen, Laz. Ich weiß, dass es schlecht aussieht." Apollo seufzte und rieb sich die Augen. „Nur ... sie hat mich praktisch großgezogen, weißt du?"

„Ich weiß."

„Entschuldigung?"

Beide Männer drehten sich um und sahen Tigers Chirurgen hinter sich stehen. Er lächelte sie an. „Ich habe Neuigkeiten. Gute Neuigkeiten."

TIGER ÖFFNETE DIE AUGEN UND SEUFZTE. KEIN SCHMERZ. SIE war entweder tot oder bekam sehr, sehr gute Medikamente. Ihr Hals fühlte sich trocken an, aber sie riskierte es, zu sprechen. „Lazlo?"

Sie hörte, wie ein Stuhl über den Boden kratzte, dann war er in ihrem Blickfeld, sah so schön aus, so unglaublich erfreut sie zu sehen, dass sie lächelte. „Mein Schöner. Willst du zu mir reinspringen?"

Lazlo lachte. „Da spricht das Morphium. Mein Gott, Tiger ..."

Seine Lippen landeten auf ihren, und als erinnerte er sich, dass sie in einem Krankenhausbett lag, löste er sich, und Tiger schmollte. Lazlo streichelte ihr Haar. „Wie fühlst du dich?"

„Klotzig." Sie legte ihre Hände auf die dicken Verbände an ihrem Bauch und merkte den Gips an ihrem rechten Bein. „Mich hat's ordentlich erwischt, was?"

Lazlo lachte erstickt mit Tränen in den Augen. „Nur du könntest das so runterspielen. Meine Güte, Tiger … du wärst beinahe gestorben."

„Aber das bin ich nicht. Und dieser Hundesohn ist tot, dafür habe ich gesorgt."

„Knallhart."

„Allerdings. Wie geht es Sarah?"

„Besser. Sie sorgt sich um dich."

Tiger zog sein Gesicht für einen weiteren Kuss zu sich. „Es geht mir gut. Es geht mir jetzt gut."

Lazlo seufzte und legte seine Stirn auf ihre. „Versprochen?"

„Versprochen."

KAPITEL DREIUNDDREISSIG – TE AMO

he Island, San Juan Islands, Washington State

Ein Jahr später ...

Es war beinahe zwei Uhr morgens, als die Party ihr Ende
fand. *The Wharf*, neu renoviert, war voller Gäste, Kunden und
Freunden gewesen, und jetzt, als Sarah Tiger und Lazlo
wegscheuchte, lächelte sie die beiden an. „Geht. Ich mache zu.
Ihr habt heute mehr als genug getan. Mehr als nur heute. Ich
liebe euch beide so sehr."

Lazlo fuhr Tiger nach Hause, und sie brauchten keine Worte.
Hand in Hand gingen sie in ihr Haus, begrüßten Fizz, der mit
dem Schwanz wedelte und an ihnen hochsprang, bevor er in
sein Körbchen zurückkehrte. Er schien zu spüren, dass jetzt
ihre Zeit war, um zusammen zu sein.

Lazlo und Tiger gingen gemeinsam die Treppe hoch, wobei

sie einander anlächelten, als sie ihr Schlafzimmer betraten. Es war ein langes, hartes Jahr gewesen, mit Tigers langsamer und schmerzhafter Genesung und der Renovierung von *The Wharf*, die länger gedauert hatte, als sie sollte.

Aber jetzt … Lazlo nahm Tiger in die Arme und presste seine Lippen auf ihre. „Ich liebe dich so sehr", murmelte er und merkte, wie sich ihre Lippen an seinem Mund zu einem Lächeln verzogen.

„Ich liebe dich, Lazlo Schuler."

Ihr Kuss wurde dringlicher, und als sie einander die Kleider auszogen, hob Lazlo sie hoch und trug sie zum Bett, wo er ihre Lippen, ihren Hals küsste und ihren Körper herunterwanderte, bis seine Zunge ihren Schritt fand. Er legte ihre Beine auf seine Schultern und hörte ihr Keuchen, als sich seine Finger in ihrer Kehrseite vergruben. Sie schmeckte nach Honig, und während er sie beglückte, reagierte sein eigener Körper, dass er sehnlichst in ihr sein wollte, bevor er sie überhaupt zum Höhepunkt gebracht hatte.

„Lazlo … bitte …" Tiger machte klar, dass sie dasselbe wollte, und so lächelte er zu ihr hinab und drang hart in sie ein. Tiger legte ihre Beine um ihn und wölbte den Rücken, sodass ihr Bauch und ihre Brüste an ihn gepresst waren, wobei ihr Blick nie sein Gesicht verließ. „Du bist meine Welt … oh!"

Lazlo wurde schneller und stützte sich zu beiden Seiten ihres Kopfes ab, um sich die Kraft zu geben, mit jedem Mal tiefer in sie einzudringen. Sie war sein, und heute Nacht wollte er ihren Körper auf jede ihm mögliche Art dominieren. Sie war so verdammt schön, dachte er jetzt, jeder Zentimeter von ihr war Perfektion. Das sagte er ihr, während er sie nahm, und als sie kam, überzog ihre Haut eine wunderschöne Röte.

„Oh, ich liebe dich, ich liebe dich …"

Lazlo kam, stöhnte ihren Namen immer und immer wieder und vergrub sein Gesicht an ihrem Hals. Tiger hielt seinen Kopf und küsste seine Schläfe.

Als sie wieder zu Atem gekommen waren, hob Lazlo den Kopf und lächelte sie an. „Von jetzt an nur gute Dinge."

Tiger lächelte. „Mein Lieber … ich habe ein Geschenk für dich."

„Ja?"

Sie grinste breit. „Es ist in der Schublade deines Nachttisches."

Lazlo lehnte sich verwirrt herüber und öffnete die Schublade. Darin war eine längliche Box, die er herausholte. „Sollte nicht ich derjenige sein, der dir ein Geschenk macht?"

Tiger lachte. „Sei still und mach es auf, du Idiot."

„Ah, romantische Gespräche." Lazlo lachte, öffnete aber die Box. Seine Augen wurden groß, und er sah sie an. „Tiger …"

Sie lächelte mit Tränen in den Augen. „Heute sind es sechs Wochen. Ich habe mich vom Arzt immer und immer wieder untersuchen lassen, bevor ich es dir sagen konnte. Wir bekommen ein Baby, Lazlo …"

Lazlo spürte, wie sein Herz vor Freude explodierte, und legte eine Hand auf ihren Bauch. „Unser Baby."

Tiger nickte. „Unser Baby", stimmte sie zu und küsste ihn, bis sie beide atemlos waren.

ENDE.

Alles von mir Playliste.

* * *

Melde Dich an, um kostenlose Bücher zu erhalten

Möchtest Du gern Eifersucht und andere Liebesromane kostenlos lesen? Tragen Sie sich für den Jessica F. Newsletter ein und erhalten Sie ein KOSTENLOSES Buch exklusiv für Abonnenten indem Du diesen Link in deinem Browser eingibst:

https://www.steamyromance.info/kostenlose-bücher-und-hörbücher

Eifersucht: Ein Milliardär Bad Boy Liebesroman

Neue Liebe entsteht, aber auch eine Eifersucht, die sie zu zerstören droht. Ich habe meine winzige Heimatstadt und ihre Einschränkungen hinter mir gelassen. Dann erschien ein bekanntes Gesicht in der Bar, in der ich arbeite, und brachte mich wieder dorthin zurück, wo ich angefangen hatte ...

https://www.steamyromance.info/kostenlose-bücher-und-hörbücher

Du erhältst ebenso KOSTENLOSE Romanzen-Hörbücher, wenn Du Dich anmeldest

❀ Erstellt mit Vellum

Lightning Source UK Ltd.
Milton Keynes UK
UKHW052313110522
402816UK00015B/965

9 781648 081040